6시간 후 너는 죽는다

6 時間後に君は死ぬ
다카노 가즈아키 | 김수영 옮김

6시간 후 너는 죽는다

황금가지

6 JIKAN GO NI KIMI WA SHINU
by TAKANO Kazuaki

Copyright © 2011 TAKANO Kazuaki
All rights reserved.

Originally published in Japan by Kodansha Ltd.

Korean Translation Copyright © 2009, 2014 by Minumin

This Korean edition is published by arrangement with
TAKANO Kazuaki, Japan through THE SAKAI AGENCY and BC AGENCY.

이 책의 한국어판 저작권은 THE SAKAI AGENCY와 BC에이전시를 통해
TAKANO Kazuaki와 독점 계약한 ㈜민음인에 있습니다.
저작권법에 의해 한국 내에서 보호를 받는 저작물이므로 무단 전재와 무단 복제를 금합니다.

| 차례 |

6시간 후 너는 죽는다	7
시간의 마법사	65
사랑에 빠지면 안 되는 날	131
돌 하우스 댄서	181
3시간 후 나는 죽는다	255
에필로그: 미래의 일기장	359

1

'이제 여섯 시간 후인가…….'
하라다 미오는 손목시계를 바라보며 생각했다.
정확하게는 여섯 시간 하고도 십 분. 그렇게 이십 대 초반이 끝난다.
지나가는 사람들을 앞지르며 자연스럽게 발걸음이 빨라졌다. 약속 시간은 아직 여유 있지만 어쩐지 서둘러야 할 것 같은 기분이다.
이제 곧 스물다섯. 반올림하면 서른.
스크램블 교차점(차도의 정지 신호시마다 보행자가 사방으로 자유롭게 갈 수 있도록 한 교차점 ─ 옮긴이)을 건너며 이제 자신에게 시부야 거리가 어울리지 않는다고 생각했다. 아직 5월 말인데도 주위는 민소매 차림의 젊은이들이 넘쳐났다. 이 거리 속에 미오가 있던 시간은 6년 밖에 지나지 않았다.

미오는 번화가를 뒤돌아봤다. 떠들썩한 큰길 여기저기에 십 대 여자아이들이 흘린 시간의 파편들이 널려있는 기분이 들었다. 즐거움을 좇아 뛰어다니는 사이에 주머니에서 빠져나가 버리는 소중한 보물.

교차점을 건너며 생각했다. 시간은 컨베이어 벨트다. 어떤 인간도 차별하지 않고 앞으로 앞으로 기계적으로 내보내버린다. 거기에 불공평은 없기 때문에 세상이란 의외로 평화로운 것일지도 모른다.

미오는 쓴웃음을 띠고는 '뭐, 별일이야 있으려고.' 하며 걸음을 늦춘다. 스물다섯이 된다고 해서 세계가 파멸하는 것도 아니니.

그때, 뒤에서 푹신한 목소리가 들렸다.

"실례합니다."

멈추어 뒤돌아보니 늘씬한 체격의 젊은 남자가 서있었다. 부드러워 보이는 앞머리 밑에 남자 치고는 희고 깔끔한 피부가 빛나고 있다. 대학생일까.

"드릴 말씀이 있습니다."

그 청년이 미안한 듯 말했다.

"연상이 취향이신가요?"

이런 상황에 익숙한 미오는 재빨리 잘라 말했다.

"작업 거시는 거라면, 좀 더 어린 애로 하시는 게?"

"아닙니다. 정말 드릴 말씀이 있습니다."

새로운 수법인데. 하지만 불쾌하진 않았던 데다 어울리지 않게 눈동자가 성실한 느낌을 주어 물어 봤다.

"무슨?"

"중요한 이야기입니다."

"5분이면 끝나나요?"

미오는 일부러 손목시계에 눈길을 주었다.

"6시에 모아이 석상(시부야역 주변 명소. 약속 장소로 인기가 많다―옮긴이) 앞에서 친구랑 약속이 있는데요."

"이야기 자체는 5분이면 끝납니다만, 그 후가……."

"그 후?"

미오는 눈썹을 찌푸렸다. 전에, 어떤 여자라도 10분이면 넘어가게 할 수 있다고 큰소리치던 남자를 만난 적이 있었다. 이 청년은 5분만에 자신을 넘어가게 할 작정인가.

"그 후라뇨?"

"여섯 시간 정도, 시간이 걸릴지도 몰라요."

"그러고 나면 바이바이라는 말씀인가요?"

25살이 된 순간 현실의 역겨움을 맛본 기분이 들어 발끈했다.

"그 전에 이쪽에서 먼저 인사할게요. 안녕히 가세요."

"잠깐!"

청년이 쫓아왔다.

미오는 퉁명스럽게 말했다.

"저쪽에 경찰이 있어요."

"그럼 가면서 말할게요. 괜찮죠?"

청년은 의외로 강한 어조로 말했다.

"그러세요."

"여섯 시간 뒤, 당신 죽어."

상대의 말을 흘려들으려던 미오는 의미를 이해하는데 약간 시간이 걸렸다. 이윽고 걸음을 멈추고 되물었다.

"뭐요?"

"여섯 시간 뒤에, 당신 죽어."

등골이 서늘해졌다. 지금 들은 말이 아닌 눈앞의 청년 그 자체가 섬뜩하게 느껴지기 시작했다. 그래도 애써 차분한 목소리로 말했다.

"용건은 잘 알아들었습니다. 그럼."

"잠깐! 믿어 줘. 정말이라고."

"당신, 예언자나 그 비슷한 사람이야?"

"가끔 사람의 미래를 알 수 있어."

"말의 미래는?"

미오는 걸음을 늦추지 않고 물었다.

"경마로 돈이라도 버시는 건 어떠세요?"

그 말에 대꾸하지 않고 청년이 말했다. 다급한 어조였다.

"약속 장소에 가도 소용없어. 당신은 오늘밤 바람맞아. 친구가 약속을 잊어서."

"그것도 예언인가요?"

"그래."

내심 불안을 숨기며 강한 척 하던 미오의 얼굴에 살짝 희색이 돌았다. 지금 만날 친구는 약속을 팽개치거나 늦은 적이 없는 꼼꼼한 녀석이다. 청년의 예언은 틀릴 것이 분명하다.

"내기 할까요? 얼마 걸래요?"

하고 물으며 긴자선 연결 지점을 빠져나와 역의 남쪽 출구로 나갔다. 멀리 친구의 모습을 확인하며 미오는 승리를 확신했다. 모아이 상 앞에 다치하라 요시에가 기다렸다는 얼굴로 서 있었다.

"그럼, 약속이 있으니 이만 실례."

야유를 가득 담아 인사하며 뛰어가노라니, 청년이 더 쫓아오는 기색이 없는 것이 등 뒤로 느껴졌다.

"요시에."

말을 거니 요시에가 귀여운 얼굴로 뒤돌아보았다. 미오는 웃으며 친구에게 달려갔다. 그런데 요시에가 미소도 없이 입을 조금 벌린 채 이쪽을 멍하니 보는 것 아닌가.

"왜 그래?"

미오가 물었다.

요시에의 앞에 남자가 한 명 나타났다.

"기다렸지?"

익숙하게 요시에에게 말을 건다.

미오는 머리를 짧게 다듬은 남자와 요시에의 얼굴을 번갈아 보았다.

"이 사람, 다쓰야라고 해. 히로카와 다쓰야."

요시에가 겨우 말을 꺼내며 면목 없다는 듯 덧붙였다.

"미안, 미오랑 한 약속을 잊었어."

미오는 자신의 표정이 얼어붙는 것을 느꼈다.

요시에가 걱정스러운 듯 미오의 얼굴을 들여보았다.

"내가 바람맞혀서 그렇게 놀랐어?"

미오는 목을 돌려 등 뒤를 쳐다보았다. 그 청년의 모습은 보이지 않았다.

"오늘 저녁만은 봐 줄래?"

하고 애원하듯 말하는 요시에를 남겨두고, 미오는 인사도 하는 둥 마는 둥 왔던 길을 되돌아갔다.

청년은 육교 근처의 눈에 안 띄는 곳에 있었다. 달려온 미오를 보고서도 표정을 바꾸지 않았다. 마치 그녀가 되돌아올 것을 예상한 것처럼.

"중요한 이야기가 있어요."

미오는 말했다.

"5분만에 끝나지는 않겠지만."

미오는 청년을 데리고 바로 옆에 백화점 커피숍으로 들어갔다. 창밖으로 보이는 모아이 석상 앞에 요시에와 그 남자의 모습은 보이지 않는다. 미오는 침착하게 맞은편에 앉은 상대를 향해 말했다.

"내 이름은 알아?"

미오가 물으니 청년은 고개를 흔들었다.

"거기까지는 몰라."

"하라다 미오야."

그녀는 이렇게 말하며 상대의 대답을 기다렸다.

"나는……."

청년은 조금 망설이는 모습을 보이며 말했다.

"에도가와 케이시."

"희한한 이름이네."

케이시는 가볍게 끄덕이고는 아무 말도 하지 않았다.

미오는 상대의 의사도 묻지 않고서, 아이스커피를 두 잔 주문하고 작은 목소리로 말하기 시작했다.
"아까 이야기 말인데, 계속 말해봐."
"응."
그는 미안한 듯이 말을 이었다.
"나는 '예지(豫知)'를 보는 일이 있어."
"예지?"
"다른 사람의 미래 말이야. 영상이 떠올라. 그래서 아까 네 모습을 봤을 때, 그……"
"내가 죽는 모습을 본거야?"
케이시가 고개를 끄덕였다.
"가르쳐 주는 게 낫지 않을까 해서."
"여섯 시간 후라고 한 이유는 뭔데?"
"내가 본 영상 속 네 손목시계가 12시를 가리키고 있었어."
미오는 무의식적으로 손목시계를 찬 왼쪽 손목을 잡았다.
"하지만, 어째서 오늘밤이라고 한 거야? 내일 12시일지도 모르잖아."
"내가 본 장면에서는 머리모양과 옷이 지금하고 똑같았어."
미오는 자신의 옷을 내려다보았다. 연한 파스텔 핑크 브라우스. 이 옷은 스물네 살인 오늘을 마지막으로 이제 입지 않으려고 결심한 옷이다. 물론 이런 생각은 아무에게도 말하지 않았다.
천천히 케이시에게로 시선을 돌렸다. 이 청년은 진실을 말하는 것인지도 모른다. 위를 꽉 움켜쥐는 것 같은 공포와 함께 어떠한 확신 비슷한 것이 생겨났다.
"솔직하게 말해 줘."

목소리가 흔들리는 것을 억누르며 미오가 말했다.

"나는 어떻게 죽어? 교통사고? 질병? 아니면 급성 알코올 중독 같은 거?"

케이시는 고개를 흔들며 작은 소리로 말했다.

"칼에 찔려."

미오는 말문이 막혔다.

"미안해. 그대로 이야기하는 거야. 장소는 잘 모르겠어. 어딘가 어두운 곳이야. 누군가가 칼로 찌르고 네가 쓰러져. 손목시계는 12시 정각을 가리키고 있고."

"어디를 찔리는데?"

"가슴 근처."

미오가 손으로 봉긋한 가슴을 눌렀다.

"나, 고통스러워 했어?"

그렇게 묻는 목소리는 스스로도 놀랄 정도로 흔들린다.

"잘 모르겠어. 내가 본 건 쓰러질 때까지였거든."

"후속편은 다음 이 시간에?"

미오는 필사적으로 웃음을 떠올렸다.

"완전 드라마 같아. 딱 아쉬운 장면에서 끝나네."

케이시가 의외라는 눈빛으로 쳐다보았다.

"나는 말이야, 위기에 닥치면 농담을 잘 하거든."

그걸 듣는 케이시의 눈매가 살짝 누그러졌다. 한순간이었지만, 미오는 상대의 웃는 얼굴을 귀엽다고 생각했다.

"그런데, 농담할 때가 아니야."

케이시가 차분히 말했다.

"앞으로 다섯 시간 40분밖에 없어."

미오가 당황하여 손목시계를 보았다.

"그럼 나는 어떻게 하면 돼? 미래를 바꿀 수는 없는 거야?"

"그건 나도 모르겠어."

"모른다고?"

미오가 초조해하는 것을 의식했는지 케이시가 서둘러 부연했다.

"그래도, 내가 만약 너라면……."

"나라면?"

"자신을 죽일 만한 사람을 찾을 거야."

미오는 무의식중에 케이시의 얼굴을 응시했다.

케이시가 미오의 표정을 읽은 것 같았다.

"짚이는 데가 있는 것 같은데?"

미오가 끄덕였다.

미오는 케이시와 함께 야마노테선 전철을 타고 시부야에서 이케부쿠로로 향했다. 창밖을 보니 이미 해가 저물고 있었다.

미오는 지하철이 신주쿠역을 지날 때까지 말없이 자신이 처한 기묘한 상황에 대해 생각했다. 여섯 시간 뒤에 죽는다는 예언을 듣다니. 보통은 있을 수 없는 이야기다. 하지만 눈앞에 있는 이 마른 청년은 요시에가 약속을 잊을 거라는 걸 알고 있었다. 게다가 현재 자신이 안고 있는 고민……. 스토킹 문제를 생각하면 케이시의 예언은 신빙성이 있다고 할 수 있었다.

미오의 시선을 받고 케이시가 물었다.

"왜 그래?"

"초능력자라니, 2천엔짜리 지폐만큼이나 신기하잖아."

주변 승객을 의식해서 미오는 목소리를 낮추었다.

"케이시라고 불러도 괜찮아?"

"응."

"케이시는 무슨 일 하는데?"

상대가 고개를 흔들었다.

"백수야."

"취업 준비 중인 거야?"

"아니. 대학원에 들어가려고……. 전공은 심리학이야."

전문대 학력인데다 놀면서 대학생활을 보낸 미오는 케이시에게 조금 거리감을 느꼈다.

"인텔리네."

"그렇지도 않아. 단지……."

케이시가 말을 꺼내다가 멈추었다.

"단지?"

미오는 상대의 말을 재촉했다.

"내가 가진 이상한 능력에 대해 연구해 보고 싶어서 말이지."

'그래서 심리학 전공인가.'

미오는 납득했다. 하지만 초능력이 학문이라는 범주에 들어가는 것인가.

"아까 말한 예지라는 거 말인데, 보려고 하면 계속 볼 수 있는 거야?"

"아니, 보려는 의지가 있다고 보이지는 않아. 누군가를 봤을 때 갑자기 눈앞에 나타나."

"그 사람이 죽는 장면?"

"죽는 장면이라고 한정되어 있지는 않아. 나에게 보이는 장면은 비(非)일상적인 부분이야."

무슨 말인지 잘 이해가 되지 않아 미오가 되물었다.

"비일상적인 부분이라니?"

"말하자면,"

케이시는 잠깐 생각하고 나서 말했다.

"사람은 누구나 무의식 속에 자신의 신변에 일어날 일과 일어날 수 없는 일을 구별해서 살고 있어. 일상이라는 범위를 스스로 정해서 그 안에 자신의 몸을 맡기는 거야. 상식이라고 말하는 게 낫겠지. 그래도 그 기준은 결국 자기가 정한 거니 가끔은 생각지도 못한 일이 일어나기도 해."

미오도 생각해 봤다.

"그러니까, 남자친구에게 차이는 일은 일상의 범위 안에 있는 일이라 하겠지만, 자신이 살해당하는 것은 누구도 생각지 못하는 일이라는 거지?"

"맞아. 하지만 발생 가능한 일이지. 내게 보이는 예지 영상은 그렇게 상식의 범위 밖에서 일어나는 일이야. 보통은 일어날 리 없는 이런 일."

"차라리 복권 당첨되는 장면 같은 게 보였다면 좋았을 텐데."

미오가 원망스러운 듯 말했다.

전차가 신오쿠보 역을 지났다. 펜스 아래로 지나가는 전차들의 전조등 행렬을 보며 미오는 생각했다. 분명 케이시가 말한 대로이다. 4개월 전 자신을 노리는 스토커의 존재를 알았을 때는 기분이 좀 나쁘다고 느꼈지만 설마 살해될지 모른다고는 생각지도 못했다. 그런 일이 일어난다면 그야말로 상식 밖의 일이다.

내가 정말 살해당하는 걸까? 스물다섯의 생일을 맞이하는 그 순간?

전차가 이케부쿠로에 도착하니 미오의 기분은 더욱 무거워졌다. 이곳은 두 번 다시 오지 않으려 마음먹은 거리였다. 주어진 젊음과 시간이 유한하다는 사실도 모른 채 그걸 아낌없이 낭비해 버렸던 번화가.

서쪽 출구를 나와 네온이 빛나는 길을 걸으며 그때 자신은 조급해있던 것일지 모른다고 생각했다. 무엇에 그리 초조했었던 것일까.

"다양한 사람들이 있구나."

혼잡한 주위로 시선을 뒀던 미오가 손목시계로 시각을 확인하며 말했다.

"2001년 5월 24일 오후 6시 44분……. 지금, 이 순간에도 뭔가 좋은 일이 생겨서 엄청나게 기뻐하는 사람도 있겠지?"

케이시가 무슨 말이 하고 싶은 거냐며 묻는 듯 미오를 쳐다봤다.

"그런 사람이 있다면 상상도 못하겠지? 여섯 시간 뒤에 죽을 거라는 말을 듣고 우울한 여자가 있을 거라는 건."

"미안해."

"케이시를 나무라는 게 아냐."

말하고 나서 미오는 예언자에겐 주위의 인파가 어떻게 보일까 생각했다.

"잠깐 그런 생각이 났을 뿐이야. 그중에는 지금 나보다 훨씬 불행한 사람이 울고 있을지도 모르고 말이야."
"전부 합쳐서 도쿄가 되는 거지."
"응."
미오는 솔직히 수긍했다.
"그런데, 어디로 가고 있는 거야?"
"도시마 경찰서."
"경찰서?"
케이시는 놀란 듯이 말하며 걸음을 멈추었다.
"스토커가 한 마리 있어서 말이야."
미오가 얼굴을 찌푸리며 말했다.
"그 일로 상담을 받고 있는 형사가 거기 있거든."
"그럼, 네가 짐작 가는 인물이라고 한 게 그 스토커란 말이지?"
"그래."

도시마 경찰서 앞에까지 왔을 때 미오의 휴대폰이 울렸다. 액정을 보니 바로 그녀가 만나려는 형사의 이름이 뜬 게 보였다. 생각지도 못한 우연에 미오는 조금씩 마음을 고쳐 먹었다. 행운은 이쪽을 향해 있는 건지도 모른다.

미오는 케이시에게 기다려 달라고 부탁하고 경찰서 현관으로 들어갔다.

생활안전과로 들어가니 30대 초반의 젊은 형사 사와키가 눈을 동그랗게 떴다.

미오가 웃음을 지었다.

"전화를 하고 계신 것 같아서요."

"가까이에 있었던 거야?"

"사와키 형사님을 만나려고 했던 참이었어요."

미오는 자신의 용건을 이야기하기 전에 형사가 전화를 건 이유를 물었다.

"그 후 어떻게 되었는지 해서 전화했어."

하고 사와키가 말했다.

"저도 그 때문에 왔어요. 그 스토커, 아직 정체는 밝혀지지 않았나요?"

"유감이지만 그래."

자신이 스토킹 당하고 있다는 걸 미오가 알아차린 때는 2월 초였다. 전화요금 청구서가 도착하지 않았는데 연체 요금 통지서를 받은 것이 계기가 되었다.

이어서 우편물이 우체통에서 사라지고 심야에 장난전화가 걸려오게 되었다. 수화기 너머의 목소리는 기계로 변조된 섬뜩한 소리였다. 이윽고 부재중 녹음으로 '천국에 가고 싶나?' 라는 메시지를 받기에 이르자 미오는 경찰서로 달려간 것이다. 생활안전과의 사와키 형사와는 이전부터 면식이 있었다.

"2주 전에 이야기했을 때에는 스토킹이 멈췄다고 했지?"

"맞아요."

미오도 미심쩍은 얼굴로 대답했다.

"그럼 오늘 밤은 무슨 일로 온 거지?"

미오는 케이시의 예언에 대해 말할까 생각했으나 우스울 것 같은 기분에 그만 두었다. 별자리 점을 믿는 여자 심리를 이해하는 남자는 적다. 대신 그녀는 자신을 노리는 스토커 후보의 이름을 말했다.

"누마타 씨에 대해서는 조사해 보셨어요?"

"아니. 증거가 없으면 경찰은 움직일 수 없어."

"증거가 없으면……."

이걸로 하룻밤만이라도 형사에게 보호받으려던 옅은 희망조차 사라졌다. 경찰은 예언을 듣고 두려움에 떠는 여성을 지켜주는 일까진 하지 않겠지. 의지할 것은 케이시뿐인가 하는 생각에 미오는 문득 눈썹을 모았다. 이대로 있으면 자정 12시에 자신과 함께 있을 사람은 케이시라는 말이 된다.

그러나 그 순간 미오는 바로 의심을 거두었다. 케이시가 자신을 죽일 생각이라면 느닷없이 습격했을 것이다. 일부러 거짓 예언을 하며 함께 다닐 필요 따위는 없다.

미오는 원래의 화제로 돌아왔다.

"누마타 씨의 주소라든가, 전화번호 같은 건 아시죠?"

"그거라면 알지."

사와키는 책상 위에 둔 대형 메모장을 넘기며 "원래는 기밀이라고." 라는 말과 함께 누마타의 연락처를 알려주었다. 미오는 그것을 자신의 시스템 다이어리에 옮겨 적었다.

"무슨 일이라도 생긴 거야?"

미오는 끄덕였다.

"내일이 제 생일이라서요."

"생일?"

사와키가 웃는 얼굴로 말했다.

"그거 축하해."

"고마워요. 자세한 얘기는 내일까지 무사히 살아남을 수 있으면 할게요."

사와키는 그것을 농담으로 받아들인 모양이다. 그가 느긋한 어조로 말했다.

"생일 선물은 뭐가 좋으려나?"

미오는 밖에서 기다리는 케이시가 신경 쓰여 빠른 걸음으로 생활안전과에 작별을 고했다.

미오가 돌아간 뒤 사와키 형사는 자기 부서에서 나와 복도 안쪽 회의실로 향했다. 입구에는 '무차별 연속 살인 사건 합동조사본부'라고 씌여진 종이가 붙어 있다.

사와키는 입구 근처 자리에서 보고서를 쓰고 있는 형사 쪽으로 들어가 옆에 섰다.

"잠깐 시간 괜찮아?"

사와키의 말에 아는 사이인 조사원이 얼굴을 들었다. 사와키는 여성 두 명이 칼에 찔려 살해당한 사건에 관해 물었다.

"이 사건의 최초 피해자는 확실히 생일날에 당한 거 맞지?"

"그래. 첫 번째만이 아니야 두 번째도 같아. 생일날이 된 순간 푹 하고 말이지."

"두 번째도 생일이었어?"

사와키가 눈을 부릅떴다.

"무차별 습격 살인이라고 들었는데."

"사건의 양상이 변했어. 근데 범행 시점이 생일이라는 사실 역시 우연히 그렇게 된 걸 수도 있으니까. 지금은 모두 조사 중이야."

형사과의 조사원은 지겹다는 표정으로 쓰고 있던 보고서에 눈을 돌렸다.

"그럼 범인은 애인 생일에 차인 녀석 아닐까?"

"그것도 호되게 말이지."

조사원이 웃었다.

"정신이상자에겐 그 나름의 논리가 있는 법이니."

"그 외에 두 피해자의 공통점은 있나?"

"그거 말인데."

조사원은 주위에 매스컴 관계자라도 있는 건 아닌지 확인하며 목소리를 낮추었다.

"둘 다 피해를 입기 전에 스토커가 따라 붙었어."

"그 스토커에 대한 단서는 없고?"

"전혀 없어. 거기다 또 한 가지, 오늘 들어온 정보인데, 묘한 사실을 알아냈어. 피해자는 둘 다 살해되기 직전에 자신의 죽음을 예언한 남자를 만났다고 친구에게 말했다는군."

"뭐라고?"

사와키가 되물었다.

"예언?"

"그래. 두 피해자 모두 자신이 살해당할 운명이라는 예언을 들었어. 이것도 반신반의지만 증언자가 여럿 있어서 말이야."

"예언……."

하고 사와키가 의아한 듯 또 물었다.

"그 예언자의 정체는 밝혀진 건가?"

"아직이야. 지금 피해자의 친구들을 조사하는 중이야. 오늘밤 10시쯤에는 새로운 정보가 들어올지도 모르지."

"자세한 정보를 알게 되면 알려 주게."

"그래."

선선히 승낙하던 조사원은 문득 진지하게 물었다.

"상당히 열심인데. 뭔가 있는 거야?"

"아니……."

말을 흐리며 사와키는 벽시계를 보았다.

오후 7시 15분.

하라다 미오가 25세 생일을 맞이하기까지 이제 네 시간 하고도 45분 남았다.

2

미오가 경찰서에서 나오니 가로수 아래에 케이시가 서 있다.

"뭔가 단서가 있었어?"

걸어가며 미오가 말했다.

"누마타라는 사람 주소랑 전화번호를 알아냈어."

"누마타라는 사람이 누군데?"

"옛날 알던 사람."

"어째서 그 사람이 스토커라고 생각하는데?"

"그냥 왠지 그래."

언짢아진 미오는 납득이 안 가는 표정을 짓고 있는 케이시에게 말했다.

"나에게 예지 능력은 없지만, 여자의 감이라는 건 있어."

"흐음."

아직 의아한 듯한 케이시는 묻지 말아 주었으면 하는 것을 물었다.

"옛날 애인?"

"아니야!"

갑자기 큰소리를 지른 미오는, 5미터 정도 걸어가고 난 뒤 후회했다. 옆을 보니 케이시는 미오의 감정을 상하게 한 걸 반성하듯 푹 고개를 숙이고 있었다.

"큰소리 내서 미안해."

사과하며 미오는 생각했다. 형사에게 들은 누마타의 주소는 니시니포리였다. 가는 동안 케이시에게 자세한 이야기를 할 정도의 시간은 있다.

가슴속에 응어리진 아픔이 떠올랐으나 미오는 이야기하기 시작했다.

"나 말이야. 열여덟 살에 도쿄로 와서 전문대에 들어갔어."

케이시는 고개 숙인 그대로 있었지만 이야기는 듣고 있는 것 같았다.

"2년간은 부모님이 보내준 학비로 노는데 정신이 팔려 있었지. 다음엔 작은 디자인 사무실에 취직했는데 일이 재미가 없길래 1년 만에 그만뒀어. 퇴직하고 나서는 아르바이트. 처음엔 편의점 같은 데서 일했는데 그 뒤에 보수가 괜찮은 일자리를 찾았어."

여성 전문 구인잡지에서 발견한 데이트 클럽은 이케부쿠로에 있었다. 광고글만으로는 자세한 업무 내용을 알 수 없었다. 어쩌면 성매매업소일지 모른다는 걱정은 있었지만 시급 4천엔이라는 급여는 큰 매력이었다. 미오는 알아만 보는 거라며 자신에게 변명하며 광고의 주소를 방문했다. 이케부쿠로역 근처 선로에 인접한 맨션의 한 사무실이었다.

"생각해 보면 운이 좋았던 거지. 정말 데이트 서비스만 하는 업소였으니까. 애인 없는 외로운 남자들이 전화를 걸면 사장이 상대 취향을 듣고서 여자애를 골라 보내는 거야. 그리고 두 시간 정도 데이트해 주면 끝. 밥을 사 주거나 옷을 사 주거나 해 줘."

지금 입고 있는 옷도 그때 선물 받은 것이다. 하지만 사 준 사람 얼굴은 기억하지 못한다.

JR 선의 이케부쿠로역에 도착한 미오는 케이시의 표까지 함께 사서 홈으로 올라오면서 드문드문 이야기를 계속했다.

"많진 않았지만 사무실에 마음이 맞는 친구도 있었어. 아까 약속을 잊은 요시에라든가. 모두 나랑 똑같이 뭔가를 하고 싶은데 뭘 하면 좋을지 모르는 여자애들뿐이었지. 개중에는 돈을 목적으로 선을 넘는 애도 있었지만."

미오는 말하고 케이시의 표정을 살폈다.

"안 좋은 일이라고 생각할지 모르지만 즐거워하는 손님들을 보고 있으면 조금은 남을 도왔다는 기분이 들었어. 그 나름대로 보람은 있었다고."

미오가 다짐하듯 말하니 케이시가 끄덕였다.

"그런데 손님 중에는 좀 귀찮은 사람도 있어서……."

누마타와 처음 만난 날은 더운 여름날이었던 것으로 기억하고 있다. 26세라고 하기에는 좀 삭아 보이는 작고 뚱뚱한 손님이 땀을 닦으며 미오 앞에 나타났다. 카페에서 차를 마시고 가까운 쇼핑센터를 걷는 동안에 누마타는 거의 말을 하지 않았다. 약속된 두 시간이 지나서 손님과 헤어진 미오는 자신의 태도가 좋지 않았던 것은 아닌지 반성하기까지 했다. 하지만 다음 날 누마타가 또 미오를 지명해 온 것이다.

똑같이 답답한 시간이 이어졌다. 다음 날도, 그리고 그 다음 날도. 이 사람이 자신에게 무엇을 바라는 것인지, 미오는 조금 불안함을 느끼기 시작했다.

하지만 새해가 되자 누마타와의 만남이 갑작스럽게 끝났다. 데이트 클럽이 경찰에게 적발당한 것이다. 뒤늦게 알았지만 사장이 미성년자 여고생을 고용했기 때문이라고 했다. 미오도 사정 청취를 위해 몇 번쯤 경찰서에 불려나갔고, 그때 사와키 형사와 알게 되었다.

일자리를 잃었을 때, 미오는 24세가 되어있었다. 이제 무엇을 해야 되나 생각하자 한순간에 지나온 과거에 대한 후회가 느껴졌다. TV 속의 프로그램에 눈요깃감으로 나오는 여성 게스트들만 해도 모두 자신보다 젊다. 도쿄로 오고 나서 6년, 잃어버린 시간의 무게에 충격을 받았다. 거기에다 엎친 데 덮친 격으로 누군가에 의한 스토킹이 시작되었다.

"그런 이유로 누마타라는 사람을 의심하고 있는 거야. 데이트 클럽이 영업 정지된 직후 스토커가 나타났으니까."

"일단은 이치에 맞네."

납득한 모습으로 케이시가 말했다.

둘이 타고 있는 전차가 니시니포리역에 도착했다. 홈에 내린 뒤부터 신경이 쓰인 미오가 물었다.

"어떻게 생각해? 내 이야기."

"여자의 감이라기보다 추리라고 하는 게 맞겠네."

"그거 말고."

하고 말하며 미오는 목소리를 낮추었다.

"내가 했던 일에 대해서 말야."

"별로 나쁘게 생각하지 않아. 남에게 피해 주는 일도 아니고."

그걸 듣고 미오는 시무룩한 얼굴이 되었다. 케이시가 한 말은 항상 마음속으로 되풀이해 온 자신의 변명과 같았다.

개찰구를 나와 바로 앞에 매점이 있었다. 거기서 주변 지도를 사서 사와키 형사가 알려준 누마타의 주소와 대조해 보았다. 역에서 도보로 15분 정도라고 미오는 예상했다.

케이시가 물었다.

"그래서, 이제 어떻게 할 생각인데?"

미오는 핸드폰으로 누마타의 집에 전화를 걸어 보았지만 통화 중이었다.

"누마타가 집에 있어."

미오가 긴장하며 말했다.

"상대가 방심하는 틈을 타서 들이닥치는 거야."

"뭐?"

케이시는 말이 막혔다.

"그리고?"

"누마타가 스토커라면 우리 집에서 훔쳐간 우편물들이 남아 있을 거야. 그걸 찾아내서 경찰에 보내는 거지. 증거까지 있으면 경찰이 도와줄 거야."

"그래도 누마타라는 사람이 자기 집 뒤지는 것을 허락할까?"

"그러면 케이시가 나설 차례야. 누마타가 방해하려면 우격다짐으로……."

그러나 미오는 케이시의 희고 가는 팔을 보고 작전을 변경했다.

"무기가 될 만한 것 없어?"

둘은 재빨리 주위를 둘러보았다. 상점가 비슷한 골목을 살폈지만 음식점 이외의 가게는 거의 다 셔터를 내린 후였다.

"됐어. 누마타에게는 내가 직접 이야기할 테니까 케이시는 아무 말 말고 서 있어. 되도록 무서운 얼굴을 하고서."

"알았어."

둘은 주택가로 들어가 길을 20분 정도 걸어 몇 번 헤맨 끝에 겨우 누마타의 집을 찾아내었다. 차량 진입 금지인 좁은 골목 안쪽의 여섯 세대짜리 2층 빌라에 누마타가 살고 있다.

미오는 심장 박동이 빨라지는 것을 느끼며 다이어리에 적어 둔 '102호실'과 그에 해당하는 창문의 불빛을 번갈아 보았다.

누마타가 방에 있다. 미오는 벽돌담을 따라 걸어 빌라 입구로 걸어갔다. 곧 거짓말 같은 모습이 눈앞에 펼쳐졌다. 102호 문이 활짝 열려 있고 빛이 현관 앞으로 새 나오고 있었다.

방 안에서 젊은 남자가 나오는 것이 보였다. 소매를 걷은 근육질 남자는 누마타가 아니었다. 쓰레기봉투를 손에 들고 머리에는 흰 수건을 두르고 있다. 기운 좋아 보이는 모습이 축제를 좋아하는 청년 같았다.

"무슨 일이세요?"

남자는 이쪽을 눈치 채고 말을 걸었다. 스토커와 같이 사는 사람이라고는 믿기 힘든, 시원시원한 목소리였다.

"누마타를 찾아온 건가요?"

"네."

미오는 남자가 무슨 일을 하는 건지를 깨닫고 어리둥절했다.

"이사 가셨나 봐요?"

"그래요. 저는 도와주러 온 거고요."

"안에 있는 물건들은 다 버린 건가요?"

"필요 없는 물건들은 버렸지요."

어쩔 줄 모르고 있는 와중에 케이시가 입을 열었다.

"그럼 누마타 씨는 지금 어디 가셨어요?"

"이제 만날 수 없을 걸요? 출발했어요."

"무슨 말씀이세요?"

"시마네에 있는 고향집으로 돌아갔어요. 지금 그 뒷정리 중입니다."

미오와 케이시는 서로 바라보았다.

"고향으로 내려간 게 언제죠?"

"조금 전이예요. 오늘밤 차 시외버스를 탄다고 갔어요."

미오는 순간 거짓말을 했다.

"배웅하고 싶어서 그러는데요, 버스가 언제 어디서 출발하죠?"

"저녁 9시 30분에 신주쿠 서쪽 출구에서 출발합니다."
미오는 손목시계를 확인했다. 오후 8시를 약간 넘은 참이다.
"정말 감사합니다."
케이시의 인사를 끝으로 둘은 왔던 길로 되돌아가기 시작했다. 미오는 필사적으로 생각을 정리했다.
"고향으로 돌아간다고? 나를 습격할 생각이 아니었나?"
케이시도 말했다.
"이렇게까지 남을 의심하고 싶진 않은데, 알리바이를 만들려고 그러나? 주위 사람들에겐 오늘밤 차로 고향에 내려간다고 말하고, 실제론 도쿄에 남아서……."
"그거야."
미오가 얼굴을 들었다.
"살던 집을 정리한다는 건 즉, 뭐라 그러더라?"
"도주 준비?"
"그렇지. 범죄자의 전형적인 행동 아냐?"
미오는 걸음을 재촉하며 다음 수를 생각했다. 신주쿠 서쪽 출구 버스 정류장을 지켜보고 있으면 누마타가 버스에 타는지 확인할 수 있다.
혹시 그곳에 나타나지 않는다면 케이시가 지적한 알리바이 공작으로 봐도 틀림없을 것이다. 그때 케이시가 갑자기 발을 멈추었다.
무슨 일인지 무심히 돌아본 미오는 케이시의 얼굴을 보고 숨을 삼켰다. 얼굴에 표정이라는 것이 없었다. 모든 근육이 이완된 상태의, 그야말로 일본 가면 같은 얼굴이었다.

반쯤 열린 케이시의 입에서 작은 소리가 새나왔다.
"……보인다."
미오는 놀란 채로 미래를 보고 있는 케이시를 바라보았다.
그 후 십 수 초간 케이시의 두 눈은 초점을 잃고 있었다. 이윽고 멍한 눈에 빛이 돌아오고 눈을 깜빡이며 미오 쪽을 보았다.
미오는 조심조심 물었다.
"뭔가 보였어?"
"할머니야."
"할머니?"
미오는 의표를 찔렸다.
"만난 적 없는 할머니야. 그런데 어쩐지 얼굴이 너랑 닮았어."
그 말에 짚이는 점이 있었다. 미오는 외할머니와 많이 닮았다. 외할머니는 지금 다리뼈 골절로 시골 병원에 입원해 있다.
케이시가 계속 말했다.
"장소는 병원 같은 곳이었어."
"잠깐 기다려. 우리 할머니는 정말로 병원에 계셔. 그런데 생명에는 별 지장 없으실 텐데?"
"하지만 그렇게 보였어. 어린아이라든가, 가족 같아 보이는 사람들이 침대 주변에 모여 있었어. 다들 슬퍼하면서."
"그중에 나도 있었어?"
케이시는 기억을 떠올리듯 고개를 갸웃하고 말했다.
"없었어."
미오는 숄더백에서 핸드폰을 꺼내 집 번호를 눌렀다. 할머니가 무사하시길 기도하며 전화기에 귀를 기울였다. 두 번의 신호음이 울리고 전화가 연결되었다. 그런데 들려온 것은 자신이 고향집에 내려갔을 때 입력한 부재중 메시지였다.

"네, 하라다입니다. 지금 외출 중이오니······."

불길한 예감이 짙어졌다. 관공서에 근무하시는 아버지와 전업주부이신 어머니는 이 시간대에 집에 계셔야 한다. 할머니께 무슨 일이 일어난 것이 아닐까. 어찌되었든 미오는 핸드폰으로 연락 달라는 메시지를 남기고 전화를 껐다.

"할머니 말인데,"

케이시가 말했다.

"오늘밤 사건하고 관계가 있을 거 같은 느낌이 들어. 왜 입원하신 거야?"

"2주 전에 뺑소니차에 치이셨어."

"뺑소니라니, 범인은 잡히지 않은 거고?"

"그래."

라고 말하며 미오는 불현듯 케이시의 얼굴을 보았다.

"혹시 스토커가?"

"잘 모르겠어."

그러나 그것도 이상한 일이었다. 아무리 스토커라도 고향집인 고후까지 가서 할머니를 치었다고는 생각하기 힘들다.

니시니포리역으로 다시 걷기 시작하는 미오의 마음속에 의심이 떠올랐다. 케이시는 정말 미래를 볼 수 있는 걸까. 사이비 예언자에게 휘둘리는 게 아닌가 하는 걱정이었다. 하지만 요시에와의 약속이 깨지는 건 예측불가능한 일이었다. 케이시는 그것을 맞힌 것이다.

미오는 그를 믿을 수밖에 없다고 다시 생각했다. 케이시가 진짜 예언자일 경우, 그 경고를 무시하는 것은 목숨이 걸린 문제가 된다.

역에 도착했다. 자동발권기 앞에 다다른 미오는 문득 손을 멈췄다. 지금부터 고향집에 돌아가면 어떻게 될지 떠올려 본 것이다. 누군가 자신을 죽이려는 사람이 잠복해 있는 대도시를 떠나 부모님이 기다리는 고향으로 간다.

미오가 말했다.

"전차에 타면 시간 안에 갈 수 있어. 나, 고향집이 고후에 있거든. 중앙 본선을 타면 한 번에 가."

"그래서?"

"아버지 어머니가 계신 곳에 돌아가서 할머니가 무사하신 것을 확인하고, 그 후 25세 생일을……."

"미안."

미리 사과하고 케이시는 말했다.

"그건 찬성할 수 없어."

"왜?"

"네가 당할 장소는 아직 몰라. 혹시 고후의 고향집일지도 모르지. 그렇게 되면 가까이에 있는 사람도 휘말려들 수도 있어."

미오는 눈을 크게 뜨고 케이시를 쳐다봤다.

"살해당하는 게 나 한 명이 아니라는 소리야?"

"그럴 가능성도 있다는 말이야."

큰 한숨이 미오의 입에서 새어 나왔다. 타인을 끌어들이고 싶지 않다면 혼자 생일을 맞이할 수밖에 없다.

"25살이 된다는 거, 정말 쉽지 않네."

이걸로 다음 행선지가 결정되었다. 신주쿠역 서쪽 출구로 나가 시외버스 터미널에 누마타가 나타나는지 확인하는 수밖에 없다.

표를 사고서 미오가 물었다.

"그럼, 케이시와는 언제 헤어지는 거야?"

"헤어져?"

"나랑 함께 있으면 휘말려 들지도 모르잖아?"

"나는 계속 너랑 같이 있을 거야. 생일을 맞이할 때까지."

미오는 의외라고 생각되어 케이시를 바라보았다. 케이시의 표정은 진지했다.

"책임을 지려는 생각이야?"

하지만 케이시는 아무 말도 하지 않았다.

뭔가 있어. 괴로워 보이기까지 하는 케이시의 모습을 보고 미오는 직감했다. 케이시는 무언가를 숨기고 있다. 하지만 그것이 무엇인지는 전혀 알 수 없었다.

도시마 경찰서 생활안전과에 형사과의 조사원이 온 것은 오후 9시 전이었다.

자신의 책상에서 대기하던 사와키는 바로 물었다.

"예언자의 정체는 알았어?"

"아니, 아직이야."

이렇게 말하며 조사원은 사와키 옆자리에 앉았다.

"좀 같이 고민해 볼까 해서. 다른 단서가 잡혔어."

"어떤 단서인데?"

"앞선 두 명의 피해자들은 서로 관련이 있었어. 같은 데이트 클럽에서 일하고 있었다지."

눈썹을 모은 사와키를 보며 사건 조사원은 계속 말했다.

"둘 다 자신이 하는 일에 대해서 숨기고 있었기 때문에 지금까지 밝혀지지 않았던 거야."

"잠깐, 그 데이트 클럽이라는 건……."

사와키는 올해 초에 생활안전과에 적발된 데이트 클럽의 이름을 말했다.

"거기야."

형사과의 조사원이 바로 대답했다.

"범인은 거기에 출입하고 있던 손님이거나, 운영자 중 한쪽이겠지."

"당시 자료라면 아직 남아 있을걸."

사와키는 캐비닛에 쌓여있던 박스를 턱으로 가리켰다. 하지만 조사원은 그쪽에 눈을 돌리지 않은 채 말했다.

"한 가지 납득이 안 가는 부분이 있는데. 그 스토커 말이야."

사와키가 몸을 그쪽으로 내밀어 다음 말을 재촉했다.

"두 피해자에게 붙어 다니던 스토커가 범인이라는 거잖아. 그 녀석은 피해자의 주소나 전화번호를 미리 알고 있었어. 그래서 스토킹이 가능했지."

"물론 그렇겠지."

"하지만 데이트 클럽에서 일하는 여자가 자기 개인 정보를 손님에게 가르쳐 줬다고 믿기는 힘들잖아. 그러면 드나들던 남자들은 조사선상에서 제외되고, 여자들의 연락처를 알고 있던 가게 경영자는 이미 체포되어 있고…….”

조금 생각한 사와키가 중얼거렸다.

"확실히 이상하군.”

"그렇지. 피해자 주소까지 알고 있던 인간이 범인이라고 하면 남는 것은 같은 가게에 있던 데이트 클럽 여자들뿐이라는 결론이 돼.”

"하지만 여자가 범인이라는 건 좀.”

"나도 그렇게 생각해. 그러니까 같이 고민 좀 해 보자고 온 거야.”

"그 예언자는?”

이렇게 물으며 사와키는 얼굴을 들었다.

"그 녀석이 뭔가를 알고 있는 게 아닐까?”

"역시 그렇게 되지?”

조사원은 말하고 벽시계를 올려보았다.

"기다릴 수밖에 없나. 한 시간 정도면 청취하러 간 녀석들이 돌아올 거야.”

시각은 오후 9시를 넘어섰다. 하라다 미오가 25세의 생일을 맞이하기까지 이제 3시간…….

3

길모퉁이를 붉게 물들이던 가전제품 매장의 네온이 사라지며 주위가 금세 한적해지는 것을 느낄 수 있었다.

신주쿠 서쪽 출구에 있는 시외버스 터미널. 벤치를 찾았으나 보이질 않아 미오와 케이시는 가드레일에 걸터앉아 발의 피로를 달래고 있었다.

미오는 누마타가 나타나지 않기를 바랐다. 그 남자가 스토커여서 미오의 생명을 노리고 있다는 것이 확실해지면 적어도 범인을 찾는 고생은 안 해도 된다. 그 후엔 누마타가 절대 올 수 없는 곳을 찾아 거기서 다음 날이 되길 기다리면······.

거기까지 생각이 미치자 미오는 문득 얼굴을 들었다. 이상하다는 생각이 들었기 때문이다. 누군가가 자신을 노리고 있다면 어떻게든 자신의 현재 위치를 찾고 있을 것이다. 현재 미오는 오늘 오후 6시부터 스스로도 계획에 없었던 행동을 하고 있기 때문이다. 설마, 쭉 미행당하고 있던 것은 아닌가 생각하며 등 뒤를 돌아보았다.

"앗."

무심결에 목소리가 새나왔다. 케이시가 무슨 일인가 미오를 쳐다봤다.

"누마타야."

등줄기가 서늘해짐을 느끼며 미오가 말했다.

"뭐? 어디?"

케이시가 상대를 응시했다. 신주쿠 역에서 돌아 나오는 길모퉁이에 스포츠 백을 어깨에 걸친 둔중해 보이는 남자가 서 있었다. 그 얼굴은 미오가 있는 쪽인 터미널을 향하지 않고 그냥 멍하니 아직 버스가 도착 하지 않은 지점을 바라보고 있다.

미오는 바로 얼굴을 돌렸으나 곁눈으로 누마타의 모습을 계속 좇았다.

"쭉 우리들을 따라온 거야. 가방을 들고 있는 건 달아날 준비인 거고."

"그래도."

케이시도 속삭이는 소리로 말했다.

"그건 이상해. 누마타 집에 이사 도와주던 사람이 있었잖아. 그 사람 말로는 저녁까지 집에 있었다고 했는데."

"그 사람도 한통속 아냐?"

그때 굉음과 함께 대형 버스가 들어왔다. 그것을 쳐다보던 누마타의 얼굴이 이쪽을 향했다.

미오가 시선을 돌리려고 했으나 이미 늦었다. 미오를 보고 놀란 듯 누마타가 표정을 바꾸더니 천천히 다가왔다.

무의식중에 미오는 케이시의 팔에 기대었다.

눈앞까지 온 누마타는 억양 없는 목소리로 말했다.

"사야카구나. 누마타야. 기억하고 있으려나?"

"네."

데이트 클럽에서 쓰던 가명을 듣고 미오는 부끄러운 기분을 느끼며 대답했다.

누마타는 미오와 케이시를 번갈아 보고는 물었다.

"데이트 중인 거야?"

갑자기 자세를 바꿀 수도 없어서 미오는 케이시에게 기댄 그대로 대답했다.

"그래요."

"잘 어울리는 걸."

누마타의 어조에서는 아무런 의혹도 느낄 수 없었다.

의외라고 생각한 미오는 조금이지만 냉정을 되찾고 누마타의 표정을 관찰했다. 데이트 클럽에서 만날 때와는 인상이 변해있었다. 지금의 누마타는 마음에 걸리는 것을 떨쳐낸 듯 후련해 보이는 얼굴을 하고 있다.

"누마타 씨는 어쩐 일이세요?"

미오가 물었다.

"고향으로 돌아가려고."

그리고 누마타는 힐끔 신주쿠역 쪽을 쳐다보고 말했다.

"도쿄로 올라와서 좋은 일이라고는 아무것도 없었으니까. 그래서 돌아가려고."

그 말을 듣고 미오는 놀라움과 함께 느꼈다. 누마타는 진실을 말하고 있다. 이 사람은 스토커도 살인자도 아니며 도시 생활에 지친 끝에 정말 고향으로 내려갈 생각인 것이다.

"그럼 이만 갈게."

누마타가 인사를 남기고 문이 열린 대형버스를 향해 걷기 시작했다.

"잠깐 기다려요!"

미오가 가드레일에서 일어났다.

"한 가지 물어봐도 돼요?"

"뭔데?"

"가게에 들를 때마다, 왜 나만 지명한 거예요?"

멈춰 선 누마타는 곤란한 얼굴로 미오와 케이시를 번갈아 보앉다.
상대의 생각을 눈치 챈 미오가 말했다.
"말해도 돼요. 저 사람은 제가 전에 했던 일에 대해 알고 있으니까."
"그럼 말할게. 사야카라면 알아 줄 것 같았어. 누구도 상대해 주지 않는 괴로움을."
"괴로움?"
하고 미오는 되뇌었다. 자신에게 말을 걸기라도 하듯이.
누마타는 시선을 떨어뜨리고 발밑의 아스팔트를 응시했다. 그 모습은 아무 쓸모없는 인간처럼 보였다. 그는 무언가 말할 것이 있어 보였으나 이윽고 얼굴을 들고 미소 지었다. 그 웃음은 미오에게 보인 첫 미소였다.
"짧은 데이트였지만 즐거웠어. 고마워."
누마타는 그렇게만 말하고 버스로 들어갔다.
"가르쳐 줘야 하는데!"
미오는 서둘렀다.
"저 사람에게 내 진짜 이름을 가르쳐 줘야!"
"왜?"
케이시가 물었다.
"누마타 씨는, 영영 내 이름을 모른 채 가 버린다고……."
"지금은 더 중요한 일이 있잖아."
케이시가 말했다.
"버스가 출발하는 것을 지켜봐야지. 그가 정말 고향으로 돌아가는지 확인하지 않으면 안 되잖아?"

아직 누마타를 의심하고 있는 건가 하고 미오는 놀랐다. 하지만 케이시를 책망할 기분은 들지 않았다. 자신이 누마타에 대한 의심을 푼 것은 극히 개인적인 감상에 의한 거라는 데 생각이 미쳤기 때문이다.

5분 뒤인 오후 9시 30분. 시외버스는 출발 시각 정각에 신주쿠를 출발했다.

누마타는 미오의 본명을 모른 채 고향으로 돌아갔다.

미오는 가만히 침묵하고 있었다. 버스 정류장 가까이 있는 심야 영업 카페에 앉아 멍하니 손목시계를 바라보고 있다.

"아직 시간은 있어."

케이시가 격려하듯 말했다.

"다음 수를 생각해보자."

미오는 말없이 있었다. 그녀는 누마타와 만난 후 문득 자신이 가면을 쓰고 있었다는 것을 깨달았다. 업소에서 일을 시작하기 훨씬 전에 도쿄에서 살기 시작한 그때부터 자신은 사야카라는 이름 아래 살고 있었던 게 아닐까.

귀에 거슬리는 전자음이 미오를 현실로 되돌아오게 했다. 휴대전화의 발신자 표시를 보니 고후의 고향집이었다.

미오가 허둥지둥 받아 전화 저편의 어머니에게 다급히 물었다.

"어디 갔던 거예요? 할머니는 별일 없어요?"

"그게 말이지,"

하고 말하는 어머니의 목소리는 왠지 숨이 거칠어져 있었다.

"지금 아빠랑 둘이서 경찰에 다녀오는 길이다."
"경찰? 무슨 일 때문에요?"
"뺑소니범이 잡혔더구나."
휴대 전화를 귀에 댄 채 미오는 얼어붙었다.
"옆 동네 회사원이라고 하던데, 일 때문에 서두르다가 치어버린 것 같아."
이걸로 단서가 사라졌다. 할머니를 친 자는 스토킹과 무관한 사람이었다.
"그럼 할머니는 괜찮으시고요?"
"그래. 노인치고는 뼈가 붙는 것이 빠르다고 의사가 놀라던걸."
웃으며 말하는 어머니가 딸에게 물었다.
"그런데, 미오는 이번에 언제 집에 내려올 거니? 할머니께서 보고 싶어 하셔."
미오는 슬픔이 밀려오는 걸 느끼며 필사적으로 할 말을 찾았다. 혹시라도 오늘 밤 12시에 자신이 살해된다면 어머니와 말하는 것은 이게 마지막이 된다.
애써 건강한 목소리를 내어 말했다.
"엄마, 걱정 마세요. 이쪽은 어떻게든 해 나가고 있으니까. 25살이 되면 돌아갈게요."
"내일이 생일이구나. 하루 이르지만 생일 축하한다."
"감사해요. 또 전화할게요."
"그래."
하고 어머니가 전화를 끊었다.

미오는 끊어진 휴대 전화를 보고 있었다. 어머니의 목소리를 들으니 고향을 그리는 마음이 넘쳐나는 게 느껴졌다.

시부야의 한 구획만을 잘라 꺼내 놓은 것 같은 고후의 거리. 좁은 땅 구석구석까지 미오의 어린 시절, 청소년기의 추억이 쌓여 있다. 하지만 고등학교에 들어가고 장래의 진로를 결정할 시기 그녀는 마을을 탈출할 궁리만 하고 있었다. 미오에겐 꿈이 있다. 작은 고향을 벗어나 도쿄에 가는 것이 그것이었다. 무엇을 할지 정하지는 않았다. 그래도 도쿄에 가면 길가의 돌멩이만큼이나 즐거운 일이 많을 것 같았다.
한숨과 함께 피로를 내뱉으며 미오는 말했다.
"어쩌다 이렇게 된 건지."
"이럴 때는 잘 될 거라고만 생각하자."
테이블 건너편에서 케이시가 밝게 말했다.
"만약 오늘밤을 무사히 넘기면 뭘 할 거야?"
"거기까진 생각하기 힘든데."
"생각할 수는 있잖아."
"작은 집에서 살 거야."
미오는 뜻밖의 말을 했다. 어릴 때부터 막연히 상상하던 꿈이 입 밖으로 나온 것 같다.
"작은 집에 가족이 잔뜩 있고 다 같이 매일 웃으면서 사는 거야. 어때, 이거?"
"괜찮은데."

케이시가 기쁜 표정이 되어 말했다.

"너는 비저너리(visionary. '꿈꾸는 사람'의 뜻을 가진 영어 단어 — 옮긴이)구나."

"미녀되리?"

"아니, 비저너리. 영어로, 꿈을 꾸는 사람을 그렇게 말해."

비저너리, 미녀되리. 시시한 말장난이 떠올라서 미오는 우스워졌다. 조금 기분이 밝아진 것 같았다.

"비저너리라는 건 비전하고 관계있는 말이겠네?"

"파생어야."

"그럼 케이시도 비저너리네. 비전, 그러니까 예지를 보고 있으니까."

미오가 말하니 케이시는 갑자기 입을 다물었다. 만나고서 지금까지 가끔 보여주던, 괴로운 표정이 되었다.

그 표정에 숨겨져 있는 무언가를 찾는 동안 미오는 케이시의 고뇌를 알 듯한 기분이 들었다. 그가 자기 의지와 상관없이 보게 되는 예지는 전부 타인에게 악몽인 것이다. 분명 케이시는 많은 사람들의 불행을 알고서도 아무것도 할 수 없었던 것이 아닐까.

미오는 자신이 처한 상황을 떠올리곤 손목시계를 쳐다보았다.

시각은 벌써 오후 10시를 지나고 있었다.

날짜가 바뀌기까지 이제 2시간 남았다.

"예언자의 정체가 밝혀졌어."

사와키 형사가 이 내선전화를 받고 합동 조사본부로 향한 것은 오후 10시 10분이었다.

회의실에서 나온 조사원은 새로운 정보를 알려 왔다.

"살인을 예언한 사람은 무직의 야마하 케이시라는 남자야. 첫 번째 피해자의 애인이었어."

"애인?"

사와키가 되물었다.

"피해자의?"

"그래."

"두 번째를 예언한 것도 같은 남잔가?"

"맞아. 그때는 에도가와 케이시라는 이름을 썼다는데, 가명이겠지. 동일인물로 보여."

2건의 무차별 살인 사건을 수사하는 조사원은 헉 숨을 들이켰다.

"이제 금방이겠군."

"금방이라니?"

되묻는 사와키는 자신의 이마를 손가락으로 두드리며 말했다.

"잊고 있었어. 그 예언자가 범인이라는 말이지?"

"지금에야 눈치 챈 거야?"

조사원은 어이없다는 얼굴이었다.

"피해자가 살해될 것을 미리 알고 있는 사람이라면 범인 또는 공범일 게 분명하잖아."

"이제부터 어떻게 하지?"

"낙관할 수 없지. 현장에는 야마하 케이시의 범행이라고 단정할 수 있는 증거가 없었어. 한동안은 잠복수사를 계속해야겠군."

"증거가 없다는 말은……."

깊이 생각한 사와키는 농담이 섞인 어조로 말했다.

"혹시 내가 그 증거 같은 걸 잡아오면 본청으로 발령받을 수 있으려나?"

"그걸 노리고 있었군?"

하고 조사원이 웃었다.

"꼬치꼬치 묻길래 이상하다고 생각했었는데."

"본청으로는 무리라도 생활안전과와는 작별할 수 있을지도 모르지."

하고 사와키는 말했다.

신주쿠역으로 돌아온 미오는 요시에에게 전화를 걸었다. 누마타가 스토커가 아닌 이상, 데이트 클럽에서 알았던 남자들 전원이 용의자가 되었다.

"스토커가 될 거 같은 손님?"

전화 저편의 요시에는 잠깐 생각하더니 말했다.

"타쓰야는 어떨까?"

미오는 들은 적 있는 이름에 상반신을 내밀었다.

"어떤 사람이었지?"

"내 남자친구야."

미오는 기억해냈다. 오후 6시 모아이 석상 앞에 나타난 남자다.

"농담하지 마."

"안 돼?"

요시에가 웃으며 자랑하듯이 말했다.

"그래도, 타쓰야랑은 그 가게에서 알게 됐다고."

"다른 사람 없어?"

"있을 리 없잖아? 손님은 스토커가 될 수 없어."

"왜?"

"너 말이야, 자기 주소라든가 본명 같은 거 손님한테 사실 대로 말했었어?"

아, 하고 미오는 말이 막혔다. 요시에가 말한 대로다.

"게다가 사장도 신신당부 했잖아?"

미오는 경찰에 체포된 데이트 클럽 사장을 떠올렸다. 음울한 얼굴의 사장은 집에 돌아갈 때에는 아가씨들에게 누군가 쫓아오지 않는지 조심하라고 친절하게 주의를 주곤 했다.

여기까지 이르러, 겨우 자신을 죽이려는 남자의 모습이 포착되었다. 무차별 살인범이다. 과거에는 전혀 인연이 없었던 남자. 만나자마자 덤벼드는 묻지마 살인.

모두 운명인 것이라고 미오는 깨달았다. 지금 이렇게 케이시와 움직이고 있는 것도 미리 정해진 운명이고, 두 시간 뒤에는 살인범과 만날 시나리오가 짜여 있는 것이다.

아무 말도 하지 않는 미오에게 전화 저편에서 요시에가 물었다.

"여보세요? 무슨 일 있는 거야?"

"있지, 호신용품 없어? 최루 스프레이라던가 스턴건(전기충격기 — 옮긴이) 같은 거."

"그런 거 없어."

하지만 요시에가 밀리터리 오타쿠인 친구가 있다고 말했다.

"그 사람 있는 곳에 가면 빌려줄지도 몰라."

고탄다 역에 케이시와 함께 내려선 것은 오후 10시 40분 지나서였다. 그 뒤로 10분 정도 걸으니 요시에의 친구가 사는 맨션에 도착했다.
생일을 맞이하기까지 이제 1시간 10분 남았다.
"이렇게 되면, 자기 몸은 자기가 지킬 수밖에."
미오는 눈앞에 있는 6층짜리 맨션을 올려보며 말했다.
"케이시는 여기서 기다려."
"왜?"
"미행이 없는지 여기서 지켜봐 줘. 아무도 오지 않으면 12시에 나타나는 사람이 무차별 습격범이라는 의미잖아?"
"알았어."
미오는 맨션에 들어가서 요시에가 말한 밀리터리 오타쿠의 방으로 향했다. 엘리베이터로 5층에 올라가서 복도 제일 안쪽 방에 가니 '무토(武藤)'라고 적힌 명판이 보였다. 인터폰을 누르고 잠깐 기다리니 스포츠머리가 잘 어울리는 남자가 얼굴을 내밀었다.
"요시에한테 전화로 들었어."
하고 무토는 말했다.
"안으로 들어와."
"여기서 받을 수는 없어?"
미오가 두려움을 숨기고 말했으나 상대는 눈치를 챈 모양이다.
"민간인을 해치진 않으니 걱정하지 마."

밀리터리 오타쿠는 불만스런 얼굴로 말하고 방 안으로 쑥 들어갔다. 곧 그가 여러 가지 것들을 가지고 나왔다.

"방범 스프레이, 스턴건, 헬멧에 방탄조끼. 뭐가 필요해?"

전부 갖고 싶다고 생각했지만 다 가져 가는 건 무리였다.

"칼 같은 건 없어?"

"있긴 한데 빌려줄 수 없어."

"왜?"

"그럼 도검법 위반으로 걸려서 체포될 걸."

마지못해 끄덕이는 미오는 일단 방탄조끼부터 집었다. 무토가 물었다.

"적은 총을 사용해 오는 건가?"

"칼이야."

"그럼 방탄조끼는 안 돼."

"어째서?"

"방탄조끼는 권총의 총알은 받아낼 수 있지만, 칼로 찌르는 공격은 막을 수 없어."

"막을 수 없어?"

아연해서 미오가 말했다.

"그럼 칼로 찌를 때 어떻게 하면 돼?"

무토의 대답을 들으려 할 때에 핸드폰이 울렸다. 바로 전원을 끄려 했으나 발신자를 보고 마음을 바꿔 받았다.

"나 사와키인데, 이상한 거 물어봐도 될까?"

하며 형사가 바로 말을 꺼냈다.

"지금 네 주변에 예언자라고 자칭하는 남자 없어?"

미오는 놀랐다.
"어떻게 알았어요?"
"있군."
사와키는 만족한 듯 말하고는 피해자의 생일에 발생한 두 건의 무차별 살인 사건과 그것을 예지한 남자에 대해 이야기했다.
"합동수사본부는 그 에도가와 케이시, 본명 야마하 케이시를 범인으로 추정하고 있어."
미오는 할 말을 잃었다. 젊은 여자의 생일만 골라 죽이는 엽기 살인자. 사건을 객관적으로 바라보자마자, 케이시가 노리는 것을 알 것 같은 기분이 들었다. 계속 자신과 함께 있던 것은 날짜가 생일로 바뀌는 순간에 습격하기 위함이 아닌가.
게다가 스토킹을 하던 것도 케이시가 아니었나 생각하니 등골이 서늘해졌다. 또 자기뿐만 아니라 친구까지 관찰하고 있었다면? 요시에의 행동을 엿보아 그녀가 약속을 잊었음을 미리 알고 있던 것 아닐까.
미오는 입을 열었으나 말이 나오지 않았다.
"잠깐 생각 좀 할게요."
하고 빠른 어조로 말하고 나서 일방적으로 전화를 끊었다.
미오의 얼굴을 들여보던 밀리터리 오타쿠가 걱정스런 얼굴로 말했다.
"약용 브랜디도 있는데……."
한 번 끊은 전화가 바로 다시 울리기 시작했다. 사와키가 다시 전화한 것이다.
미오는 놀란 채로 발신자 표시를 응시하고 있었다. 주저하며 받으니 전화 건너에서 사와키가 말했다.

"한 가지 부탁할 게 있어."

오후 11시 10분, 미오는 밀리터리 오타쿠의 맨션을 나왔다. 지금 막 빌린 물건을 담은 무거운 종이봉투를 안고서.

거리의 불빛에 비추어보니 자전거 주차장 옆에 케이시가 서 있었다.

"꽤 오래 걸렸군."

케이시가 가까이 왔다.

"계속 쳐다보고 있었는데, 아무도 안 왔어."

미오는 끄덕이며 고탄다역으로 향하며 물었다

"케이시, 나에게 뭔가 숨기는 거 없어?"

놀란 듯 케이시가 이쪽을 봤다.

"에도가와 케이시라는 거 본명 맞아?"

미오를 바라보던 케이시는

"여자의 감인가보군."

라고 말하며 고개를 숙였다.

미오는 아무도 없는 밤 공원을 가로지르며 상대의 대답을 기다렸다.

"본명은 야마하 케이시야. 거짓말해서 미안."

"왜 에도가와 케이시라고 한 거야?"

"미국에 에드거 케이시(1877년 미국 켄터키 주 태생 예언가. '잠자는 예언자'로 유명함. ― 옮긴이)라는 예언자가 있었어. 그걸 따온 거야."

"에드거를 에도가와라고 따오는 건 에도가와 란포 이래 생긴 전통인가 보네."

미오는 애써 밝게 행동했다.

"근데, 왜 가명 같은 걸 쓴 거야?"

"살인 사건을 예언하면 의심받을게 당연하니까."

"혹시 전에도 예지한 적 있어?"

물으니 케이시는 침묵했다.

"그때도 피해자와 같이 있었어?"

미오는 대답을 기다렸지만 예언자를 자칭하는 남자는 힘없이 고개를 떨굴 뿐이었다.

생일을 목전에 두고 역으로 이어지는 큰길로 나온 미오는 거기서 택시를 불러 세웠다. 케이시는 조금 의아한 얼굴이었지만 미오가 이끄는 대로 차에 몸을 실었다.

20분 뒤 오후 11시 45분, 택시는 노기자카에 있는 사무용 빌딩 거리에 도착했다. 이미 주변 행인은 끊겨있었다. 차에서 내린 미오와 케이시 앞에는 건설 중인 빌딩이 있었다.

"이 안에 들어갈 거야?"

철골이 솟아 있는 건축물을 올려다보고 케이시가 물었다.

"맞아. 25살 생일은 여기서 맞이할 거야."

미오는 그렇게 말하고 빈 종이봉투를 그 장소에 버렸다.

옆 건물과의 틈새로 들어가니 공사 관계자가 사용하는 비상구를 찾을 수 있었다.

높은 굽의 샌들을 신고 있는 미오는 발밑을 조심하며 공사 현장 눈에 띄지 않는 어두운 곳으로 들어갔다. 그러고서 계단을 찾아 케이시와 함께 3층으로 향했다.

"여기야."

내열 보드가 쌓인 작은 방을 찾아 입구 옆에 매달린 조명 기구 스위치를 비틀었다. 플라스틱 격자 안에 알전구가 켜졌다. 생일까지 10분이 채 남지 않은 시점이었다. 미오는 케이시와 나란히 걸터앉아 자신이 25세가 되는 순간을 기다렸다.

"들어 주었으면 하는 게 있는데."

침묵을 견디지 못한 듯, 케이시가 입을 열었다.

"1개월 전에 애인을 잃었어."

미오는 숨을 죽이고 케이시의 옆얼굴을 응시했다. 두 눈이 예지를 볼 때처럼 초점을 잃고 있었다.

"전부터 알고 있었는데, 아무 것도 할 수 없었어. 그 뒤 그녀의 장례식에 참석한 사람들 중에 또 한 사람 발견했지. 죽을 운명인 사람을. 그 사람은 죽은 애인의 친구였어. 나는 내가 본 예지를 말했지만 믿어 주지 않지. 그리고 그 친구도 죽었어."

그리고 케이시는 양손으로 머리를 감쌌다.

"예지는 현실이 되는 거야. 실현되고 말아."

"그럴 리 없어. 미래는 스스로의 의사로 바꿀 수 있어."

설득하듯이 말하는 미오는 눈만 움직여 손목시계를 봤다.

11시 56분.

불안이 더해지고 있는데 미오는 핸드백에서 핸드폰을 꺼냈다.

'117'을 누르니 시각을 알려주는 ARS 음성이 들려왔다.
"현재 시각은 오후 11시 55분 30초입니다."
시간안내 서비스가 연결된 그대로 전화기를 바닥에 내려놓았다. 15제곱미터 정도의 작은 방에서 생일 카운트다운이 울리기 시작했다.
한 번 더 손목시계를 본 미오는 갑자기 놀랐다. 시계침이 시보보다 1분 빠르다. 케이시의 예지는 미오의 손목시계가 12시를 가리킨 순간에 일어난 일이다. 그렇다면 자신이 나이프에 찔리는 것은 정확하게는 11시 59분이 된다.
"그러고 나서."
하고 케이시가 이어서 말했다.
"난 널 찾아내었어."
"응?"
미오가 케이시를 바라보았다.
"어떻게?"
"내 애인도, 그리고 두 번째 살해당한 여자도 같은 데이트 클럽에서 일했다는 걸 발견했거든. 그래서 거기서 일하던 여자들을 하나하나 찾았지. 아는 사람의 아는 사람을 계속 더듬어가는 식으로 해서 예지가 보이는 사람을 찾은 거야."
"그게 나였구나."
"맞아."
케이시는 중얼거리듯이 말하고선 가느다란 손끝으로 발목에 손을 뻗었다. 바지 옷자락 안쪽에 나이프가 든 칼집이 있었다.
휴대폰에서 시간 안내 서비스가 목소리가 울렸다.

"오후 11시 56분 10초를 알려드립니다."
케이시는 계속 숨겨온 나이프를 뽑았다. 그리고,
"이제 금방이야."
하고 말했다.
"이제 조금 있으면 네 생일이 되는군."
미오는 긴박한 시선을 예언자에게서 입구로 옮겼다. 케이시도 누군가의 기색을 느꼈는지 뒤를 돌아보았다. 그곳에 겨우 기다리던 사람의 그림자가 나타났다.
"움직이지 마!"
사와키 형사가 날카롭게 말했다.
나이프를 쥔 케이시가 놀라 자세를 취했다.
"칼을 버리고 벽에 손을 붙여!"
이렇게 소리치는 사와키의 손엔 권총이 쥐어져 있었다.
케이시는 미오를 쳐다보았다. 미오가 말했다.
"함정 수사에 협조하라는 권유를 받았거든. 자칭 예언자를 이 곳으로 데려오라고 말이야."
"오후 11시 57분 10초를 알려드립니다."
케이시는 망연한 눈으로 미오를 응시했다. 그곳에 갑자기 총성이 울렸다.
"시키는 대로 해!"
사와키가 천정에 위협사격을 가한 것이었다. 그는 다시 총구를 케이시에게 향했다.
"시키는 대로 안 하면 발포하겠다."
케이시는 움직임을 멈췄나 싶더니, 갑자기 사와키를 향해 나이프를 휘두르며 공격하려 했다. 다음 순간 케이시를 향해 총구가 불을 뿜었다. 가슴에 총을 맞은 케이시는 그 충격으로 몸이 젖혀져 뒤로 쓰러졌다. 잠깐 다리의 경련이 지난 후 이윽고 그의 움직임이 멈추었다.

"오후 11시 57분 30초를 알려드립니다."

"위험했어."

시간 정보를 흐릿하게 들으며 미오가 말했다.

"정말 고마워요."

"별말씀을."

사와키가 웃으며 말했다.

"이제야 생일을 맞이할 수 있겠군."

미오는 경직된 얼굴에 겨우 미소를 머금었다.

사와키는 쓰러져 있는 케이시를 힐끗 보고는 손에 든 권총을 상의 아래의 총집에 되돌려 놓았다. 그가 반대쪽 주머니에서 접이식 나이프를 꺼냈다.

미오는 웃음이 사라졌다. 시선이 칼날로 끌려들어 갔다.

잠긴 목소리로 미오가 물었다.

"뭐예요, 그거?"

"보면 모르겠어? 나이프야."

"오후 11시 58분 10초를 알려드립니다."

"어째서 그런 걸 갖고 있는 거죠?"

"이게 너에게 주는 선물이니까."

사와키는 일그러진 미소를 지었다.

"25세 생일이로군."

"오후 11시 58분 20초를 알려드립니다."

미오는 천천히 뒷걸음질치기 시작했다. 거기 보조를 맞추듯 사와키가 정면에서 다가왔다.

상대를 들여다 본 미오는 형사의 양 눈에 군침이 도는 것 같다고 느꼈다.

"젊은 여자 생일에 대해 안 좋은 추억이 있어서 말이야."

속삭이듯 사와키가 말했다.

미오는 방 안쪽 벽에 몰아붙여져 도망칠 곳을 잃었다.

"오후 11시 58분 50초를 알려드립니다."

"그 액땜을 해 주려는 거야."

사와키는 허리쯤에 나이프를 겨누었다.

"왜 내 호의를 짓밟는 거야? 왜 내가 말하는 대로 해 주지 않는 거야?"

사와키가 말을 거는 상대는 미오가 아니었다. 초점을 잃은 눈은 그의 구애를 거절하고 상처 입힌 다른 여자를 보고 있는 듯했다.

"아직 생일 안 됐어!"

시간을 벌기 위해 미오가 소리쳤다.

"25세가 된 너를 감당할 수 없었어."

"오후 11시 59분 정각을 알려드립니다."

미오는 사와키의 옆을 빠져 나와 도망가려 했다. 하지만 사와키가 내지른 나이프는 확실히 미오의 가슴을 겨냥했다. 블라우스를 꿰뚫은 칼날 끝이 피부 안쪽까지 침입했다.

"욱!"

작게 신음하며 미오는 그곳에 웅크렸다.

사와키는 미오 옆에 쪼그려 앉아 턱을 잡아 올려 목을 베려 했다. 하지만 그는 돌연 움직임을 멈추고 고뇌에 찬 비명을 지르며 천천히 뒤로 무너져 내렸다.

미오는 얼굴을 들었다. 피로 물든 나이프를 손에 들고, 케이시가 서 있었다.

"괜찮아?"

그가 물었다.

"그럭저럭."

가슴을 누른 미오는 파랗게 질린 얼굴로 일어섰다.

"케이시는?"

"응, 괜찮아. 상당히 충격을 받긴 했지만."

밀리터리 오타쿠로부터 빌린 방탄조끼와 방인조끼가 제대로 효과를 발휘한 듯 했다.

"1분 전에 습격해 올 줄은 생각 못했어."

등을 누르며 신음하는 사와키를 내려다보며 케이시가 말했다.

"그런데, 어떻게 이 형사가 범인이란 걸 알았어?"

"데이트 클럽 여자들 전원의 개인정보를 알고 있는 것은 사건을 담당한 형사뿐일 거라 생각했어. 그리고 오늘 나에게 전화 건 사람은 이 사람뿐. 밤에 불러낼 작정이었겠지."

미오는 케이시에게 눈을 향했다.

"그런데, 예언자의 존재를 알고 계획을 바꿨지. 케이시에게 죄를 덮어씌우고 나도 죽이려고 한 거야."

끄덕인 케이시는 손에 든 나이프를 바닥에 버렸다. 그리고 슬폰 어조로 중얼거렸다.

"이걸로 그녀의 원수를 갚았어."

"오전 0시 정각을 알려드립니다."

핸드폰에서 들려오는 목소리에 미오와 케이시는 눈을 마주쳤다. 1초 간격의 발신음이 5회 들리고 날짜가 넘어간 것을 알려주었다.

"생일, 축하해."

케이시가 웃는 얼굴로 말했다.

"25살이 되는 게 이렇게 기쁠 줄이야……."

미오는 그대로 주저앉아 살짝 울었다.

4

등에 중상을 입은 살인범은 도착한 구급차에 실려 인근 병원으로 보내졌다.

미오와 케이시는 형사들에 의해 관할 경찰서로 끌려가 질문 세례를 받았다. 믿어 주지 않을게 당연했기 때문에 예언에 대한 부분은 빼고 말했다. 애인을 잃은 케이시가 개인적으로 사건을 조사하고 있었다고 둘러대는 식으로. 이야기가 일단락되고 나자 형사들은 당일 오전부터 있을 사건 청취에 응해줄 것을 약속받고 둘을 해방시켜 주었다.

미오와 케이시가 경찰서에서 나왔을 땐 이미 주변이 밝아지고 있었다. 동쪽 하늘이 붉게 물들고 있다. 미오의 25세 생일의 시작은 쾌청한 아침이었다.

"있지, 케이시."

어깨를 기대고 걸으며 미오가 말했다.

"이제부터 어떡할 거야?"

"어떡하냐니?"

미오는 최대한 태연하게 물었다.

"나랑 사귈 생각 없어?"

케이시가 발을 멈추었다. 미오는 그의 대답을 기다렸다. 곧,

"택시 잡을 거야?"

하고 케이시가 물었다.

"나는 지하철 첫차 기다릴 거야."

"그게 대답이야?"

"응."

케이시는 미안한 듯 말했다.

"알았어."

미오는 쿨하게 미소지었다. 이게 자신의 방식이라고 생각하면서.

"너는 이제 어떻게 할 건데?"

"모르겠어. 그래도, 노력하면 미래는 바뀔 수 있다는 걸 알았으니까."

"그렇구나."

케이시가 끄덕였다.

"생일 함께 보내줘서 고마워. 기뻤어."

"나도."

"그럼."

"응."

그리고 미오는 케이시가 내민 손을 쥐고 나서 혼자 걷기 시작했다.

케이시는 그곳에 선 채 잠시 미오의 뒷모습을 배웅했다.

이윽고 그녀의 모습이 보이지 않게 되자 예지가 그의 뇌리에 나타났다. 그것은 전날 밤에 본 것과 같은 할머니가 누워 있는 병실의 광경이었다.

침대 주변에 선 남편으로 생각되는 할아버지는 자신이 아니었다.

그것을 확인하고 케이시는 비전의 중심으로 의식을 옮겼다.

침대 가운데 숨을 고르고 있는 할머니.

슬픔에 찬 가족들이 주변을 감싸고 있다. 아들 부부가 있다. 딸 부부도 있다. 나이가 제각각인 다섯 명의 손자들의 모습도 있다.

분명 그 할머니는 작은 집에 많은 가족과 함께 살고 있을 것이라 케이시는 생각했다. 그녀가 어린 시절부터 그려오던 희망대로.

얼굴을 든 케이시는 마음속으로 25세의 미오에게 말을 걸었다.

60년 뒤에 당신은 죽는다.

그래도 그때까지는, 분명 좋은 인생일 거라고 생각해.

시간의
마법사

1

시간은 가차 없이 지나간다.

지금은 오후 4시 10분. 마감까지 이제 한 시간도 남지 않았다.

아사오카 미쿠는 워드프로세서의 액정 화면에서 얼굴을 들어 충혈된 눈을 천장으로 향했다. 작업 중인 원고는 앞으로 몇 장이면 탈고될 예정이다. 이제 탐정 역을 맡은 주부가 사건을 멋지게 해결하는 것만 남아 있다.

미쿠는 미간을 찌푸리고 필사적으로 머리를 쥐어짰다. 2시간짜리 드라마의 하이라이트인 진범 폭로 장면을 어떻게 연출할 것인가.

좋은 생각이 떠오르지 않았다. 오래 쓴 지우개처럼 뇌가 닳아 줄어들어 버린 느낌이었다. 어쨌건 스무 시간 이상이나 워드프로세서와 눈싸움을 하고 있었으니.

미쿠는 일어서서 작업장과 침실과 거실을 겸한 7제곱미터도 안되는 넓이의 작은 방을 가로질러 현관 옆에 있는 개수대에 섰다. 남은 시간 중에 귀중한 5분을 할애하여 인스턴트 커피를 컵에 담았다.

물이 끓는 것을 기다리는 동안 집중력은 유지한 채 사고력만을 쉬게 했다. 그런 재주가 가능하게 된 것도 오랫동안 이 일을 해 온 덕이다.

플롯 라이터. 그것이 미쿠의 직업이다. 이 직업이 일반적이지 않은 이유는 생활을 유지할 수 있을 만한 일이 아니기 때문이다. TV 드라마의 기획이 세워질 즈음 '기획서'라는 것이 만들어지는데, 그 줄거리 부분을 쓰는 것이 플롯 라이터의 임무다. 보통은 내정된 극작가가 기획서를 써야 하지만, 기획만 먼저 진행되거나 작가가 상당한 거물일 경우에는 플롯 라이터가 나서게 된다. 제작사의 프로듀서나 감독과 상의하여 내용을 정하고, 원고지 15장에서 50장 사이 정도로 정리한다. 하지만 회의가 되풀이될 때마다 고쳐야 되기 때문에 실제 집필량은 그 3배 정도가 된다.

그리고 여기서부터가 문제인데, TV드라마 기획이라는 것은 무산되는 경우가 압도적으로 많다. 미쿠의 경험으로는 20분의 1정도밖에 통과되지 않는다. 이렇게 필사적으로 써 내려간 원고의 대부분이 보람도 없이 사라져 버리고 마는 것이다.

플롯을 쓰는 것만으로 먹고 사는 인간은 거의 전무하지 않을까. 원고료는 3만엔에서 5만엔 정도이며, 제작사에 따라서는 한 푼도 주지 않는 곳도 있다. 그래도 미쿠가 계속 쓰는 이유는 플롯 라이터가 극작가로 가는 지름길이기 때문이다. 원고가 프로듀서나 감독의 눈에 들면 언젠가는 극본을 맡을 수 있을지도 모른다.

커피잔을 손에 든 미쿠는 초조함에 쫓기며 워드프로세서 앞으로 돌아왔다.

좋은 아이디어가 떠오르지 않아서 전통적인 전개로 나가기로 했다. 탐정 역의 주부가 사건 관계자를 모아 범인을 지명한다. 얼간이 역의 형사가 그것을 듣고 과장되게 놀란다. 주인공의 추리가 회상 장면과 함께 이어지고, 사건은 경사스럽게 해결. 최후에 아버지를 잃은 가련한 소녀가 주인공에게 눈물 섞인 감사의 말을 전하고 마무리.

단숨에 워드프로세서를 쳐서 '끝'이라는 글자를 찍어 넣은 시점에 마감은 7분 후로 임박했다. 화면 순서에 맞춰 퇴고한 것이 마감 3분 전. 시간이 없어서 원고프린트와 팩스 송부를 동시에 할 수 밖에 없다.

제작사의 FAX 번호를 누를 때는 마감 시각인 오후 5시 정각이었다. 미쿠는 휴 하고 숨을 내쉬었다. 이번에도 아슬아슬하게 잘 이겨낸 듯하다.

원고를 다 보내고 나니 갑자기 머릿속이 저려오는 것을 느꼈다. 침대에 눕고 싶은 것을 참고 욕실로 향한다. 땀이 밴 실내복을 벗고 샤워 수도꼭지를 돌렸다.

거울 속에 생기 없는 흙빛 얼굴이 비쳤다. 몸을 내려다보니 야위었으면서도 어딘가 축 늘어진 느낌이 들었다. 건강하지 못한 마른 체형이기 때문이라고 생각했다. 요 근래는 먹는 것도 제대로 챙기지 못하는 생활이 이어져서 더욱 그렇다.

미지근한 샤워로 피로를 씻어 내린다. 머리도 감으려고 샴푸를 집었으나 잔량이 적은지 내용물이 좀처럼 나오지 않았다.

시간의 마법사 69

내일은 샴푸 값으로 480엔이 나가겠군. 그렇게 생각하자 기분이 더 무거워진다.

원고를 마쳤다는 만족감은 어디론가 사라져갔다.

머리를 감으며 미쿠는 이번 달 생활비가 괜찮을지 그것만 생각하고 있다.

다음 날, 원고를 제출한 제작사인 '베가 프로덕션'에 향했다. 고지마치에 위치한 사무용 빌딩에 있는 이 회사는 미쿠에게 일을 주는 곳 중에 가장 크고 가장 가깝게 지내는 프로덕션이다.

아직 장마도 오지 않았는데 이날은 기록적인 무더위로 인해 사무실에 에어컨이 가동되고 있었다. 30개 정도의 책상이 늘어서 있는 사무실은 외부 촬영 때문에 모두 외근 중인 듯 한산했다.

"안녕하십니까."

출입문에서 인사를 하니 안쪽 데스크에 있던 프로듀서 미야카와 요코 씨가 일어섰다. 선글라스를 머리띠처럼 걸고 있다. 나이는 미쿠보다 두 살 위인 31세이다. 요코는 손목시계를 보고 미소 짓는다.

"여전히 시간은 정확히 지키네."

"어제 보내드린 건 읽어 보셨어요?"

"응. 읽었어. 잠깐 안으로 들어가지?"

요코가 칸막이 건너에 있는 손님맞이 탁자를 권했다.

둘은 소파에 마주앉아 한숨 섞인 미소를 나누었다. 업무를 통해 친구가 되고 보니 어째선지 이젠 인사만 해도 한숨이 절로 나온다.

"어제 받은 건 괜찮던데."

요코는 담배에 불을 붙이며 말했다.

"일단 방송국 반응을 기다려보자. 오늘 중에는 결과가 나올 테니까."

미쿠는 안도했다. 아무리 친구라도 요코는 업무적으로는 타협하지 않는다. 일단은 합격 평가를 받은 셈이다.

"근데, 오늘 일부러 오라고 한 이유는 다른 일로 이야기 할 게 있어서야."

"다른 건?"

미쿠가 몸을 내밀며 물었다.

"혹시 전에 그 기획 말씀이세요?"

"응."

요코가 끄덕였다.

3개월 전에 제출한 두 시간짜리 드라마의 이야기다. 어린 시절 살인 사건을 목격한 여성의 이야기인데, 주인공은 자신의 기억과 현실 사이의 불일치를 눈치 채고 무고한 인간을 범인으로 만들어 버린 것이 아닌지 하는 의심에 사로잡힌다. 기억조차 변조해 버리는 인간의 심층 심리 속 어둠을 그린 회심의 작품이었다.

"뭔가 반응이 있었습니까?"

미쿠의 목소리 톤이 높아졌다. 그 스토리는 느낌이 왔었다. 이걸로 드디어 극작가가 될지도 모른다고 느낀 것이다. 취재도 공들여 했다. 책을 사서 인용하거나 심리학자의 이야기를 참고하는 등 원고료를 넘는 돈을 들여 자신이 만족할 만한 스토리를 완성해

낸 것이다.

"그게 말이지……."

요코는 목소리를 낮추어 말했다.

"방송국 측 프로듀서는 '정말 재미있다'고 말했어."

"정말입니까?"

미쿠는 얼굴에 미소가 퍼져갔으나 바로 어두워졌다. 요코가 웃고 있지 않았기 때문이다.

"그래서요?"

"그래서 '너무 재미있어서 묻어 버려야겠는데요.' 라더군."

"무슨 말이죠?"

"무슨 말이냐면, 지금은 어느 방송국이나 두 시간짜리 드라마 프로그램을 만드는 기준이 생겼거든. 일단 시청률을 확보할 수 있는 탤런트를 캐스팅할 수 있는가도 문제고, 살인 사건이 둘 이상에다 주인공이 해결하고 종료……. 거의 어제 받은 기획서 패턴이 잖아."

"그건 이해되는데……. 어느 정도 기준에서 벗어나더라도 재미있으면 상관없지 않나요?"

"방송국 쪽에서는 그렇게 생각하지 않아. 하던 대로만 하면 시청률 유지는 되니까 모험을 안 하지."

미쿠는 샐쭉해져서 빰을 부풀렸다. 요코가 그 모습을 흉내 냈다. 어느 쪽이 먼저랄 것 없이 힘없는 웃음이 나왔으나 미쿠의 낙담은 조금도 나아지지 않았다.

"K 방송국은 무리니까 OSC로 가져갈게."

요코는 관서지역의 지방 방송국 이름을 대며 말했다.

"그쪽은 전국 방송이라 연간 2편의 두 시간짜리 드라마가 필요하니까."

"겨우 두 편?"

"가능성은 낮지만 포기하는 것 보다는 낫잖아? 무슨 일 있으면 바로 알려줄 테니 좀 더 기다려 봐."

"네."

미쿠는 고개를 숙였다. 그 오리지널 기획서에는 미쿠의 꿈과 생활이 걸려있다. 즉, 극작가가 되는 것과 그로 인해 얻을 수 있는 100만엔 상당의 원고료. 그 결과가 연기되었기 때문에 미쿠는 다시 현실이라는 상황으로 억지로 끌려 나왔다.

"어제 드린 플롯의 개런티 말인데요."

미쿠는 무거운 어조로 말을 꺼냈다.

"응. 다음달 말에는 입금될 테니 기다려."

"그거, 이번 달에 안 될까요?"

미쿠는 억지로 웃는 얼굴을 만들어 말했다. 이런 대화는 몇 번을 해도 익숙해지지 않는다.

2년 전에 산 블라우스 아래 체온이 급격히 올라가는 것을 느꼈다.

"이번 달? 괜찮을 거라고 생각하는데……. 경리부랑 이야기해 볼게."

"부탁드립니다."

요코는 새 담배에 불을 붙이며 갑자기 물었다.

"아르바이트라도 해 볼래?"

"아르바이트요?"

"응. 우리 쪽 예능 파트가 자료 조사 도와줄 사람 찾고 있는데. 할 생각 있으면 소개해 줄게."

지금 하는 플롯 작업도 아르바이트 개념으로 봐야 하는 일이었지만 요코가 본업과 아르바이트로 나누어 이야기해 준 것이 기뻤다.

"그렇군요. 해 볼까요?"

"그래. 위층 회의실로 가자. 담당자가 거기 있어."

한층 위의 회의실에 있던 사람은 서른이 넘어 보이는 인상에 노란 뿔테 안경을 쓴, 가벼워 보이는 남자였다. 사타케라고 자신을 소개한 그 프로듀서가 인사도 대충 해 치우고 말했다.

"프로그램 타이틀은「20세기 노스탤지어」입니다."

"네에."

미쿠는 대충 맞장구 쳤다. 드라마가 전문이니 버라이어티 쇼 프로는 별로 익숙하지 않았다. 회의 책상에 바로 옆에 앉은 요코는 생글거리며 둘이 인사를 주고받는 모습을 지켜보고 있다.

사타케가 말을 이었다.

"프로그램 기획 의도는 사람들이 빠르게 잊고 있는 20세기라는 시대의 대표적인 사건에 스포트라이트를 비추어 돌이켜 보자는 것입니다."

"네."

"그렇다고 해도 그리 딱딱하진 않아요. 머리 나쁜 탤런트를 잔뜩 모아다가 진행시켜야 되니까요."

미쿠는 그의 얼굴을 바라보며 이 사람 역시 이곳 업계에서 흔히 보이는, 시청자를 바보로 생각하는 프로듀서라고 생각했다.

사타케는 안경 속의 가느다란 눈을 웃음으로 비틀며 한동안 프로그램 내용에 대해 말했다.

"그래서, 미쿠 씨에게 부탁하고 싶은 건 구성 작가에게 넘길 자료 만들기입니다. 말하자면 20세기 후반의 연표 만들기 같은 거죠."

"연표라면, 초등학교 때 만들던 거요?"

"맞습니다. 그런데 역사 수업이 아니니까요. 예를 들어 그 시절의 영화 대표작이라던가, 비틀즈 붐 같은 것도 넣어 주세요. 유행어 같은 것도 좋을 것 같네요."

미쿠는 머리를 회전시켰다. 도서관에 가면 자료는 모을 수 있겠지.

"마감까지 1주일 정도 밖에 없는데, 괜찮겠어요?"

"네. 할 수 있어요."

"개런티는 어떻게 됩니까?"

옆에서 요코가 물어봐 주었다.

"괜찮게 주시는 거죠?"

"그렇군요."

사타케는 둘의 얼굴을 번갈아 보며 말했다.

"5열로 어떻습니까?"

5열. 이라는 것은 5만5천5백5십5엔 이라는 말이다. 이런 보수 설정은 업계 관행으로, 원천징수 10퍼센트를 떼면 손에 들어오는 것이 딱 5만엔이 된다.

"네."

미쿠는 끄덕였다.

"지불은 이달 말까지 가능하죠?"

요코가 재차 물어봐 주었다.

"응, 괜찮아요. 나랑 야참도 같이 먹어주면 6열로 할 텐데."

"예?"

미쿠는 눈썹을 찌푸리며 사타케를 쳐다보았다.

"농담입니다. 농담."

사타케는 경박한 웃음으로 말을 취소했다.

자신의 표정이 좋지 않았을 것이라 생각하고 미쿠는 반성했다. 이런 성희롱도 웃으며 흘러 넘기지 않으면 이쪽 업계에서는 뜰 수가 없다.

"그럼 부탁드립니다."

사타케의 말을 끝으로 회담은 종료되었다.

새 일거리를 얻었다고는 하지만 베가 프로덕션을 나온 미쿠는 발걸음이 무거웠다. 그녀는 오피스 빌딩 거리에서 제일 가까운 역으로 향하면서 우울한 심정으로 자기 꿈이 언제나 이루어질 수 있을지 생각했다.

지방 방송국으로 가져갔다는 걸로 보아 기획은 이미 물 건너갔으리라. 이건 비관이 아니라 현실적인 판단이다. 요코도 힘써 주고 있지만 그녀에게 인기 탤런트의 스케줄까지 바꿀 능력은 없다. 연예 매니지먼트 회사와 개인적인 인맥이 있는 것도 아니다. 드라마의 기획이 방송국에 통과될 수 있느냐에 영향을 미치는 것은 그 두 부분이며, 스토리가 얼마나 좋은지는 별 문제가 되지 않는다. 미쿠가 심혈을 기울여 완성한 스토리는 아마 누구의 눈에도 드는 일 없이 어둠에 묻히게 될 것이다.

JR전철역에 도착할 즈음에는 완전히 양 어깨가 축 처졌다. 돌아가는 표를 사려고 천엔짜리 지폐가 두 장밖에 없는 지갑을 꺼낸다. 은행에 남아 있는 4만엔을 떠올리며 스스로를 위로했다. 오늘 맡게 된 역사 연표 일도 잘해야 월말에 5만엔이 들어온다. 거기서 집세와 광열비를 빼면 1만 5천엔, 요코가 플롯 원고료를 이 달 말에 넣어 주면 6만 5천엔. 이걸로 다음 달 말까지의 50일간을 이겨내면 된다.

그래도 그 뒤는 어떻게 하면 좋을까. 50일은 눈 깜짝할 새다. 그때까지 다른 일을 찾지 못하면 땡전 한 푼 없는 신세가 된다.

미쿠는 자신의 미래에 역겨움을 느꼈다. 이래서는 안되겠다고 생각하고 마음속으로 자신의 이름을 중얼거렸다.

미쿠(未來), 미쿠, 희망찬 미쿠.

어릴 때부터 마법의 주문이었다. 행복할 때, 괴로울 때, 부모님이 지어 주신 자신의 이름을 말하면 신기하게도 힘이 솟아났다.

이렇게 하기 시작한 건 언제부터일까. 어린 시절을 생각하며 미쿠는 한숨을 쉬었다. 생활고 같은 건 모른 채 그날그날의 텔레비전 프로그램이나 아버지가 일 끝나고 사 오시는 케이크가 최대 관심사였던 시절.

미쿠를 안고 흐르는 시간은 뺨을 타고 흘러내리는 눈물처럼 따뜻하게, 그리고 천천히 흘러갔다.

2

"여보세요?"

원룸 맨션에 도착해 전화를 걸고 두 번의 신호음이 지나자 야마하 케이시가 받았다.

"아, 미쿠 씨?"

여섯 살이나 연하인 케이시는 미쿠에게 경칭을 붙여 부른다.

"응. 공부하는 중이야?"

"아뇨. 괜찮아요."

대학원 심리학 교실에서 케이시가 대답했다.

케이시와는 친구의 소개로 알게 되었다. 드라마 스토리 속에 심리학 전문가를 등장시키려고 자료를 찾고 있었기 때문이다. 취재를 위한 첫 대면에서 미쿠는 묘한 감각을 느꼈다. 옛날 그와 어디선가 만난 적이 있는 느낌이다. 하지만 미쿠가 항상 하는 자기소개,

"아닐 미(未)자에 올 래(來), 미래라고 쓰고 미쿠라고 읽어요."

를 말하니, 케이시가 눈을 동그랗게 뜨고,

"좋은 이름이네요."

하고 대답한 걸 보면 역시 첫 대면이라고 생각했다.

미쿠는 제작사 프로듀서의 이야기를 그대로 전달했다.

"미안, 모처럼 힘써서 도와줬는데 잘 안 돼 버렸네."

"그런 건 신경 쓰지 않으셔도 돼요. 아직 가능성도 있잖아요."

"그렇지."

미쿠는 미소 지었다.

"힘내면 분명 좋은 일이 있을 거예요."

케이시는 신기한 인물이었다. 이야기를 하는 것만으로도 기분이 밝아진다. 진부한 이야기라도 그가 말하면 솔직하게 받아들여진다. 심리학을 전공한 만큼 카운슬러 자질이 있는 것일까.

"또 무슨 일 있으면 전화해 주세요."

"응."

"그럼, 이제 끊을게."

"알았어요."

"케이시도 힘내."

"네. 들어가세요."

전화로 이야기한 횟수가 아직 적어서 둘은 어렵게 작별 인사를 했다.

수화기를 내려놓은 뒤 미쿠는 어찌되어도 돈은 벌어야겠다고 생각했다. 전철 요금에 허덕이는 생활로는 사랑도 불가능하다.

다음 날도 더웠다.

미쿠는 야채 주스 한 병으로 아침 식사를 끝내고 오래 입은 낡은 티셔츠와 진 차림으로 집 근처 도서관에 갔다.

10분 정도 책꽂이를 보며 걸었는데 10권 정도의 자료를 찾았다. 5권까지 대출이 가능하므로 그 외의 자료는 필요한 페이지만 복사했다.

방에 틀어박혀 연표를 만드는 작업은 처음엔 즐겁게 진행되었다. 초등학생 시절로 돌아간 듯한 기분이었다. 친구 모두 왁자지껄 떠들며 교실 벽에 붙일 연표를 만들었었다.

그때 급우들은 지금 무엇을 하고 있을까. 미쿠는 워드프로세서를 치는 손을 쉬며 마지막으로 만난 지 벌써 17년이나 지났나, 하고 새삼 놀랐다.

자신도 벌써 29세이다. 이제 2개월만 지나면 30세가 된다. 부모님이 붙여 주신 미쿠라는 귀여운 이름으로 불리는 것도 슬슬 어울리지 않게 되었다.

미쿠는 자료 첫 권을 손에 쥐고 책상에서 나와 벽에 붙어있는 싱글 침대에 드러누웠다.

책 맨 뒤의 연표를 눈으로 훑으며 자신이 살아온 시기와 겹쳐본다.

1972년. 미쿠가 태어난 해에는 오키나와 반환(2차 대전 후 오키나와는 미국의 통치아래 있다가 일본에 반환되었음 — 옮긴이)이 있었다. 그 후엔 록히드사건(1976년 미국 항공기 제조 회사 록히드사가 일본 고관들에게 대규모 공작자금을 건넨 비리 사건 — 옮긴이)이나 일중평화우호조약. 하지만 미쿠에게는 전혀 기억에 없는 사건이다.

계속해서 80년대를 보다가 문득 생각났다.

방공호.

고향집 근처의 신사 뒤쪽에 빼꼼히 열려있던 동굴이었다. 근처 남자애들과 자주 거기서 놀았는데. 그 방공호에서 신기한 일이 있었다.

신사에서 숨바꼭질을 하던 9살 적 이야기이다. 미쿠는 왜인지 방공호 속에서 잠들어 엄마 품에서 눈을 떴다. 나중에 안 일이지만, 숨바꼭질을 하던 때로부터 만 하루가 지나서였다고 했다.

즉 미쿠는 24시간 동안이나 사라진 것이었다. 부모님이 밤새 근처를 헤매고 유괴를 의심해 경찰이 출동하는 등 큰 소동이었던 모양이다. 무사히 발견된 뒤엔 미쿠에게 어디서 무엇을 했는지 질문이 쏟아졌으나 그녀는 아무것도 기억하지 못했다. 결국 몽유병 같다면서 넘어가고 말았지만 모두들 여우에게 홀린 기분이었다. 미쿠의 인생에서 단 하나의 미스터리로 남아 있다.

  80년대에는 그야말로 청춘기. 사랑, 우정, 학업 고민. 적당한 행복과 적당한 불행이 섞인 학생 시절이었다. 극작가가 되고 싶다고 생각하기 시작한 것도 이때의 일이다. 어느 여성 극작가가 쓴 드라마를 보고 감동을 받은 것이 계기가 되었다. 하지만 당시엔 결의라고 할 정도는 아니고 미래에 펼쳐진 무수한 선택지 중 하나가 극작가라는 직업인 정도에 지나지 않았다.

  90년대. 아버지가 폐암을 선고받고 입원하셨다. 인테리어 공사 일을 하시는 아버지가 경기 호황에 힘입어 사업을 확장하려던 참이었다.

  아사오카 집안의 생활은 일변했다. 수입은 끊기고 거액의 의료비가 청구되었다.

  어머니와 딸은 굳은 웃음 뒤로 절망을 숨기고 병실에 있는 아버지에게 매일 병문안을 갔다. 깜깜한 기분 그대로 집에 돌아와 TV를 켜니 자신과 같은 나이뻘 되는 여자아이들이 광란의 디스코를 추고 있었다.

  아버지가 살아날 수 없다는 것은 알고 있었다. 반항기에 아버지에게 던졌던 말이 그대로 미쿠의 가슴에 날아와 박혔다. 당장 사과드리자는 생각은 몇 번이나 했었다. 하지만 불가능했다. 새삼 아버지에게 사죄하면 죽음이 가까워 졌다는 것을 광고하는 꼴이다.

사죄도 감사도 말 못하고 아픈 시간만이 쌓여 가다가 결국 미쿠의 아버지가 세상을 떴다. 그때 아버지의 손을 잡고 있던 미쿠는 체온이 급속히 꺼져가는 것을 느끼며 망연히 있었다. 영원히 옆에 있을 것 같았던 존재가 눈앞에서 사라져간다. 아버지 하고 불러보아도 아버지는 되돌아오지 않았다. 미쿠가 태어난 이후로 줄곧 곁을 지켜주던 사람은 편도로 인생 최후의 여행을 떠났다.

부모라는 존재는 아이에게 마치 성인(聖人) 같은 존재가 아닐까. 장례식 준비로 지쳐 잠들면서 미쿠는 생각했다. 아버지는 주기만 할 뿐 아무 보답도 바라지 않았다. 아무렇지 않은 얼굴로 당연하다는 듯 평범한 생활을 제공해 주었으니까. 하지만 그 생활들은 절대 평범한 것이 아니었다. 노력하여 얻은 평온한 삶에는 보석처럼 귀중한 행복이 머물고 있었다는 걸 깨달았다.

그런데 그 행복은 아버지의 죽음을 계기로 유가족인 모녀 앞에서 모습을 감추어 버렸다. 불황이 시작되면서 세상 모두가 적이 되었다. 사업 확장으로 인해 쌓였던 빚은 가차 없이 공격을 시작했고, 힘이 되어 줄 것으로 믿었던 사람들이 야박하게 돌변했다.

미쿠는 세상이 어릴 때 생각하던 것처럼 편히 안주할 수 있는 곳이 아니라는 것을 뼈저리게 느끼게 되었다. 사회를 알게 된다는 말은 사회가 감추고 있던 잔혹함을 이해한다는 뜻이다.

결국 모녀는 추억이 어린 집을 나오게 되었다. 짐을 전부 운반한 뒤 미쿠는 어머니와 둘이 텅 빈 집을 청소했다.

2층에 있는 자기 방, 부엌, 안방. 세 명이 같이 저녁을 먹던 거실에는 어릴 적 미쿠의 키를 재던 기둥이 남아 있었다. 1미터 정도 높이였다. 자신의 머리를 쓰다듬듯이 표시를 붙이는 아버지의 모습이 생각나서 끝내 눈물을 터뜨리고 말았다. 어머니도 울었다. 둘은 울면서 집 중심에 선 기둥을 걸레로 닦았다.

재산을 처분하고 정리를 끝내니 돈이 남았다. 하지만 당시 48세였던 어머니의 노후를 감당하기에는 너무나 적었다. 어머니는 친척이 많은 우라와로 거처를 옮겨 의류잡화 체인점을 하기 시작했다.

이미 취직이 결정되어 있던 미쿠는 도쿄에 남았다. 그녀의 마음속에 한 가지 결의가 싹텄다. 극작가가 된다는 꿈이 구체화되기 시작한 것이다. 사람들에게 무엇인가를 호소하고 싶다는 소망이 마음 속 깊은 곳에서 솟아오르고 있었다.

낮에는 작은 회사에서 사무업무를 보고, 밤에는 극본 습작을 쓰는 나날이 시작되었다. 처음엔 어딘가 나사가 빠져있는 아마추어 작품으로 밖에 보이지 않았으나, 1년, 2년 계속 써가는 동안 실력이 확실히 상승했다.

그리고 1995년 23세 가을. 드디어 쓸 만한 작품을 완성했다는 느낌이 왔다. 단지 결말을 어떻게 할까가 고민이었다. 이야기의 흐름으로 보면 비극적인 결말이 될 터였지만, 등장인물이 그녀의 분신같이 생각되어 내키지 않았다. 해피엔딩으로 만들고 싶었다. 그래서 후반을 조금 고쳐 주인공의 꿈이 실현되는 결말로 만든 그 극본을 어느 문학상에 응모했던 것이다.

자신의 작품이 1차 심사를 통과한 것을 알았을 때 미쿠의 마음은 전에 없이 설렜다. 제2차 심사를 통과하고 나서는 상에 대한 것을 생각하기만 해도 심장이 세차게 뛸 정도가 되었다. 그리고 이어진 최종 심사……. 미쿠의 작품은 2위를 기록하며 수상에 실패했다. 시나리오 잡지에 게재된 심사 위원의 평가에는 행복한 결말에 대해 '무리한 전개'라고 적혀 있었다.

혹시 그때, 이야기의 흐름을 돌려 비극적인 결말로 맺었다면, 우승은 미쿠의 것이 아니었을까? 비슷한 나이대였던 여자 수상자는 지금 잘 나가는 극작가가 되어 있다. 당시의 도전은 언제나 후회뿐인 통한의 추억으로 남게 되었다.

하지만 그게 계기가 되어 플롯 라이터로서 경력을 시작할 수 있었으니, 지금 상황으로 이어진 고난의 시작이었다.

잘하면 극작가가 될 수 있다. 그것만을 믿고 미쿠는 플롯을 쓰기 시작했다. 시간이 부족해 회사도 어쩔 수 없이 그만두었다. 원고 의뢰가 언제 올지 모르니 아르바이트도 뜻대로 할 수 없다. 그래도 미쿠는 금전적인 부담을 이겨내고 워드프로세서와 씨름했다. 힘들 때는 어릴 때부터의 마법 주문을 자신에게 들려주었다. 미쿠, 미쿠, 희망찬 미쿠.

역시 빈곤은 경험해 보지 않으면 모르는 것이었다. 입고 있는 옷은 점점 유행에 뒤떨어지고 관리비가 밀려 전기나 수도가 언제 끊길지 몰라 불안에 떤다. 전화요금을 낼 돈이 없는 것은 물론, 업무 자료 한 권 사는데 식사를 세끼나 거르지 않으면 안 된다.

스스로의 정신 상태를 돌이켜 보면, 3개월 전부터가 가장 위험했다고 생각한다. 문제의 오리지널 기획을 제출한 직후에, 자료 구입으로 지출이 많았던 미쿠의 전 재산은 9천 엔밖에 되지 않았다. 고정적인 아르바이트라도 해야겠다는 것을 느끼고 책방에서 선 채로 구인잡지를 읽었다. 그중에 터무니없이 조건이 좋은 음식점 구인광고가 있었다. 미쿠는 곧 이력서를 들고 광고에 기재된 주소를 방문했다.

그곳은 가부키초 한가운데 있는 성매매업소였다. 가게의 정체를 확인하자마자 방향을 돌려 되돌아 오른쪽으로 지나쳤으나 역으로 돌아가는 중에 뒷머리가 당기는 기분이 든 것도 사실이었다. 돈이 없으면 생활을 할 수 없다. 꿈을 꾸는 것도 불가능하다.

미쿠는 가부키초 한가운데서 우물쭈물하고 있는 자신이 갑자기 비참해져서 작은 공원에 있는 공중화장실로 뛰어들어가서 울었다.

지금, 방 침대에 누운 미쿠는 그때와 같이 눈물을 흘리고 있다.

이것이 내가 지내온 시간.

이것이 내가 지내온 인생.

사랑스러워야 할 인생인데, 터무니없이 참담할 뿐이다. 미쿠는 어릴 때로 돌아가고 싶다고 생각했다. 아버지와 어머니와 자신 세 식구가 TV를 보며 저녁을 먹던 그 시절. 지금이 얼마나 행복한 시절이었는지 알 수 없을 정도로 당연히 행복했던 그 시절.

당시의 집은 지금 어떻게 되었을지 미쿠는 생각했다. 한 가족 세 식구의 행복을 품어 주었던 그 집은 지금도 남아 있을까.

향수에 젖은 미쿠는 몸을 일으켰다. 도쿄에 살면서 도쿄에 있는 고향에 그리움을 느끼는 건 스스로도 의외였다.

미쿠는 머릿속에서 전철요금을 계산해보았다. 지금 살고 있는 스기나미에서 3번 전철을 갈아타면 약 500엔. 왕복으로 천 엔.

세 끼 식비에 상당하는 금액이었지만 그 시절의 행복이 가슴에 되살아날 수 있다면 오히려 매우 싼 금액이라고 미쿠는 생각했다.

3

방을 나올 때는 오후 3시를 넘은 시각이었다.

역으로 가는 도중 미쿠는 은행에 들러 계좌에 남은 4만엔을 전액 출금했다. 거창한 여행까지는 아니지만 가지고 있는 돈이 2천엔밖에 안 된다면 조금 불안했기 때문이다.

전철을 두 번째 갈아타고 나서 미쿠의 마음은 술렁거리기 시작했다. 중학교 때부터 전문대까지 줄곧 통학 수단이던 이 전차는 당시 그대로다. 시내에서는 보기 드문 4칸 편성으로 지방 전철의 향취가 물씬 풍기는 차량이었다.

다섯 번째 역에서 미쿠는 전철을 내렸다. 역에서 보이는 거리 풍경에 그리움이 복받쳐 올랐다. 전율마저 느끼면서 개찰구를 벗어나 상점가로 나왔다.

낯익은 가게들이 거의 당시 모습 그대로 남아 있다. 야채 가게와 정육점, 장난감 가게, 문구점까지. 어느 가게나 조그마한 구멍가게다. 용돈을 손에 꼭 쥐고 자주 가던 책방은 안타깝게도 없어졌다. 지금은 공터가 되어 여섯 대 정도 차가 서 있는 주차장으로 사용되고 있었다.

상점가를 지나며 미쿠의 가슴은 고동쳤고 발걸음이 빨라졌다. 옛집이 코앞이다. 하지만 다가갈수록 미쿠의 희망은 낙담으로 변해갔다.

집은 헐리고 없었다. 그래도 미쿠는 부지 앞까지 가 보았다. 옛집 터에 원룸 임대 오피스텔로 보이는 작은 맨션이 서 있다. 외벽의 흰 칠이 바래 있어 세워진 지 상당히 오래 지난 것을 알 수 있다. 미쿠가 태어나 자란 집은 이사 후 바로 철거된 듯하다.

미쿠는 쓸쓸한 기분으로 근처를 둘러보았다. 주변에 있었던 주택들도 몇 채 정도는 변했다. 개축한 곳도 있고 흔적조차 없어진 곳도 있었다.

역시 과거는 과거일 뿐이라고 생각했다. 이제 이 세상에는 없는, 자신의 기억 속에서만 살아 숨 쉬는 소중한 존재. 저 집 안에 머무른 웃음과 눈물은 자신 외에 아무도 알지 못하는 것이다.

잠시 미쿠는 미련스럽게 그 장소에 계속 서 있었다. 스기나미에 있는 현재의 집에 돌아간다면 가차없이 현실로 끌려나와 버린다. 그렇게 되기 전까지 조금이라도 더 시간이 필요했다.

손목시계를 확인하니 4시 30분. 미쿠는 어릴 적 친구들과 놀던 신사를 먼눈으로 바라보며 그 쪽으로 걸음을 옮겼다

신사에 도착한 미쿠는 역시 잘 왔다고 생각했다. 돌계단을 올라가 경내를 보니 옛날과 변함없는 느낌이었다. 초등학교 3학년 정도의 아이들이 숨바꼭질을 하고 있다. 자신도 그렇게 놀았던 걸 생각하니 절로 미소가 떠오른다.

본당의 뒤쪽도 둘러보았다. 방공호에 대한 기억이 떠올랐기 때문이다. 행방불명이 되어 부모님께 걱정을 끼쳐드렸던 24시간, 그녀 인생 최대의 미스터리.

늘어선 나무 사이를 헤치며 들어가면 작은 둑 아래에 빼꼼히 열린 시커먼 굴이 보였다. 어린 시절의 비밀 장소. 지금 놀고 있는

아이들 중에도 이곳을 아는 아이가 분명 있을 것이다. 그러고 보니 어둠 속에 아이의 작은 머리가 보였다. 역시 있구나.

미쿠는 즐거워져서 일부러 발소리를 내며 굴 입구까지 가 보았다. 안에서 술래에게 들킬세라 애써 낮춘 아이의 숨소리가 들려왔다.

미쿠는 미소 지었다. 이렇게 즐거운 느낌은 정말 오랜만이다. 자신의 마음을 들뜨게 한 아이 얼굴을 보려고 일부러 재빨리 움직여 방공호 안으로 뛰어들었다.

"여기 아무도 없-다!"

하고 여자아이 목소리가 메아리 쳤다. 그 필사적인 저항에 미쿠는 소리 내어 웃었다.

"어?"

술래가 아닌 걸 알았는지 안에 있는 여자아이가 말했다.

"누구세요?"

"누굴까?"

미쿠는 장난스럽게 말했다.

굴 속의 어둠 속에서 소녀가 얼굴을 내밀었다. 미소 짓던 미쿠는 소녀를 보고 움직임을 멈추었다. 이상하다. 갑작스럽게 정말 이상한 느낌이 들었다.

여자아이도 작은 눈썹을 모으며 미쿠를 올려보았다. 방금 전 미쿠가 그렇게 느낀 것은 여자아이의 옷차림이 아무래도 너무 오래돼 보인 게 이유인 것 같았다. 싹둑 자른 상고머리에 짧은 원피스. 무엇보다 아이의 얼굴이 미쿠 자신의 얼굴을 그대로 옮겨 놓은 듯했다.

"아줌마는 누구야?"

여자아이가 물었다.

그 말을 듣고 미쿠는 쇼크를 받았다. 아줌마라고 불렸기 때문이 아니다. 아이의 목소리와 억양이 자신과 똑같았기 때문이다.

"아사오카 미쿠야."

미쿠가 이름을 대니 여자아이의 눈이 동그래졌다.

"나랑 똑같다!"

"어?"

"나도 아사오카 미쿠라고 하는데. 아닐 미(未)자에 올 래(來), 미래라고 쓰고 미쿠라고 읽어."

이 자기 소개 방법에 미쿠는 다시 놀랐다.

"미쿠는 몇 살인데?"

"아홉 살."

어린 미쿠는 대답하며 방공호에서 나왔다. 미쿠는 여자아이의 모습을 바라보았다. 무척이나 가벼워 보이는 몸과 흰 피부. 미쿠는 어릴 적 자신을 보는 듯해서 놀라움을 금치 못했다.

어린 미쿠도 신기한 얼굴로 이쪽을 바라보고 있다. 눈앞에 있는 사람이 자기와 쏙 닮은 것을 눈치 챘는지도 모른다.

어린 미쿠가 물었다.

"아줌만 몇 살인데?"

"29살이야."

"여기서 뭐하고 있는데?"

"산책하고 있었어."

"가까이 사는 거야?"

"아니……."

미쿠는 고개를 저었다.

"그래도 어릴 때 살았었어."

"어릴 때?"

어린 미쿠는 의아한 듯 눈을 들었다.

"어디 살았는데?"

"와카바초 3 다시 3번지."

"말도 안 돼!"

어린 미쿠의 눈은 또 다시 동그래졌다.

"나랑 똑같아!"

"같아? 미쿠짱은 맨션에 사는 거야?"

"맨션 같은 덴 아니야. 그냥 보통 집인데."

"그래도 거긴 지금 맨션이 되었잖아?"

미쿠는 목소리가 작아지는 걸 막을 수 없었다.

"미쿠짱은 여기서 뭐하고 있는데?"

"숨바꼭질."

"누구랑?"

"다카시랑 다른 애들."

다카시라는 친구는 자신이 어릴 때에도 있었다. 미쿠는 20년 전의 잃어버린 하루를 생각했다. 갑자기 행방불명되어 부모님을 걱정시켰던 그날, 그녀도 이 신사에서 다카시네들과 함께 숨바꼭질을 하고 있었다.

미쿠는 점점 자신이 비현실의 세계로 끌려들어가는 것을 느꼈다. 스기나미에 있는 원룸 맨션, 인쇄 속도가 느려터진 워드프로세서, 내일 생활비에 대한 압박 속에 사는 자신, 돌아가고 싶지 않다고 생각하던 현실이 정말로 사라진 것 같은 기분이었다.

미쿠는 가슴께에 오는 소녀의 눈을 들여다보고 뺨에 손을 대보았다. 손에 따뜻한 감촉이 느껴진다. 꿈이나 환상이 아니다. 20년 전의 자신과 동일한 여자아이는 분명 존재하고 있다.

공포에 가까운 감정이 마음속에 솟아올랐다. 미쿠를 두렵게 한 것은 눈앞의 소녀가 아니라 시간이라는 존재에 대한 공포였다.

그때 "다이스케, 찾았다!"라는 남자아이의 목소리가 들렸다.

미쿠와 어린 미쿠는 그 목소리 쪽으로 눈을 돌렸다. 본당 뒤쪽에 남자아이 둘의 모습이 보였다.

"저 애들이랑 숨바꼭질 하고 있던 거니?"

미쿠가 물었다.

"아닌데."

어린 미쿠는 고개를 흔들었다.

"저 남자애가 아니야."

미쿠는 용기를 쥐어짜내 한 가지 질문을 던졌다.

"있지, 오늘이 몇 년 몇 월 며칠인지 아니?"

"오늘?"

어린 미쿠는 되묻더니, 잠깐 생각하고 대답했다.

"1982년 6월 7일."

나무들을 벗어나와 본당 뒤에서 나왔을 때, 어린 미쿠는 미간을 찌푸리며 말했다.

"공기 냄새가 이상해."

20년 전과 주변 공기까지 달라진 건가 싶었지만 이내 그 생각을 머릿속에서 지웠다. 지금 겪고 있는 불가사의한 현실을 받아들이기가 벅찼다. 일단 이 아이의 정체를 확인하자는 생각이 들었다.

신사 경내를 둥글게 한 바퀴 돌고 나서 어린 미쿠는 이상한 느낌을 받은 모양이었다. 함께 숨바꼭질을 하던 친구들을 한 명도 찾지 못했기 때문이다. 혼자만 따돌려졌나 싶어 겁이 덜컥 난 모습이었다.

"집에 갈래!"

어린 미쿠가 울 것 같은 목소리로 말하는 게 가엾어 손을 잡아 주었다.

"그럼 아줌마가 데려다 줄게. 괜찮지?"

"응."

둘이 긴 돌계단을 내려와 길을 걸어가니 어린 미쿠의 작은 머리가 이쪽저쪽을 향했다. 소녀는 아무 말도 하지 않았으나 풍경의 변화를 느끼고 있는 것처럼 보였다.

어린 미쿠의 손을 끌며 미쿠는 이성적으로 생각하려 노력했다. 하지만 합리적인 대답은 무엇 하나 떠오르지 않았다.

이 아이는 대체 누구일까. 지금부터 20년 전의 세계를 살고 있는 아이다. 무엇보다, 이 아이가 진짜 나 자신이 맞는 걸까?

"저기, 미쿠짱, 생일이 언제야?"

미쿠가 물으니 어린 미쿠는 시원시원하게 대답했다.

"1973년 8월 20일."

"유치원은 어디 다녔어?"

"우사기 유치원."

"초등학교는?"

"와카바 제1초등학교."

학교의 친구나 선생님의 이름, 모두가 마찬가지였다. 지금 손을 잡고 함께 걷고 있는 소녀는 자신과 똑같은 사항을 그대로 말했다.

이윽고 어린 미쿠의 발이 멈췄다. 함께 멈춰선 미쿠는 퍼뜩 놀랐다. 둘의 앞에는 원래 집을 허물고 지어진 원룸 맨션이 있었다.

어린 미쿠는 멍한 얼굴로 맨션을 바라보았다. 아이는 곧 호소하는 눈빛으로 미쿠를 보더니 두리번두리번 주위를 둘러보았다. 소녀의 행동은 결코 연기가 아니었다. 이윽고 어린 미쿠의 눈에 눈물이 흘렀다.

"우리 집이 없어졌다."

그 말과 함께 소녀의 슬픔이 미쿠의 마음속에 전해져 왔다. 그것은 틀림없이 자기 자신의 슬픔이었다. 아까 전 예전에 살던 집이 없어진 것을 알았을 때 느낀 자신만의 슬픔.

이제 의심의 여지가 없다. 미쿠는 과거의 자신을 품에 안고 함께 울었다.

"맞아. 우리 집은 이제 없어진 거야."

4

미쿠는 어떻게 해야 좋을지 몰랐다. 어린 미쿠도 어떻게 해야 좋을지 모르는 듯 했다. 둘은 손을 잡고 해가 저무는 주택가를 터벅터벅 걸어왔다.

"어떻게 우리 집이 없어진 거지?"

어린 미쿠가 계속 물었다.

"아줌마도 잘 모르겠어."

미쿠는 계속 반복해서 대답했다.

20년 전의 자신이 눈앞에 나타나다니, 있을 수 있는 일인가. 하지만 자신과 같은 이름을 가진 이 소녀는 나와 똑같은 얼굴에 똑같은 기억을 가지고 있지 않은가. 게다가 과거 자신의 인생 속에는 만 하루의 뻥 뚫린 공백이 있다.

이 아이를 어떻게 해야 하나. 미쿠는 혼란한 머리로 생각했다. 이대로 어린 미쿠를 데리고 돌아다니면 유괴범이 되는 건가? 하지만 경찰에 보호를 요청하는 것도 말이 되지 않는다. 이 아이가 말하는 이름이나 주소는 20년 전의 것인 것이다. 부모를 찾아 돌아간다는 건 절대 불가능하다.

거기까지 생각한 미쿠는 기묘한 사실을 떠올렸다. 20년 전 모습을 감춘 자신은 다음 날 방공호에서 발견되었다는 사실을. 어린 미쿠는 결국 20년 전으로 무사히 돌아갈 운명이 아닐까?

미쿠는 손을 잡은 여자아이의 옆얼굴을 바라보며 이 생각을 몇 번이나 되짚어 보았다. 생각은 확실해졌다. 이 소녀가 과거로 되돌아가지 않으면 지금 자신이 존재하지도 않을 터였다. 조금이나마 마음을 놓은 미쿠는 갑자기 공복감을 느꼈다. 아침에 마신 건 야채주스밖에 없었다. 이 아이도 허기졌으리라는 생각에 그녀는 물었다.

"미쿠짱, 배고프지 않아?"

"아니……."

하고 어린 미쿠는 애매하게 대답했다.

미쿠는 어릴 적의 자신을 떠올렸다. 당시 그녀는 일단 사양하고 보는 아이로, 뭘 얻어먹는 일에도 소심한 편이었다.

"카레라도 먹지 않을래? 제일 좋아하지?"

어린 미쿠는 놀란 것 같았다.

"어떻게 알아?"

미쿠는 앞으로의 일을 위해 거짓말을 했다.

"생각났는데, 미쿠짱이랑 나는 친척이야."

"친척?"

"응. 딱 닮았지? 이름도 같고. 미쿠짱 얘기는 엄마한테 들었어."

"정말?"

묻는 어린 미쿠의 얼굴이 순식간에 어두워졌다.

"우리 엄마, 지금 어디 있는데?"

"우라와라는 곳인데, 걱정하지 마. 내일은 아빠랑 엄마 계신 곳으로 돌아갈 수 있어."

"정말?"

"응. 약속할게."

어린 미쿠의 표정은 밝아졌다. 자신과 얼굴이 같은 어른의 말을 믿어 주는 듯 했다.

"그러니까 하루만 참아. 아줌마가 같이 있어줄 테니까."

"알았어."

어린 미쿠는 끄덕였다.

미쿠는 스기나미로 돌아가는 길을 일부러 멀리 돌아서 가기로 했다. 제일 가까운 역으로 향하면 변한 주변 경치에 어린 미쿠가 놀랄 거라고 생각했기 때문이다. 게다가 상점가에는 아는 얼굴이 많다. 어릴 적 자신을 데리고 있는 모습을 들키는 것은 피하고 싶었다.

어린 미쿠의 손을 끌고 가까운 역 반대방향으로 15분 정도 걸었다. 그곳에는 JR선으로 연결되는 다른 선로가 있다. 역 앞에 '직접 만든 카레'라는 간판을 발견하여 들어갔다.

달콤한 카레가 앞에 놓이니 어린 미쿠의 얼굴에서 겨우 긴장이 풀렸다. 미쿠도 조금은 마음의 여유를 되찾을 수 있었다. 가게 안의 밝은 조명으로 자신의 소녀 시절 얼굴을 찬찬히 눈여겨본다. 머리모양만 요새 유행으로 바꾸면 충분히 귀여울 거라고 생각하고 묘한 만족감이 들었다.

묵묵히 창밖을 바라보던 어린 미쿠가 말했다.

"다른 사람들 옷이 이상해."

수상하다는 표정이 아니고 세상이 변해 버린 것을 즐기는 것처럼 보였다.

어린이의 적응력에 놀라며 어느 정도 신경을 쓰는 것이 좋겠다고 생각했다. 20년 동안의 차이가 예상 못한 소동을 불러올지도 모르기 때문이다.

하지만 그 소동은 카운터에서 계산할 때 빠르게 찾아왔다. 1만 엔짜리 지폐를 꺼내는 미쿠를 보고 어린 미쿠가 물었기 때문이다.

"그거 가짜 돈이야?"

"응?"

미쿠는 놀라서 소녀를 보았다.

계산대에 있는 점원이 받은 지폐를 미심쩍은 얼굴로 바라보았다.

"봐봐, 1만 엔은 쇼토쿠 태자(1만 엔 지폐 초상화는 쇼토쿠 태자였다가 1984년에 후쿠자와 유키치로 변경 — 옮긴이)잖아?"

"아."

하고 미쿠는 얼빠진 소리를 내고 점원과 어린 미쿠의 얼굴을 번갈아 보았다. 점원이 웃고 있다.

"이 아이, 언제나 할머니랑 쇼핑하니까요."

서둘러 말도 안 되는 설명을 하고 도망치듯 가게를 나왔다.

그 뒤로 스기나미의 자기 집으로 도착할 때까지가 힘들었다. 어린 미쿠는 지하철 자동개찰구에 놀라거나 역 매점의 상품을 유심히 바라보기도 하고 요란한 옷차림에 머리까지 금발로 염색한 젊은이를 가리키며 물었다.

"저 사람, 가게 광고하는 사람이야?"

그때마다 미쿠는 어린 미쿠의 손을 끌며 허둥지둥 이동하지 않으면 안 되었다.

미쿠는 가다가 신주쿠역에서 내려서 폐점 직전의 백화점에 어린 미쿠를 데려 갔다. 20년 전의 복장을 하고 있는 어린 미쿠는 아무리 보아도 초라했다. 주위의 눈도 신경 쓰였고, 그 이상으로 어린 미쿠에게 예쁜 옷을 입혀주고 싶은 마음이 있었다.

아동복 매장에 가니 어린 미쿠가 매우 기뻐했다. 본 적도 없는 예쁜 옷이 진열되어 있기 때문이다. 어린 미쿠가 좋아하는 옷을 고르게 하고 거기다 잠옷과 속옷도 사 주었다. 전부 1만 엔 정도가 들었으니 미쿠에게는 아플 정도의 지출이지만 전혀 아깝지 않았다.

신주쿠에서 지하철을 타고 스기나미의 원룸 맨션에 도착할 때에는 밤 8시 반을 넘어서고 있었다.

"여기가 아줌마네 집이야."

방으로 들어간 어린 미쿠는 신기한 듯 실내를 둘러보았다. 바닥에 깔린 마루와 바닥재에 상당히 관심이 있는 것 같았다. 그리고 팩스나 워드프로세서 등을 발견하고는 질문공세를 던진다.

"이게 뭐야?"

미쿠는 진실을 말해버릴까 하고 망설였다. 지금은 2002년이고 어린 미쿠가 있던 시대는 20년 전의 세계라고. 하지만 그것을 알면 어린 미쿠가 어떤 행동을 할지 예상할 수 없었다. 패닉에 빠질지도 모른다. 그리고 자신의 정체를 들킬 위험도 있다. 그것만은 절대 피하고 싶었다. 어른이 된 자신이 100엔에도 벌벌 떠는 생활을 하고 있다는 것을 알면 분명 어린 미쿠가 슬퍼할 것이다.

결국 21세기의 문명의 이기에 대해서는 '발명가 아버지가 만든 새로운 기계'라는 민망한 설명을 했다. 어디까지 믿어줄 지는 모르지만 일단 어린 미쿠는 끄덕였다.

실내 관찰이 끝나니 어린 미쿠는 책상과 침대 사이 좁은 공간에 쿠션을 놓고 앉았다.

미쿠는 냉장고에 남은 주스를 내주었다. 페트병을 처음 본 어린 미쿠는 페트병을 만져보며 물었다.

"아줌만 무슨 일해?"

"플롯 라이터야."

"플롯 라이터가 뭔데?"

"TV프로그램 이야기를 만드는 사람."

"와, 굉장해."

"그렇게 대단한 건 아니야."

미쿠는 자기 자신에게 거짓말을 하는 느낌이 들어 고개를 저었다.

"정말은 극작가가 되고 싶은데 아직은 무리라서 플롯 라이터를 하고 있는 거야."

어린 미쿠는 밝게 웃으며 말했다.

"아줌마라면 분명 극작가가 될 거야."

"그러면 좋겠다."

대답하며 미쿠는 문득 호기심에 물었다.

"미쿠짱은 어른이 되면 뭐 하고 싶은데?"

"의사."

"그랬나?"

미쿠는 자신의 기억에 없는 것을 듣고 당황했다.

"응. 의사가 되어서 병든 어린이들을 고치는 거야. 그게 안 되면 스튜어디스, 아니면 수의사. 아, 나중에 만화가가 돼서 커다란 집 짓고 살아도 좋겠다."

어린 미쿠의 눈은 장래를 이야기하는 어린이의 눈이었다. 어른을 압도하는 아름다운 빛이 두 눈에 아른거렸다.

미쿠는 시선을 돌리며 옹색한 자신의 방을 둘러보며 말했다.

"좋겠다. 미쿠짱에겐 꿈이 있구나."

"아줌마도 꿈이 있잖아?"

"응. 그래도 나이를 먹으면 왠지 지쳐버려서 말이지."

"그런가? 어릴 때랑 달라?"

"다르지."

하고 말하고 미쿠는 무심결에 9살의 소녀를 바라보았다.

"왜 그래?"

어린 미쿠는 이상한 듯 물었다.

"아니. 아무것도 아냐."

미쿠가 대답했으나 동요는 숨길 수 없었다. 지금 자신은 자기 본인과 대화를 하고 있는 것이다. 꿈에 부푼 자신과 그것을 잃어버린 자신.

"힘내야지."

미쿠는 이렇게 중얼거렸다.

어린 미쿠는 웃다가 큰 하품을 했다.

시계를 보니 9시가 지났다. 9살 소녀로서는 한창 졸릴 시간이다.

"이제 늦었으니까 씻고 잘까?"

"응."

욕조에 둘이 함께 들어갔다.

어린 미쿠의 몸은 새하얘서 예뻤다. 등을 어루만져 보니 살결의 감촉이 매끈매끈해서 기분이 좋았다. 미쿠는 다시금 과거의 자신에게 사랑을 느꼈다.

욕조 안에서 몸을 씻고 둘은 비누 거품을 서로 끼얹으며 장난을 쳤다. 어린 미쿠는 이제 아무 의심 없이 믿고 있는 것 같았다.

샤워로 몸의 거품을 씻어내고 둘은 욕조에서 나왔다. 그리고 턱을 나란히 하고 작은 거울을 들여다보았다.

9살과 29살의 두 얼굴.

둘 다 앞머리를 올리니 20년을 떨어져 태어난 쌍둥이 같은 얼굴이 거울 안에 나란히 있었다.

어린 미쿠가 놀란 듯 목소리를 높였다.

"진짜 똑같아!"

미쿠는 자신의 웃는 얼굴이 조금 다른 것을 느꼈다. 어린 미쿠의 순수한 웃음에 비해 어딘가 어색하다. 어른이 된 자신은 이런 얼굴로 웃고 있었던 것인가. 미쿠는 눈 근처의 긴장을 풀고 되도록 어린 미쿠의 웃음과 닮아지려 했다. 그러는 동안 마음속이 즐거움으로 가득 찼다.

언제부턴가 미쿠는 20년 전으로 되돌아가 어린 미쿠처럼 눈동자 깊은 곳에서부터 웃고 있었다.

5

다음 날 아침, 미쿠가 눈을 떴을 때 어린 미쿠가 팔 안에서 잠들어 있었다. 어제 밤 사 준 체크무늬 잠옷을 입고 강아지같이 동그랗게 말고 자고 있다.

미쿠의 얼굴은 자연스레 펴졌다. 살짝 어깨를 안고 뺨에 얹힌 머리카락을 쓸어 올려준다. 계속 이 아이와 함께 있고 싶다는 생각과 함께 자신이 하지 않으면 안 되는 일을 떠올렸다.

시계를 보니 8시가 지난 참이었다.

미쿠는 어린 미쿠를 깨우지 않도록 침대에서 나와 수화기를 들고 욕실에 들어갔다.

신호음이 두 번 울리고 우라와의 아파트에 계신 어머니가 전화를 받았다. 의류잡화점에 일하러 나가시려던 참이었다.

"여보세요, 엄마?"

"아, 미쿠? 제대로 밥 챙겨먹고 있니?"

"잘 먹고 있어요."

항상 같은 질문, 같은 거짓말이었다.

"웬일이야, 이렇게 일찍?"

"응, 좀 물어보고 싶은 게 있어서."

미쿠는 지금 침대에 자고 있는 여자아이를 어머니에게 보여 주면 어떤 얼굴을 할까 생각했다.

"어릴 적 내가 없어졌을 때 기억해요?"

"아, 그때? 당연히 기억하지. 네가 없어진 덕에 아버지랑 둘이 미치는 줄 알았단다."

미쿠는 문득 20년 전의 일을 생각했다. 20년 전의 지금, 즉 어린 미쿠가 없어진 현재도 부모님은 피눈물을 흘리며 자신을 찾고 있을 터이다. 왠지 죄송한 기분과 함께 미쿠는 물었다.

"날짜 같은 것도 기억해요?"

"널 발견 했던 날이 6월 8일이야. 아, 오늘도 6월 8일이니까 정확히 20년 전이네. 정말 빠르구나. 세월 가는 게."

"정말 그렇네요."

미쿠는 말을 계속했다.

"그때, 찾았을 때 어땠어요?"

"방공호 속에서 자고 있었지. 제일 안쪽 움푹한 곳에."

대답과 함께 어머니가 물었다.

"혹시, 드라마 자료 구하느라 그러니?"

"맞아요. 찾은 시간은?"

"저녁 7시 정도였어. 내가 안아 올리니까 눈을 뜨더니, 아무것도 기억이 안 난다고 말하길래 내가 더 놀랐지 뭐니."

그것을 듣고 미쿠는 미간을 찌푸렸다. 아무것도 기억이 안 난다라……. 맞다. 분명 그때 자신은 아무 기억이 없었다. 집이 없어진 걸 보았다거나 29살짜리 아줌마의 집에 머물렀다거나 하는 기억은 전혀 없었다.

"발견했을 때 내 옷 같은 게 바뀌지 않았어요?"

"없어졌을 때랑 똑같았어."

"머리모양은? 그것도 똑같았어요?"

"그러고 보니 조금 바뀌었던 것 같았어. 나중에 생각한 건데, 왠지 요새 유행하는 모양 있지? 세련된 느낌으로 바뀌었던 것 같은데."

미쿠는 입을 딱 벌렸다. 오늘은 어린 미쿠와 함께 미용실에 가서 같은 머리모양을 해 보려고 생각했기 때문이다.

"그런데 왜 그런 것까지 물어?"

"일이 워낙 그렇잖아요."

미쿠는 가볍게 넘기며 전화를 끊었다.

"그럼, 다음에 또 전화 할게요."

욕실에서 바라보니 어린 미쿠는 아직 자고 있다. 미쿠는 잠시 기억에 관해 생각해보았다.

어린 미쿠가 오늘 저녁 7시 즈음 과거로 돌아갈 것은 아무튼 틀림없다. 그때 이 아이는 기억을 자동적으로 잃어버리는 것일까.

하지만 잘 생각해 보면 그것도 이상하다. 이미 20년 후로 가는 시간여행을 한 번 한 셈이지만 어린 미쿠의 기억은 온전하다. 시간을 넘을 때 자동적으로 기억을 잃는다고 생각하기는 힘들다.

그렇다면 어떻게 해야 할까. 어린 미쿠의 기억을 지우고서 과거로 보내야 하는 걸까. 하지만 기억을 지울 방법이란? 그런 건 불가능할 것 같다.

'하지만.' 하고 미쿠는 생각을 고쳤다. 오늘 하루 무엇이 일어날지는 모르지만 결국 제대로 진행될 것은 정해져 있다. 왜냐하면 9살 때 만 하루치의 기억을 잃은 자신이 지금 이곳에 존재하고 있기 때문이다.

침대 위 이불이 꿈틀거리고 어린 미쿠가 눈을 떴다.

미쿠는 서둘러 욕실에서 나왔다. 몸을 일으킨 어린 미쿠는 작은 손으로 졸린 눈을 비비며 신기한 듯 방 안을 둘러보았다.

"잘 잤어?"

미쿠가 말을 거니 어린 미쿠는 그제야 어제 일을 기억해 낸 듯했다.

"안녕히 주무셨어요!"

시원히 대답하고 말했다.

"오늘은 아빠랑 엄마한테 돌아간다!"

"맞아."

대답하며 어린 미쿠 옆에 앉았다. 닿은 팔을 통해 소녀의 온기가 전해졌다. 좀 더 그것을 느끼고 싶어 몸을 기대니, 어린 미쿠가 웃으며 강하게 되받아 민다. 미쿠도 덩달아 힘을 준다. 그렇게 둘이 서로 누르다가 침대 위로 쓰러진다. 방 안은 웃음으로 가득 찼다. 어린 미쿠와 뒹굴고 서로 장난치며 신기하다고 생각했다. 이런 놀이가 어째서 이렇게나 즐거운지. 언제 잊어버린지도 몰랐던 오랜 옛날의 것을 어린 미쿠가 가져다 준 걸까.

아침밥은 딸기잼을 바른 토스트와 설탕을 듬뿍 넣은 콘프레이크였다. 가까운 편의점에서 사서 방으로 돌아와 먹었다.

미쿠는 겨우 20년 전의 자신과 친해지는 방법을 알았다. 어렸을 때를 돌이켜보고 당시 자신이 기뻐할 일을 해 주면 되는 거다. 저 아침밥은 9살이었을 때 미쿠가 좋아했던 것이다.

식사가 끝나니 미쿠는 침대 아래에서 패션 잡지를 꺼냈다. 페이지를 넘기고 특집 기사로 소개되었던 미용실 리스트를 찾았다.

"뭐해?"

어린 미쿠가 물었다.

"이제 둘이서 미용실에 가서 깔끔하게 머리 정리하고 하루 종일 놀자."

"응."

미쿠가 끄덕였다.

오모테산도에 있는 미용실에 전화해보니 예약은 10시에밖에 되지 않는다고 한다. 시계를 보니 9시가 약간 넘었다. 괜찮다. 시간에 맞출 수 있다. 미쿠는 두 명분의 예약을 했다.

서둘러 외출 준비를 끝내고 방을 나서려 할 때 전화가 울렸다. 어머니인가 생각하며 미쿠는 수화기를 들었다.

"여보세요?"

"여보세요, 미쿠 씨 되세요? 야마하입니다. 야마하 케이시."

"아, 케이시?"

의외의 사람에게서의 전화에 미쿠는 놀랐다. 지금까지 케이시가 먼저 전화를 건 적은 없었다.

"아침 일찍 미안해요."

"괜찮아. 무슨 일인데?"

"아니……"

하고 케이시는 잠깐 말을 멈췄다.

"오늘 저녁 시간 있으면 식사 같이 어떨까 해서요."

"식사 초대해 주는 거야?"

미쿠는 기뻤으나 거절하지 않으면 안 되었다.

"미안한데, 안 될 거 같아."

"안돼요?"

케이시가 상당히 놀란 듯 되물었다.

"아, 안 되는 건 오늘만이야."

미쿠가 말하며 어린 미쿠 쪽을 쳐다보았다. 어린 미쿠는 책상 앞에 앉아 검지로 워드프로세서의 키를 눌러보고 있다.

"약속을 내일로 해 주면 고맙겠는데."

말하는 도중 문득 생각했다. 심리학 연구자에게서 걸려온 예기치 못한 전화. 순간 이것이 꼭 시간의 흐름 속에 이미 예정되어 있던 것 같다는 기묘한 감각에 사로잡혔다.

"잠깐만."

미쿠는 급한 어조로 말했다.

"이상한 거 물어봐도 될까?"

"그럼요."

"사람의 기억을 지울 수 있을까? 24시간 분량만."

"그건 무리죠."

"무리? 정말?"

미쿠는 재차 물었다.

"음, 그래도 지워진 것처럼 보이게 하는 거라면 가능해요."

"무슨 말이야?"

"최면술을 써서 기억을 무의식 아래로 잠가 놓는 거죠. 기억 그 자체는 뇌 한 부분에 남아 있지만, 떠올릴 수는 없게 되죠."

"그거야 그거!"

미쿠가 말했다.

어린 미쿠가 무슨 이야기를 하나 이쪽을 쳐다보았다.

미쿠는 "일 이야기야."하고 작은 소리로 말하고 케이시에게 물었다.

"그거, 케이시도 할 수 있어?"

"글쎄요. 최면술이라는 건 걸리기 쉬운 사람도 있고 어려운 사람도 있으니까."

"괜찮아. 그건."

미쿠는 확신을 가지고 말했다.

"오늘 저녁, 몇 시부터 시간 되는데?"

"5시엔 연구실에서 나올 수 있어요."

미쿠는 그 방공호에 집합 가능한 시간을 계산했다. 모든 타이밍이 잘 맞아 떨어진다고 생각해서 새삼 놀랐다.

"갔으면 하는 곳이 있는데."

미쿠는 태어나 자란 마을 신사로 가는 방법을 가르쳐줬다.

"그 신사 기둥문 앞에서 6시에 만날 수 있어?"

"시간 돼요. 무슨 일이길래?"

"지금은 아무것도 묻지 말아 주었으면 해."

"알았어요. 괜찮아요."

"그럼 무슨 일 있으면 전화에 음성 남겨 놔. 이제부터 외출할 거니까."

휴대전화를 갖고 있지 않으니 이런 때에 불편하다.

수화기를 내려놓고 어린 미쿠를 보니 책상 위에 늘어선 책을 바라보고 있었다.

"자, 갈까?"

하고 말을 걸어도 반응이 없다.

"미쿠짱?"

어린 미쿠가 보던 것은 책의 표지가 아니었다. 그 옆에 어떤 사진이 세워져 있었다. 10년 전에 돌아가신 아버지의 남은 사진.

미쿠는 놀라 어린 미쿠의 표정을 살폈다.

어린 미쿠는 이쪽을 보고서 순진한 얼굴로 말했다.

"이 사람, 우리 아빠랑 닮았어."

미쿠는 서둘러 말했다.

"그래도, 조금 나이가 더 들어 보이시지?"

"응."

"나랑 미쿠짱은, 아빠들끼리 친척이야. 아버지가 똑 닮아서 우리들도 똑 닮은 거야."

"아아, 그렇구나."

하고 어린 미쿠는 대답하고, 사진으로 눈을 되돌렸다.

이 아이는 다시 아버지를 만날 수 있다. 미쿠로선 두 번 다시 만날 수 없는 아버지를. 슬픈 부러움을 느끼며 미쿠가 물었다.

"아빠가 좋아?"

"응 제일 좋아. 근데 일이 바빠서 별로 놀아 주지 않아."

"그건 말야. 미쿠짱을 위해 열심히 일하고 계셔서 그래."

미쿠는 갑자기 흘러내리려는 눈물을 꾹 참았다. 아버지는 취미 하나 없이 일만 하다 돌아가셨다. 아내와 딸에게 평범한 행복을 주기 위해 일만을 계속한 일생.

"미쿠짱의 아버지는 훌륭한 사람이니까 꼭 착한 아이가 되어야 해."

"맞아. 응."

어린 미쿠는 끄덕였다. 그 밝은 웃음에 미쿠의 마음까지 조금 위로가 되었다.

둘은 예약시간보다 5분 늦게 오모테산도에 있는 미용실로 들어섰다.

기다리던 남자미용사는 작은 체구에 가느다란 몸매였다. 춤이라도 시키면 화려하게 스텝을 밟을 것 같은 사람이다.

"어서 오십시오."

둘을 맞이한 미용사는 눈을 동그랗게 떴다.

"똑같이 생기셨네요. 따님이신가요?"

"친척이에요."

"어, 그냥 친척이세요?"

그 놀라움에 미쿠와 어린 미쿠는 같은 표정으로 쿡쿡 웃었다.

"둘이 같은 머리모양으로 하고 싶은데요."

미용사는 진지한 표정으로 둘을 번갈아 봤다.

"손님을 어린 스타일로 해드릴까요? 아니면 아이를 어른스러운 스타일로 하시겠어요?"

미쿠는 조금 생각하고 대답했다.

"저를 아이처럼 해 주세요."

"상당히 짧게 될 텐데 괜찮으신가요?"

"괜찮아요."

"그럼 이쪽으로 나란히 앉아주세요."

미용사는 두 개의 의자를 가리켰다.

"한 번에 같이 해드릴게요."

미쿠와 어린 미쿠는 나란히 앉았다. 그리고 미용사가 머리를 만지는 동안 점점 닮아가는 자신들을 거울 속에서 즐겁게 바라보고 있었다.

30분 정도 다듬으니 거울 속에 나란히 어른과 아이의 똑같은 얼굴이 있다. 둘이 너무나 닮은 모습에 미쿠와 어린 미쿠, 미용사와 다른 점원들까지 무심결에 웃음을 터트렸다.

"괜찮으세요?"

미용사가 미소 지으며 물었다.

"네, 정말 괜찮네요."

미쿠와 어린 미쿠는 입을 모아 말했다.

미용실을 나와 오모테산도 거리를 걷기 시작하니 길을 가는 사람들이 이쪽을 돌아본다. 둘은 그 시선이 즐거웠다.

"이제부터 뭘 할 건데?"

손을 잡고 걸으며 어린 미쿠가 물었다.

"뭘 할까?"

미쿠는 손목시계를 보았다. 11시 반.

"점심 먹고서 가게에 같이 가 볼래?"

"응. 좋아."

어린 미쿠는 오모테산도의 예쁜 거리 풍경에 완전히 매료된 듯했다.

어린 미쿠의 희망에 따라 패스트푸드점에서 햄버거를 먹고 나서 내키는 만큼 산책을 즐겼다.

양복점이나 인테리어 샵, 그리고 전 세계의 장난감을 모아놓은 백화점.

어린 미쿠가 눈을 동그랗게 뜨고 "와아!"하고 환성을 지를 때 미쿠의 마음도 어린아이처럼 밝아졌다.

미쿠는 책을 좋아했던 자신을 떠올리고 예쁜 그림이 많은 동화책 전문점에도 갔다. 그 서점은 동화 속의 세계를 그대로 재현한 인테리어가 자랑인 가게였다. 가게를 돌아보던 어린 미쿠는 이윽고 한 권의 그림책을 손에 들고 열심히 읽기 시작했다.

미쿠도 흥미가 생겨, 같은 책을 들고 대충 읽어 보았다.

『시간의 마법사』라는 제목이 쓰인 그 책은 시간을 자유롭게 조종하는 마법사의 이야기였다. 주인공 여자아이는 엄마의 병을 낫게 하기 위해 마법사에게 부탁해서 자신의 과거를 바꾼다. 몸이 약한 엄마 대신 자신이 일하기로 한 것이다. 그 갸륵한 마음에 감동한 마법사가 한 번 더 시간을 돌려 자주 병치레를 하던 엄마에게 건강한 몸을 선물해 준다는 내용이었다.

집안일 같은 것은 전혀 안 해 봤는데. 어린 시절을 생각하며 미쿠는 웃었다. 그렇기 때문에 더욱 이 이야기가 어린 미쿠의 마음을 사로잡았을 것이다.

미쿠는 사양을 잘 하는 어린 미쿠를 살짝 떠 봤다.

"이 그림책, 미쿠짱에게 선물하고 싶은데, 괜찮을까?"

어린 미쿠는 책에서 눈을 들어 약간 망설이더니 대답했다.

"응. 고마워."

미쿠는 책을 계산대로 가져가며 생각했다. 이 그림책이 어린 미쿠와 함께 과거로 갈 일은 없을 것이다. 함께 미용실에 갔던 일도, 둘이서 오모테산도의 가게를 구경하며 걸어간 일도 어린 미쿠의 기억에서 사라져 버리는 것이다.

하지만, 그래도 괜찮다고 생각했다. 결국 잃어버릴 추억이라도 어린 미쿠가 즐거워해 주길 원했다. 현재라는 이 시간을 마음껏 즐기길 바랐다.

서점을 나오니 어느새 해가 기울었다.

종일 걸어 다닌 탓일까. 미쿠는 피로를 느꼈다. 시계를 보니 오후 4시. 어린 미쿠가 부모님에게 돌아갈 시간이 가까워 온다.

"잠깐 쉴까?"

미쿠가 카페에 들어갔다.

둘이서 초콜릿 선데이를 주문하니 어린 미쿠가 멍하니 창밖을 바라본다. 사거리를 돌아다니는 차와 선명한 간판, 다양한 패션으로 치장한 여자아이들. 2002년의 풍경이 어린 미쿠의 눈에 어떻게 비칠지 상상도 되지 않았다.

"잠깐 기다려 줘."

미쿠가 말하고 로비에 있는 공중전화로 향했다. 케이시에게서 예정을 변경하자는 메시지가 들어와 있지 않은지 확인하기 위해서다.

집의 번호와 메시지 재생 인증 번호를 누른다. 곧 ARS 음성이 들려왔다.

"한 건이 있습니다."

미쿠는 약간 불안해졌다. 혹시 케이시가 오지 못하게 된 것이 아닐까.

테이프가 되감기고 이윽고 메시지가 재생되었다. 그것은 전혀 예상 밖의 목소리였다.

"베가 프로덕션의 미야카와야. 그 기획에 관해 말할 게 있으니 연락 줘."

메시지는 그것으로 끝났다.

그 기획?

미쿠는 잠시 수화기를 들고 서있었다.

자신의 꿈을 건 오리지날 기획을 말하는 것이다. 그 스토리 안이 채택된다면 극작가의 꿈이 이루어진다. 미야카와 요코가 얘기하려는 것은 지방 방송국의 반응이리라. 기획의 채용인지 불가인지, 답은 둘 중 하나······.

그리고 그건 필시 실망스러운 대답일 것이다. 좋은 소식이라면 부재중 메시지에서 바로 말했을 테니까.

미쿠는 거칠게 수화기를 내려놓았다. 돌아가고 싶지 않은 현실에 갑자기 끌려나온 느낌이었다. 황급히 창쪽의 자리를 보니 어린 미쿠는 아직 그곳에 귀엽게 앉아 있다. 바닥에 닿지 않는 양발을 흔들며 한결 같이 창밖을 바라보고 있다.

미쿠의 마음속에 이별의 아쉬움이 밀려왔다. 저 아이와 헤어지고 싶지 않다. 어린 자신과 보내는 지금 이 순간이 무엇과도 바꿀 수 없이 소중하게 생각되었다. 어린 미쿠가 불쑥 방공호에서 얼굴을 내밀었을 때부터 미쿠는 회전목마에 탄 채 흔들리고 있던 것이다. 시간을 역행하여 순진무구한 자신으로 돌아가는 신기한 회전목마. 가능하다면 이 편안함에 계속 몸을 맡기고 싶다는 마음이 아프도록 찾아들었다.

자리로 돌아오니 초콜릿 선데이를 먹는 손을 멈추고 어린 미쿠가 말했다.

"오늘 정말 재미있었어."

미쿠는 미소 지었다.

"아줌마도 재미있었어. 미쿠짱이랑 같이 있으니까."

"이 책 잘 간직할 거야."

어린 미쿠는 받은 지 얼마 안된 그림책을 가슴에 안았다.

미쿠는 웃으며 물었다.

"있지, 미쿠짱 얘기를 들려 주지 않을래?"

"어떤 얘기?"

"지금까지 제일 즐거웠던 일."

"즐거웠던 일?"

어린 미쿠의 시선이 허공을 훑었다.

"잔뜩 있는데."

"잔뜩?"

미쿠는 어린 미쿠와 같은 얼굴로 웃었다.

"응. 그 중에 제일 즐거웠던 건, 2학년 때 다 같이 놀이동산에 갔던 거."

그것을 듣고 미쿠의 기억이 순간 되살아났다.

부모님, 친한 친구 가족 네 명과 교외에 있는 놀이동산에 놀러 갔었던 추억이었다. 놀이기구도 잔뜩 타고 마스코트 인형도 샀다. 돌아올 때 모두 함께 식사도 했다. 오랫동안 잊고 지냈던 즐거운 추억이다.

"그 전에 마쓰리(일본의 지역 축제 ― 옮긴이)에도 갔었어. 유치원 다닐 때."

어린 미쿠가 이어 말하고서 바로 표정을 바꿨다.

"근데 슬픈 일이 있었어."

"무슨?"

미쿠는 자신의 기억을 훑으면서 물었다.

"그때 말이지, 다람쥐를 샀었어. 귀여운 섬다람쥐. 근데 겨울이 되더니 죽어 버렸어."

아아, 그랬다. 미쿠도 생각이 났다. 유치원을 졸업하기 전이었다. 눈이 내릴 때마다 기뻐했던 그 시절. 추운 겨울 아침에 미쿠는 이불에서 나와 상자 안에 있는 다람쥐에게 아침인사를 하려 했다. 그런데 다람쥐는 죽어 있었다. 상자 바닥 해바라기 씨 가운

데서 덜컥.

미쿠는 몹시 울었다. 놀이동산도 갈 수 없었다. 어머니와 둘이 작은 다람쥐의 시체를 집 뒤쪽에 묻어 주었다. 그날 밤에 일 끝나고 귀가하신 아버지는 따뜻한 난방이 들어오는 방에서 어째서인지 미쿠에게 용돈을 주셨다.

어린 미쿠와 추억을 공유하며 미쿠는 문득 생각했다. 어린 시절 다람쥐를 잃었을 때와 어른이 되어 시나리오 공모전에 떨어졌을 때, 어느 쪽이 더 슬펐을까. 양쪽이 비슷했던 것 같다.

사람의 일생에는 그때에 맞춰 이겨낼 수 있는 아슬아슬한 선의 고난이 찾아오는 것이 아닐는지.

아니다. 더 큰일에 직면할 수도 있다. 사람들 중에는 상상도 못할 큰 재난을 맞는 사람도 있을 터이다. 그러면 그런 사람들에 비해 자신은 행복했던 것일까. 경제적 곤란 때문에 가부키초에서 우물쭈물하던 자신은 그래도 행복한 인생을 살아가고 있다고 말할 수 있을까.

돌연 모든 사람이 행복하게 살아갔으면 하는 소망이 미쿠를 사로잡았다. 타인보다 행복한 것도, 불행한 것도 둘 다 싫다. 어린 미쿠의 밝은 웃음처럼 모든 사람들이 싱글벙글 웃으며 살아갈 수 있다면 얼마나 좋을까.

미쿠는 마주앉은 아홉 살의 자신을 바라보았다. 조금 슬픈 얼굴로 작은 손으로 초콜릿 아이스크림을 떠먹고 있다.

"슬픈 이야기를 떠올리게 해서 미안."

미쿠가 사과하니 어린 미쿠는 고개를 저었다.

"아냐. 괜찮아."

"그럼 다행이네."

"근데 아줌마."

어린 미쿠가 고개 숙인 채 물었다.

"이 가게에서 나가서, 다음에 뭐할 거야?"

"이 다음에는, 미쿠짱이 집에 돌아갈 차례야. 아빠랑 엄마 계신 곳으로 돌아가야지."

"흐응."

어린 미쿠가 내키지 않는 얼굴로 말했다.

"아줌마하고는 빠이빠이하는 거야?"

미쿠는 마음이 저렸다.

"응."

"또 아줌마랑 만날 수 있어?"

"만날 수 있지, 꼭."

미쿠의 목소리도 절실하게 울렸다.

"난 말이지, 항상 미쿠짱이랑 함께 있을 거니까, 이제부터 우리 둘은 계속 함께야."

그 말을 믿어준 것일까. 어린 미쿠는 작게 끄덕였다.

6

미쿠는 어린 미쿠의 손을 잡고 카페를 나섰다. 역으로 가는 도중 어린 미쿠는 즐거운 하루를 보냈던 오모테산도의 저무는 해를 몇 번이고 뒤돌아보았다.

어느새 미쿠의 기분도 침울해졌다. 24시간 전에는 둘이서 어쩔 줄을 몰랐는데 지금에 와서는 그것조차 즐거운 추억으로 바뀌어 있었다. 시간이 가진 신기한 힘이었다.

하라주쿠에서 지하철을 갈아타서 와카바초에 도착했다. 역 개찰구를 나오고서는 미쿠도 어린 미쿠도 말 수가 줄어들어 묵묵히 방공호가 있는 신사를 향해 걸었다.

신사 입구에 가까워짐에 따라 그 아래에 서 있는 사람 그림자가 보였다. 케이시다. 청바지에 스니커즈를 신은 언제나처럼 러프한 스타일.

"기다렸지?"

이렇게 말하며 돌계단을 올라 신사 입구 아래까지 가니 케이시가 가느다란 눈썹을 치켜 올리며 물었다.

"미쿠 씨, 결혼했었어요?"

"뭐?"

"이렇게 큰 아이가 있었다니……."

얼굴에 놀랐다 하고 써놓은 듯한 케이시를 보고 미쿠는 우스워졌다.

"아냐. 내 애가 아니니까 걱정 마."

"그래요?"

똑같은 얼굴을 한 어른과 아이를 앞에 두고 케이시는 아직 반신반의한 것 같았다.

"이 아저씬 누구야?"

하고 어린 미쿠가 물었다.

"친구야. 미쿠짱을 집으로 보내줄 거야."

"아하."
"여, 안녕?"
케이시가 푹신한 목소리로 어린 미쿠에게 인사했다.
미쿠는 집에서 가져온 종이봉투를 어린 미쿠에게 건네었다.
"이 안에 어제 입던 옷이 들어있는데 갈아입지 않을래?"
"어째서?"
어젯밤 산 옷을 입고 있는 어린 미쿠는 입을 부루퉁하게 내밀었다.
"지금 입고 있는 옷이 좋은데."
"입고 있는 옷이 변해서 아빠랑 엄마가 몰라보실 수도 있잖아? 새 옷은 가지고 가면 되니까. 응?"
미쿠는 경내 구석에 있는 작은 공중 화장실을 가리켰다.
"저기서 갈아입고 와."
어린 미쿠가 마지못해 화장실로 향하니 케이시가 입을 열었다.
"최면술을 걸 상대가 저 아이인가 보죠?'
"그래."
"안 될지도 몰라요. 어린이는 최면술이 잘 안 통하니까."
생각지도 못한 말에 미쿠는 동요했다. 그렇게 되면 기억을 지울 수 없게 되어버린다.
"저 애, 몇 살이죠?'
"아홉……. 이제 곧 열 살이야."
케이시는 잠깐 생각하고 말했다.
"그럼 괜찮을지도 모르겠네."
미쿠는 안심했다.

"근데, 저 애가 누군데요?"

"20년 전의 나라면 믿을 수 있겠어?"

"설마요."

"그럼 아무것도 묻지 말아줘."

의심스러워하는 케이시에게 이어서 말했다.

"절대 나쁜 일이 아니야. 저 애 기억을 지우는 것은 저 애와 나를 위해서 그러는 거야."

케이시는 미쿠의 얼굴을 바라보고 다짐하듯 말했다.

"믿어도 되는 거죠?"

"그럼."

"알았어요. 아무것도 묻지 않을게요."

"고마워."

미쿠는 최면술을 거는 방법을 설명 받고 꼼꼼하게 순서를 정했다. 지워야할 것은 24시간 동안의 기억, 즉 어린 미쿠가 친구들과 숨바꼭질을 하던 이후이다. 그리고 눈을 뜨는 것은 지금으로부터 한 시간 뒤, 방공호 안에서 어머니에게 안겨 깨어날 때.

일련의 순서가 정해질 즈음, 옷을 갈아입은 어린 미쿠가 돌아왔다. 케이시는 어린 미쿠가 입은 촌스러운 옷을 보고 눈썹을 꿈틀했으나 아무것도 묻지 않았다.

"그럼 갈까."

미쿠는 둘을 데리고 본당 뒤쪽으로 돌아갔다.

숲길 안쪽에 있는 방공호는 어제와 변함없는 모습이었다. 6시가 지나서인지 아이들의 모습도 보이지 않았다. 깊이 3미터 정도의 구멍 속은 해가 지기 전인데도 퍽 어두웠다.

미쿠는 손을 더듬어 안쪽으로 들어갔다. 뒤에 있는 케이시가 펜라이트를 꺼내 발밑을 비추어 주었다. 안쪽까지 가니 어머니가 말씀하셨던 대로 어린 미쿠가 누워있을 만한 작은 공간이 있었다.

"미쿠짱, 여기 누워 있을래?"

"왜?"

"집으로 돌아가야지. 여기 자고 있으면 엄마가 발견해 줄 거야."

"그럼……."

하고 어린 미쿠는 어둠 속에서 미쿠를 올려다보았다.

"나, 20년 전으로 돌아가는 거네."

미쿠가 놀라 되물었다.

"20년 전이라고?"

"지금, 2002년 맞지? 역 앞 매점에 있던 신문에서 봤는걸."

미쿠는 말이 막혀 어린 미쿠를 빤히 바라보았다.

"그럼 미쿠짱, 아줌마가 누군지 알아?"

"응. 알아."

하고 어린 미쿠는 방긋 웃었다.

"나랑 똑같은, 아사오카 미쿠짱이잖아?"

미쿠는 끄덕였다. 덩달아 희미하게 미소가 피어올랐다.

"알고 있었구나."

"응. 계속. 그래서 기뻤는걸."

"기뻐? 왜?"

"왜냐면 나, 이렇게 예쁜 사람이 되는 거잖아."

어째서인지 미쿠의 눈에 눈물이 고였다. 가슴이 벅차서 어린 미쿠를 끌어안는다. 이 아이와 헤어지고 싶지 않다고 생각했다. 과거의 자신을 줄곧 품에 안고 있고 싶었다. 하지만 어린 미쿠가 돌아가지 않는다면 현재의 자신은 없어지고 만다. 미쿠는 팔을 풀며 말했다.

"정말 고마워. 미쿠짱."

어린 미쿠는 한 번 더 웃었다.

미쿠는 뒤를 돌아보고 케이시에게 눈으로 신호했다.

둘의 모습을 신기한 눈으로 지켜보던 케이시가 어린 미쿠의 앞으로 나왔다.

"그럼 미쿠짱. 여기 누워 줄래? 그래. 그럼 좋아. 몸에 힘을 빼고, 이 빛을 계속 보고 있어."

누워 있는 어린 미쿠의 얼굴 앞에 케이시가 펜라이트의 빛을 비추었다. 어린 미쿠의 눈동자가 천천히 원을 그리는 빛의 움직임을 따라 움직였다. 이윽고 케이시는 펜라이트의 움직임을 멈추고 낮은 목소리로 말했다.

"이 빛을 바라보는 동안 점점 눈꺼풀이 무거워질 거야. 아저씨가 열까지 세면 눈을 뜨고 있을 수 없어질 정도로 무거워. 알았니? 하나, 둘, 셋……"

케이시가 천천히 수를 세었다. 동시에 어린 미쿠의 양 눈이 졸음을 띠며 천천히 감겼다.

"지금 미쿠짱은 아주 기분이 좋아. 그렇지?"

어린 미쿠가 작은 목소리로 대답했다.

"응."

"지금은 1982년 6월 7일이야. 맞지? 미쿠짱은 신사에서 뭘 하고 있지?"

"친구들이랑 놀고 있어."

"뭘 하면서 놀고 있지?"

"숨바꼭질."

"미쿠짱은 어디 숨어 있는데?"

"방공호 안에."

케이시는 말을 끊고 미쿠를 바라보았다. 준비가 다 된 듯했다. 이제 어린 미쿠의 기억을 지울 차례가 온 것이다.

미쿠는 손에 든 옷을 바라보았다. 어린 미쿠가 맘에 들어 한 이 옷을 입는 일은 두 번 다시 없다.

미쿠는 얼굴을 들어 케이시에게 끄덕여 보였다.

"미쿠짱."

하고 케이시가 다시 입을 열었다.

"미쿠짱이 눈을 뜰 때면 숨바꼭질하고 나서의 일은 아무것도 기억나지 않아. 여기 방공호에 숨고 나서 잠들어 버리니까 말이지. 그 다음엔 아무것도 생각나지 않아. 알았지?"

둘이서 보낸 즐거운 시간이 어린 미쿠의 기억에서 사라져간다. 미쿠는 시선을 떨어뜨렸다.

"조금 있으면 엄마 목소리가 들릴 거야. 그 목소리가 들리면 미쿠짱은 눈이 떠질 거니까. 그때까지 죽 잠들어 있는 거야. 알았지?"

어린 미쿠가 끄덕였다.

케이시가 일어섰다. 다 끝난 듯했다. 미쿠가 손목시계를 보니 오후 6시 45분이었다. 이제 15분 지나면 어린 미쿠는 20년 전으로 돌아간다.

"미쿠 씨?"

케이시가 작은 소리로 불렀다.

"왜?"

"이 아이, 정말 옛날의 미쿠 씨인가요?"

"믿어 주는 거야?"

"그렇게 말하긴 좀 그런데……. 혹시 정말이라면 묘한 생각이 들어서요."

"어떤 생각?"

"자신의 과거를 바꿀 수 있을까 하고."

미쿠는 무심코 따라 말했다.

"자신의 과거를 바꾼다?"

"최면술 암시로 무의식중에 어떤 행동을 하도록 지시할 수 있어요. 예를 들어 후회하는 일이 있다면 지금 이 아이에게 암시로 걸어 나중에 다른 행동을 하게 할 수 있어요."

미쿠는 어리둥절해져서 케이시를 보았다. 예상 밖의 사태에 곤혹스러웠다. 과거 속 바꾸고 싶은 것이 있다면 어린 미쿠에게 다른 행동을 하도록 할 수 있다니…….

"그러니까,"

미쿠는 할 말을 찾았다.

"이 아이 몰래 앞으로 후회할 일을 하지 않도록 만들 수 있다는 말이지?"

"그렇습니다."

미쿠는 잠들어 있는 어린 미쿠를 다시 바라보았다. 머리에 떠오르는 것은 시나리오 공모전에서의 일이었다. 끝없는 후회를 낳은 통한의 선택.

그때 해피엔딩이 아닌 비극적인 결과를 선택했다면? 그럼 자신은 지금쯤 극작가가 되어있을 지도 모른다.

문득 미쿠는 오모테산도에서 어린 미쿠에게 사 준 그림책을 떠올렸다. 시간을 자유로이 부릴 수 있는 마법사. 그 마법사가 지금 눈앞에 있는 것이다.

"잠깐만."

미쿠가 동요를 숨기며 말했다.

"과거의 한 순간을 바꾸면 지금 나는 어떻게 되지?"

"그건 모르지요."

케이시가 곤란한 듯 대답했다.

미쿠의 시선이 잠들어 있는 어린 미쿠에게로 향했다. 이 아이의 미래를 알고 있다는 사실을 새삼 실감했다. 고난뿐인 29년간의 인생을.

고치고 싶은 일은 잔뜩 있다. 인생에서 중요한 선택을 할 때엔 언제나 실패한 것 같았다. 그렇기 때문에 자신은 지금 내일의 생활비조차 걱정하는 생활을 하고 있는 것이 아닌가.

과거를 바꾼다면 어떻게 될까? 알아차리지 못하는 새 모든 게 바뀌어서 집에 돌아가면 꿈만 같은 생활이 기다리고 있지 않을까?

그것은 지금까지 느껴보지 못한 강렬한 유혹이었다. 하지만 한편으로는 눈앞의 마법사가 사악한 미소를 숨기고 있는 것 같다는 생각이 들었다. 저 마법사는 전적으로 어린이의, 무한한 미래의 가능성을 가진 쪽의 편일지 모른다는 기분.

망설이는 미쿠의 귀에 순간 어린 미쿠의 목소리가 들렸다.

그래서 기뻤는걸.

미쿠는 눈썹을 찌푸리며 20년 전의 자신을 보았다.

왜냐면 나, 이렇게 예쁜 사람이 되는 거잖아.

과거를 바꾼다면 자신의 마음은 어떻게 변화될까. 어린 미쿠의 마음에 들 만한 인간이 될 수 있을까.

아니, 그렇지는 않을 거라고 생각했다. 좌절을 모르고 고생 없이 원하는 것을 손에 넣는 삶을 산다면 가난한 사람들을 내려다보는 인간이 되진 않을까. 불쑥 나타난 어린 미쿠의 초라한 복장에 혐오감을 느끼는 인간이 되는 것이 아닐까.

불현듯 현재의 자신에 대한 사랑이 느껴졌다. 지금까지 자신이 지내온 시간의 흐름이 전에 없이 소중하게 다가왔다.

"이대로가 좋아."

미쿠가 말했다.

"나는, 지금 이대로가 좋아."

케이시가 끄덕였다.

미쿠는 숙이고 있던 고개를 들어 잠들어 있는 어린 미쿠의 곁으로 갔다. 그리고 작은 소리로 말을 걸었다.

"미쿠짱, 잘 들어. 지금 미쿠짱은 행복하지? 다정한 아버지와 어머니가 있고 따뜻한 집이 있어서. 그래도 미래는 그렇게 간단하지 않아. 어른이 되면 힘든 일이랑 슬픈 일이 잔뜩 생겨날 거야. 다람쥐가 죽었을 때 용돈을 주신 다정한 아빠는 10년 뒤에 하늘나라로 가 버리셔. 사과하고 싶은 일이 잔뜩 있지만, 아빠와 두 번 다시 만날 수 없는 거야. 또 추억이 잔뜩 있는 집에서 나와 다른 집으로 이사하게 될 때는 엄마랑 둘이 울면서 그 집을 청소하게 돼."

말을 하는 동안 미쿠의 눈에서 눈물이 흘렀다. 그녀는 손가락으로 눈물을 닦으며 이어서 말했다.

"그리고 미쿠짱은 자기 꿈을 좇지만 그 꿈은 이루어지기 힘들어. 좋은 일이라곤 아무것도 없이 힘 빠지는 일뿐이야. 돈에 쪼들려 참담한 기분도 들고. 낡은 옷을 입어야 하고, 매일 배가 고파 자신을 잃고 나쁜 길로 빠질 거 같아. 그래서 그런 자신이 싫어져서 혼자서 울게 돼."

미쿠는 꿈 많은 소녀의 마음에 대해 생각했다. 이 아이를 그런 지경으로 몰아가고 싶지는 않았다. 하지만 그 슬픔도 자신의 인생의 일부이다. 지금 여기 있는 자신을 만든, 소중한 인생의 단편.

"그래도 말이지,"

이어서 말한다.

"미쿠짱은 할 수 있으니까. 아무리 힘들어도, 분명 이겨낼 수 있어. 지금은 아직 때가 아니지만 마음으로부터 웃을 수 있는 날은 꼭 오니까, 그날을 믿고 힘내는 거야."

그리고 미쿠는 케이시가 말한 최면술 암시를 한 가지만 걸었다.

"힘든 날이나 슬픈 날에는 자기 이름을 생각하는 거야. 미쿠(未來), 미쿠, 희망찬 미쿠."

그때, 어린 미쿠가 작게 끄덕이는 것처럼 보였다.

미쿠는 눈물을 닦고 과거의 자기 자신에게 작별을 고했다.

"안녕, 미쿠짱. 멋진 시간 보내게 해 줘서 정말로 고마워."

어린 미쿠는 편안한 얼굴로 잠들어 있다.

미쿠가 조용히 일어나는 것을 보고 케이시가 펜라이트를 껐다.

동굴 안이 어둠으로 닫혔다.

출구를 찾아 미쿠는 손으로 더듬으며 나아가기 시작했다.

이제 작은 자신을 되돌아보지는 않았다.

시각은 오후 7시를 넘었다.

미쿠는 방공호 입구에서 나온 그대로 밤하늘을 올려다보았다.

어린 시절에 본 것과 변함이 없는 빛나는 은하가 그대로 있었다. 놀다 지쳐 돌아갈 때 부모님이 기다리던 따뜻한 집으로 미쿠를 이끌던 반짝이는 별.

보고 있는 동안 그 빛 중 하나가 미쿠의 눈동자로 내려와 눈을 감았다. 연한 빛의 가루가 뺨을 타고 떨어졌다.

그렇게 10분 동안을 기다린 미쿠는 다시 케이시를 데리고 방공호 안으로 들어갔다.

펜라이트로 비추어 보니 그곳에 자고 있어야 할 여자아이의 모습은 없었다.

케이시가 놀란 듯 미쿠의 얼굴을 보았다.

미쿠는 아무 말도 하지 않았다.

어린 미쿠가 입던 옷을 품에 안은 채, 미쿠는 아무도 없는 구멍을 바라보고 있었다.

7

다음 날, 스기나미의 원룸 맨션에서 눈을 떴을 때는 모든 것이 꿈처럼 느껴졌다.

어린 미쿠가 사라진 뒤에 일어난 일은 안개 속처럼 뿌옇기만 하다. 케이시가 택시를 잡아 집까지 바래다 준 것 같은데 차에서 나눈 이야기가 전혀 기억나지 않는다. 어찌 되었건 미쿠가 정신을 차렸을 때는 혼자 침대에 누워 있던 것이다.

'그러고 보니……' 하고 몸을 일으킨 미쿠에게 헤어질 때의 기억이 멍하니 떠올랐다. 내일이 되면 분명 좋은 일이 생길 거예요. 케이시가 그런 말을 한 기분이 든다.

미쿠는 아침 해가 눈부셔 눈을 찡그리며 좁다란 자기 방을 돌아보았다.

벽 옷걸이에 작은 어린이옷이 걸려있고 책상 위에는 『시간의 마법사』라는 제목의 그림책도 있다.

미쿠는 살짝 웃었다. 그 두 물건은 소중히 보물로 삼을 것이다.

침대에서 내려오니 부재중 전화 램프에 불이 켜있는 것이 보였다. 재생 버튼을 눌러 녹음된 메시지를 확인한다. 그것은 어제 어린 미쿠와 함께 오모테산도에 가있는 동안 여성 프로듀서로부터 온 전화이다.

"베가 프로덕션의 미야카와야. 그 기획에 관해 말할 게 있으니 연락 줘."

점심 전쯤에 전화하려고 생각했다. 요코의 말을 들어보자.

만약 그것이 지금까지 몇 번이나 들어 온, 기대에 어긋나는 대답이라도 괜찮다. 몇 번을 퇴짜 맞아도 희망만 갖고 있으면 꿈의 문이 열리리라.

미쿠는 눈을 감고 어린 시절부터 되뇌어온 마법의 주문을 걸었다.

미쿠(未來), 미쿠, 희망찬 미쿠.

이 말과 함께 시간의 흐름이 미쿠를 보듬고 다정하게 뺨을 어루만졌다.

사랑에 빠지면 안 되는 날

1

한 번 입었을 뿐인데도 바로 옷장에 처박혀 빛을 못 보게 되는 옷이 꽤 많다. 미아가 갈아치운 남자친구들의 숫자도 그와 비슷할 것이다. 그녀는 날씨에 맞춰 옷을 바꿔 입듯이 남자친구도 바꿀 수 있다.

"너 지나치게 밝히는 거 아니니?"

다니고 있는 여대의 학교 식당에서, 핫샌드위치를 입이 터지도록 쑤셔 넣으며 유미코가 한 말이다.

"어떻게 그렇게 끊이지 않고 좋은 남자를 잡을 수 있는 거야? 얼굴 밝히면 대체로 고생하게 마련이잖아."

"그거야 상대가 먼저 가까이 오는 걸."

미아는 우정을 생각해서 그 이상 거만한 대사는 자제했다.

"그럼 왜 차 버리는 건데? 아깝지도 않아?"

"뭔가 허전한 느낌이 들거든."

"흐음."

불만스러운 얼굴로 유미코가 수긍한다.

"이상형 기준을 너무 높게 잡아서 그런가?"

"그런 걸까."

미아도 고개를 갸웃한다. 왠지 그건 아닌 것 같다.

그런 이야기 때문일까, 오후 수업을 빼먹고 남자친구를 만난 미아는 남자친구의 얼굴을 유심히 바라보았다.

"왜 그래?"

정문 앞까지 차로 마중 와준 남자친구는 사심 없는 얼굴로 물었다. 미팅으로 만난 명문대 3학년생. 아르바이트를 딱히 하지 않아도 용돈 부족을 느끼지 않는 한 살 위의 연인.

조수석에 탄 미아가 말했다.

"이제 그만할까."

"그만하다니 뭘?"

"사귀는 거."

"엥? 어째서?"

농담이라고 생각했는지 남자친구였던 남자가 웃었으나 미아가 차에서 내리니 심각한 얼굴이 되었다.

"왜 그러는데?"

"미안. 나중에 문자 보낼게."

"어, 기다려!"

부르는 소리에도 뒤돌아보지 않고 미아는 걷기 시작했다. 언제나와 같은 패턴. 보낼 문자 내용도 훨씬 전에 머릿속에 완성되어 있다. 이제까지 몇 명이나 되는 남자들에게 같은 문장을 보내왔으니까.

정문을 지나 대학교로 돌아오니 그는 이제 따라오지 않는다. 자신을 걷어찬 여자친구를 쫓아 여대 한가운데로 들어올 남자는 이 세상에 없나 보다.

채플(교내 예배당)에 인접한 강당으로 들어가서 뒤쪽에 앉은 유미코 옆자리에 앉았다.

기독교 수업 중이다. 유미코가 목소리를 낮춰 빠르게 묻는다.

"데이트 어땠어?"

미아는 대답하지 않았다.

"너, 또 저지른 거야?"

마치 도둑질 상습범에게 말하는 듯한 말투이다.

"그것도 백주대낮에?"

이번만큼은 미아도 너무 이른 거 아닌가 하는 후회가 들었다. 다음 남자친구를 찾기도 전에 차 버렸으니. 중학교 때부터 이어져 온 남자친구 연속 보유 6년의 기록이 끊어져 버렸다.

책상 위에 턱을 괴고, 금방 싫증내는 자신의 성격을 되돌아본다. TV나 영화에서 보는 연애는 이렇게 건조하지 않았다. 좀 더 윤기 있고 뜨거운, 떨어질 수 없는 사이일 텐데. 자신이 지금까지 해 온 것들이 사랑이 맞는지 조차 의심스러워진다.

혹시 남자를 좋아하지 않는 거 아냐?

미아는 가느다란 눈썹을 찌푸리며 생각했다.

자신에게 어울리는 사랑은 어떤 사랑일까. 어떤 사람이 나에게 행복을 선사해 주려나. 여태 사귀어 온 남자들도 각자 나름대로의 만족을 주긴 했다. 같이 다녀도 부끄럽지 않은 외모. 따분함을 느낄 새 없는 즐거운 대화. 주변 여자 친구들은 모두 입을 모아 부러워했다. 다만 어느 사이에 무슨 이야기든 할 수 있는 친한 친구가 유미코 한 명으로 줄어 버렸지만.

유미코의 말이 전신에 스며든다.

그렇게 미아는 2주간 연인 찾기의 나날을 보냈다.

그런데 미팅이 취소되거나 길에서 말을 거는 남자가 영 신통치 않는 등 다음 남자친구는 좀처럼 나타나지 않았다.

분위기를 바꿔보려고 이미지 변신도 시도했다. 세로로 말린 머리모양도 생머리로 바꿔 보았다. 복장도 귀여운 스타일에서 캐주얼로 바꿔 보았다.

아무 일도 일어나지 않았다. 혼자 사는 원룸 맨션에 틀어박혀 거울을 노려보는 시간이 길어졌다. 어깨까지 내려오는 머리카락, 또렷한 쌍꺼풀, 자신조차 반할 것 같은 동그란 턱 선. 그렇게 추녀는 아닐 텐데.

마음이 점점 약해진다. 이건 완전히 거울에 대고 말을 거는 마녀 같지 않은가. 어쩌면 남자복을 다 써버린 건지도 모른다고 생각하며 한숨을 쉰다.

"이렇게 초조한 미아, 처음 봐."

다음 날 유미코가 술자리에서 웃으며 말했다. 남의 불행에 고소해 하는 기색이 묻어났지만 미아는 그런 유미코가 좋았다.

"뭐가 뭔지 이젠 모르겠어."

한숨 섞인 말에 유미코는 무슨 신기한 동물이라도 보는 듯한 눈으로 쳐다봤다.

"어쩌다 그렇게 된 거야? 생각보다 중증이네."

딱 여자 둘이 앉을만한 크기의 바에서 술을 마시며 한동안 연애담으로 이야기꽃을 피우다 손목시계를 보니 막차 시각이 지나 있었다.

취한 머리로는 불가리 시계를 사 준 남자친구가 누구였는지도 생각나지 않는다.

"좀 더 얘기해야겠지? 우리 집으로 와."

택시비는 나눠서 부담하고 20분 정도 가니 유미코의 맨션에 도착했다. 학생이 혼자 살기에 충분한 1LDK(원룸, 거실, 부엌 — 옮긴이)의 집. 둘이 다니는 미션스쿨계 여자대학은 상류층 아가씨들의 학교로 이름 높다. 둘은 번갈아 샤워하고 파자마 대신 티셔츠를 빌려 입고 침대에 나란히 누운 후에도 이야기에 열중했다.

창문이 살짝 열린 사이로 6월의 밤바람이 기분 좋았다. 천장의 불을 끄고 스탠드만 켜놓은 새벽 3시. 연애 이야기만으로는 미아가 풀 죽을 거라 생각했는지 유미코가 화제를 바꿨다.

"그러고 보니 백발백중의 점쟁이가 있다던데."

점은 연애담과 어깨를 나란히 겨루는 단골 대화 주제이다.

"진짜?"

"응. 친구의 친구 얘긴데. 점쟁이로는 드물게 젊은 남자인데다 눈앞에 있는 사람의 미래를 정확히 맞힌대."

"무슨 점인데? 별자리? 아니면 풍수?"

"몰라."

"사무실 같은 걸 연 건가? 한 번 보는데 얼마 들려나?"

"복채는 무료래."

유미코가 말했다.

"어디 대학교 대학원생인 거 같더라고."

대학원생 점쟁이. 미묘하게 매치가 안 되는 이미지이지만 미아는 자신조차 놀랄 정도로 흥미가 생겼다. 미래의 사랑에 대해서도 물어볼 수 있을까.

"그 사람, 어떤 걸 점치는데?"

"그게 말이지……"

유미코는 곤란한 어조로 말했다.

"일어나지 않는 일을 맞힌다는데."

"응?"

"친구의 친구들이 몇 명인가 점을 봤나 봐. 그랬더니 전부 '한동안은 아무 일도 없다'고 하더래. 그러고 나서 정말 아무 일도 일어나지 않았대."

"그런 거, 누구라도 할 수 있는 거 아냐."

미아는 웃음을 터트렸으나 자기 생각을 해보고 웃음을 끌어내렸다. 혹시 자신이 '아무 일도 일어나지 않는다'는 선고를 받는다면. 언제까지 기다려도 남자친구가 생기지 않는다는 말인가.

"그 사람이랑 만날 수 있을까."

미아는 그냥 말만 꺼냈을 뿐, 별로 기대는 하지 않았다. 친구의 친구 이야기라는 게 대부분 아무 근거 없는 낭설이나 마찬가지 아닌가. 그래도, 조금이라도 가능성이 있다면 자신의 미래를 알고 싶다.

평소와 다른 진지한 모습에 놀랐는지 유미코는 타이르듯이 말했다.

"2, 3일만 기다려봐. 친구한테 물어볼게."

2

의외로 일은 착착 진행되었다.

점쟁이 이름은 야마하 케이시. 진짜 대학원생이 확실하며, 전공은 심리학이라고 한다.

얼마 전 차 버린 남자친구가 다니는 사립대학의 인근 찻집에서 미아는 유미코와 나란히 앉아 야마하 케이시라는 인물이 나타나길 기다리고 있다. 시각은 저녁 무렵이었으나 해가 길어져서 창문 밖에는 붉은 빛이 도는 햇살이 비치고 있었다.

심리학자 점쟁이라고 해서 딱딱해 보이는 안경을 쓴 세련된 인물을 상상했더니 웬걸, 정반대로 흰 피부, 마른 체형의 청년이 가게로 들어오는 것이 보였다. 약속 상대를 찾는 것인지 가게 안을 두리번거리며 둘러본다.

"야마하 씨이신가요?"

유미코가 말을 걸었다. 상대는 희미하게 미소 지었다.

"늦어서 미안합니다. 야마하 케이시입니다."

푸근한 목소리였다. 미아는 호감을 가졌으나 연애상대는 아니라고 느꼈다. 아마 스물 서넛 정도의 나이로 보이는데 자기 같은 연하가 아닌 연상의 여성을 좋아할 것 같은 타입이다.

유미코와 미아의 자기소개가 지나고, 케이시는 홍차를 시키고 나서 천천히 말을 시작했다.

"제가 점쟁이나 예언자라는 말을 듣긴 하지만 사실이 아닙니다."

"예에?"

미아와 유미코가 동시에 말했다.

"오늘 여기 온 것은 오해를 풀기 위해서입니다."

"그런가요?"

유미에가 말했다.

"실망시켜서 미안하네요."

"그럼, 아무 일도 없을 거라는 걸 맞췄다는 말은 무슨 말이지요?"

유미코가 차분히 따져 물었다.

"당시엔 어쩌다 그런 기분이 든 거였어요. 그래도 보통 그렇게 말하면 맞지요. 웬만한 사람들에게는 아무 일없이 매일 평소와 같은 생활이 이어지니까요."

"맞긴 맞는다는 말이죠?"

유미코는 오히려 확신을 가진 모양이었다.

"지금 저를 보면 뭔가 느껴지나요?"

케이시는 곤란한 듯 웃으며 유미코를 보았다.

"아무 일도 안 일어날 것 같네요."

"아하하."

유미코가 힘없이 웃었다.

케이시의 눈이 자기에게로 향해서 미아는 두근거렸다. 사랑을 찾는 사람이 그런 말을 듣게 된다면……

"저는 어때요?"

기어들어가는 목소리로 그렇게 물으며 얼굴을 보니 케이시의 표정이 변했다. 미아는 놀랐다. 어느새 케이시는 진지한 얼굴로 미아의 오른쪽 눈을 들여보고 있다. 다음엔 왼쪽 눈. 시선이 눈동자를 통과해 머릿속을 더듬는 것 같다. 이윽고 케이시의 눈이 초점을 잃고 미아의 얼굴을 멍하니 보았다.

유미코가 묻는 듯한 시선을 보냈다. 이 사람, 어떻게 된 거냐고 묻고 있다. 하지만 미아는 케이시로부터 눈을 돌릴 수가 없었다.

"돌아오는 이번 수요일."

케이시가 중얼거리듯 말한다.

"조심해."

미아는 불안해졌다.

"조심하라니, 무엇을?"

"그날만큼은, 사랑에 빠지면 안돼."

"응?"

"이번 수요일만은, 누군가를 사랑하게 되면 안 된다고."

예상 밖의 경고에 미아는 당황했다. 사랑을 하면 안 된다니, 무슨 말이야?

케이시는 아차 싶었는지, "그런 기분이 든 것뿐이에요." 하고 얼버무리듯 웃으며 자리에서 일어났다.

"그럼 이만."

"기다려요!"

유미코가 멈춰 세웠다.

"왜 그러시죠?"

"홍차, 아직 안 나왔어요."

"아."

케이시는 안 어울리게 얼빠진 소리를 내곤 다시 의자에 앉았다.

"저기."

미아가 주저주저하며 물었다.

"혹시 수요일에 사랑에 빠지게 되면 어떤 일이 생기는지……?"

케이시는 입을 여는 것을 망설이다 결국 말했다.

"자세한 건 나도 모르겠지만, 너는 아주 만족스러운 하루하루를 보내다가, 남자친구에게 잔인한 짓을 해버려서 나중엔 큰 슬픔을 겪게 돼."

"슬픔을 겪다니, 실연당하는?"

"아니, 좀 더 말도 안 되는……, 보통은 있을 수 없는 일이 너에게 일어나게 돼."

나, 어쩌다 이렇게 된 걸까, 하는 생각이 들어 미아는 눈물이 맺혔다.

"미안, 기분 나빠졌나 보네."

당황한 모습으로 케이시는 위로했다.

"그래도 안심해도 돼. 사랑에 빠지지 않으면 되잖아. 아무 일도 안 일어날 거야. 응?"

끈질기게 다짐하고는 케이시가 일어났다.

"홍차는 너 마셔. 맛있을 거야. 그럼 갈게."

그리고 계산서를 챙겨서 자리를 떴다.

"뭐야 저거? 생긴 건 멀쩡한데 이상한 사람이네."

곧장 가게를 나가버리는 대학원생을 보고 유미코가 말했다.

"저런 말, 진지하게 받아들이지 마."

"응."

하고 끄덕이던 미아는 자욱한 먹구름을 뿌리치듯 고개를 흔들었다.

주말을 포함한 4일간은 아무것도 일어나지 않았다.

화요일 저녁. 수업이 끝나고 미아는 가쿠에이대학 역 근처에 있는 원룸 맨션으로 돌아갔다.

불안했다.

사랑에 빠져서는 안 되는 날이 바로 다음 날로 임박했다.

유미코도 데이트하러 나갔고, 잡담으로 기분 전환할 만한 친구가 없다.

마룻바닥 위에 앉아 침대를 등지고 TV를 보며 내일을 어떻게 보낼지 생각해본다. 학교에 안 가고 집에 있을까. 그러면 누구의 얼굴도 보지 않는다. 누군가를 좋아할 일도 없다.

그래도 미아는, 누군가를 좋아하고 싶었다.

누군가를 만나러 밖에 나갈까. 이상한 대학원생의 예언 따위는 안 믿으면 그만이다. 운명에 몸을 맡겨서, 혹시라도 좋은 사람이 나타나면 사양 말고 사랑하면 되잖아.

무엇을 무서워하는 걸까. 지금까지 여러 남자들과 사귀며 많은 사랑을 했으면서.

대학원생의 말이 머릿속에 메아리친다.

'나중에 큰 슬픔을 겪게 돼.'

지금까지 연애가 끝나고 슬펐던 적 따위는 없다. 누군가를 정말로 사랑하지 않았기 때문일까. 그렇다고 하면, 혹시 예언대로 내일 누군가를 좋아하게 된다면, 그것은 진짜 사랑이 되는 걸까. 진짜로 슬픈 사랑.

멍하니 생각하는 동안 겁먹은 자신을 발견했다.

상처 받고 싶지 않아.

밤이 되어, 유미코에게 전화를 했으나 연결되지 않았다. 결국 내일만은 사랑에 빠지지 말자고 결정했다. 누구도 좋아하지 않도록. 누군가 나를 좋아하지 않도록.

미아는 얕은 잠에 빠져 수요일 아침을 맞이했다.

학교 가는 것은 관두었다. 방 청소라도 하며 하루를 보내자. 밖으로 도는 생활을 계속 해서 그런지 냉장고 안이 텅 비었길래 점심밥을 사러 상점 거리로 나가기로 했다. 화장은 일부러 하지 않았다. 옷도 회색 운동복에 색 바랜 청바지를 골랐다. 맨발에 운동화를 대충 신고 미아는 역 쪽으로 걷기 시작했다.

밝은 햇빛 아래의 주택가는 인적이 드물었다. 큰 길로 나가니 지나가는 사람들이 신경 쓰이기 시작했다. 평소와 다른 이유로 남자들의 시선이 의식된다.

그런데 미아처럼 집에서 막 나온 모습의 학생 같은 남자가 보였다. 전차 선로가 지나는 고가 밑 두 블록 정도 떨어진 모퉁이였다. 둘의 눈이 마주쳤다. 말을 걸려나 보다 하고 미아는 긴장했으나 상대의 얼굴을 보고 바로 안심했다. 부스스한 머리, 은테 안경

속에 멍청해 보이는 금붕어 같은 눈. 이런 사람과 사랑에 빠질 리가 없다.

미아는 우스워졌다. 허둥대던 자신이 우스웠고 촌스런 남자도 우스웠다.

콰직. 기분 나쁜 소리가 났다. 눈을 들자 보이는 건 그 남자의 몸이 트럭의 거대한 차체에 휩쓸리는 순간이었다. 날카로운 급브레이크 소리가 미아에게서 사고 능력을 앗아갔다. 두 눈동자는 사고 상황을 분명 지켜봤으나 무슨 일이 일어났는지 이해가 되지 않았다.

급정지한 트럭 아래 남자의 모습이 사라졌다. 미아는 선 채로 굳었다. 떨리는 다리에서 한기가 올라온다.

무엇인가 움직이는 것이……, 머리에서 피를 흘리는 남자가 번호판 아래에서 기어 나왔다. 허리 아래가 이상한 각도로 비틀려 있는 남자의 하반신이 보인다. 남자는 미아를 바라보며 살려달라는 듯이 손을 내밀었다.

보지 마!

필사적으로 염원했다.

남자의 입이 움직이고 있다.

나를 보지 마!

남자의 움직임이 멈추었다. 전신이 지면처럼 평평하게 늘어졌다.

미아는 눈을 돌렸다. 도망치지도 소리치지도 못하고 머리를 뜨겁게 채우는 남자의 잔상을 내쫓으려 했다. 그러니 의식이 급속히 멀어지고 몸이 힘을 잃었다.

"괜찮아?"

쓰러지는 미아를 상냥한 목소리가 멈추게 한다. 등에 따뜻한 감촉이 있다. 엷게 눈을 뜨니 키가 큰 남자에게 붙들려 안겨 있었다.

사이렌 소리가 들렸다. 구급차와 경찰차가 온 것 같다. 어느 사이엔가 제복 차림의 경찰이 눈앞에 서서 꼬치꼬치 질문을 쏟아낸다. 질문을 제대로 알아듣지 못해서 헤매는 사이 안아줬던 남자가 옆에서 경찰의 질문을 되풀이했다.

"이름은? 연락처는? 사고 장면을 목격했나?"

미아는 남자에게 대답했다. 치이는 장면만 봤어요. 신호등이 무슨 색이었는지는 몰라요.

사정 청취가 끝날 때 즈음, 겨우 의식이 되살아났다. 충격적인 광경이 머릿속에 다시 떠올라 무서워서 눈물이 흘렀다.

"괜찮아?"

남자가 다시 한 번 묻는다. 미아는 울기만 하고 말이 나오지 않았다.

"집에 돌아갈래?"

집에 돌아가면 혼자 있게 된다. 미아는 순간 남자의 옷을 움켜쥐었다. 그것만으로도 신기할 정도로 안심이 되었다. 남자가 편하게 걸친 셔츠는 감촉이 좋았다.

"미아라고 부를게. 난 야마기시 신고라고 해."

미아랑 비슷한 나이 같았다. 운동이라도 하는지 날카로운 기가 서린 용모이다.

신고는 곤란한 듯 주위를 보더니 미아의 눈동자를 보았다.

"어떻게 하지? 혼자 돌아갈 수 있어?"

"혼자 있기 싫어."

미아가 울음 섞인 목소리로 말했다.

"그럼 찻집이라도 갈까?"

그러길 바랐으나, 바로 걸음을 멈추었다. 찻집이 있는 역 앞으로 가는 길에는 아직 그 남자의 시체가 누워 있다.

신고도 그것을 느꼈는지 반대쪽을 보았다.

"조금 걷겠지만, 우리 집에 올래? 방이 지저분하긴 한데."

미아는 신고의 표정을 보고 상대의 의도가 순수한 걱정이라고 확신했다.

"아냐, 역시 그건 관두자."

"갈래."

미아가 말했다.

주택가로 들어가는 길을 둘이 15분 정도 걸었다.

도중에 서로 자기소개를 했다. 신고는 도쿄 도내의 대학 3학년이었다. 미아가 이제까지 알고 지낸 적 없는 이과 계열의 학생이다. 출신지는 군마 현인데, 도쿄에 올라온 지 삼 년이나 되었어도 아직 도쿄에 적응 못했다며 웃었다.

미아에게는 의외였다. 도쿄 출신인 척 하는 친구는 많았지만 그 반대의 사람과 만나는 것은 처음이었다.

신고는 거듭 투덜거렸다. 전날 밤부터 친구 집에서 마작을 하다 크게 져서 홀딱 털렸다고 한다. 외양은 멋있는데 말할 때 드문

드문 맹한 구석이 있었다. 미아의 충격을 달래주려 하기 때문인가. 친해지기 쉬운 사람이라고 미아는 느꼈다.

살고 있는 아파트는 빈말로도 절대 깔끔하다고 말할 수 없는 오래된 2층 목조건물이었다.

철제 계단을 올라 제일 안쪽의 문 앞에 서서 신고는 "비밀이다?" 하며 통로에 있는 세탁기 뒤를 더듬었다. 열쇠가 나왔다. 문으로 들어가 보니 좁은 부엌과 6조(10제곱미터가 조금 안 되는 넓이 — 옮긴이)짜리 다다미방, 욕실 일체형 화장실로 이루어진 배치가 나왔다.

여태 사귀어온 어떤 남자친구의 집과도 달랐다. 남자의 둥지. 이불을 개 놓은 다다미방에서 흥미롭게 실내를 살펴보고 있으니 신고가 책상 앞 의자를 권했다.

"지금 커피 탈게."

미아는 잠깐 생각하고 말했다.

"내가 할까?"

"아냐, 앉아 있어."

책상 위엔 노트나 교과서들이 어질러져 있다. 미아에겐 외계어 같은 수식뿐이었다. 분명 머리가 좋은 사람일거라 생각한다.

신고가 머그잔에 담아 건넨 커피는 전혀 맛있지 않았다. 인스턴트커피를 이 정도로 맛없게 타는 사람도 드물다. 신고는 다다미 위에 앉아 쓸데없는 농담을 잔뜩 입에 담는다. 세련된 센스와는 거리가 먼, 서투른 사람 같다. 그래도 미아의 기분은 훨씬 누그러졌다. 신고의 꾸밈없는 마음 씀씀이가 무방비 상태의 미아에게 곧바로 흘러 들어왔다.

미아의 표정이 밝아진 것을 알았는지 신고도 안심한 표정이 되었다.

"기분 좀 나아졌어?"

"응. 고마워."

솔직하게 말했다.

"오늘밤을 함께 지낼 줄 친구가 있으려나."

핸드폰은 방에 두고 온 채였다.

"전화 빌려 줄래?"

"써도 돼."

유미코의 핸드폰에 전화하니 오늘밤은 시간이 있다는 대답이다. 미아는 안심해서 전화를 끊었다.

"그럼 슬슬 일어날게."

일어서는 미아에게 신고가 물었다.

"어떻게 할까. 바래다 주는 게 낫겠지?"

"이제 괜찮아. 덕분에 기운 났으니까."

"그거 다행이네."

신고가 미소 지었다.

현관문까지 배웅을 받으며 낡은 아파트를 나온 미아는 2층 창문을 바라보았다. 뿌연 유리 너머로 신고의 모습이 보였다.

한 번 더 만나고 싶다고 생각한 순간, 미아는 흠칫했다.

좋지 않아.

사랑에 빠져버렸다. 사랑에 빠지면 안 되는 날인데, 나는 사랑에 빠져버렸다.

"그럼, 큰일이네."

유미코가 말했다.

날이 저물고 바로 집에 와준 베스트 프렌드에게 미아는 오늘 일어난 사건의 자초지종을 들려주었다. 괜찮을 거라는 말이 듣고 싶어 얘기한 건데 유미코는 위로는커녕 재미있어 하는 것 같았다.

"너도 바보 같다. 하필이면 경고한 날에 말이지."

"왜냐하면……!"

받아 치려던 미아는 대학원생 점쟁이가 생각났다.

"어쩐지 으스스해. 왠지 그 사람, 내가 이렇게 될 걸 예지한 것 같은 기분이 들어."

"의외로 진짜 예언자일지도?"

"그럼 정말이라면, 난 어떻게 되는데?"

미아는 야마하 케이시의 말이 기억났다.

"말도 안 되는 일에 휘말려서 슬픔을 겪게 된다고?"

"설마 무슨 일이 일어나려고."

유미코가 허공을 노려보며 생각한다.

"신고라는 사람, 가난해 보이디?"

"응."

그러고 싶지 않았으나 미아가 긍정했다.

"혹시 사기꾼 아냐?"

신고의 친절한 눈빛을 떠올리고 미아가 부정했다.

"설마. 그리고 사기꾼이라면 고작 여대생을 노릴까?"

"그럼, 미아의 짝사랑으로 끝난다는?"

"그게 예언에 나온 말도 안 되는 일인가?"

"비정상적으로 만난 남녀는 오래 가지 않는다던데. 미아 혼자 멋대로 앞서 가는 바람에 버림받는다든가."

"유미코는 어떻게든 날 불행하게 만들고 싶은가 봐."

"들켰나?"

유미코가 웃었다.

하지만 미아는 웃음이 나오지 않았다. 유미코가 말한 '비정상적'이라는 단어가 마음에 걸린다. 신고와 알게 된 계기는 그야말로 비정상적이었다. 트럭에 몸이 깔린 고통 속에 숨진 남자……. 무언가를 원하듯이 이쪽으로 손을 내미는 모습이 생생히 머리에 떠오른다. 사고의 피해자를 동정해야 맞지만, 미아는 거꾸로 그를 원망하고 싶어졌다. 모처럼 인연이 시작되었는데 저주라도 받은 것 같다. 말할 수 없이 불길한 예감이 마음속에 퍼져간다.

"그럼, 어쩔 건데?"

유미코가 묻는다.

"지금이라면 아직 되돌릴 수 있어. 미아가 접근하지만 않으면 이대로 끝나겠네."

"어떻게 할까."

그렇게 말해보았지만 미아는 자신의 미래를 알 수 있었다. 내일이 되면 분명 그의 방으로 갈 것이다. 한 번 더 신고의 따뜻함을 느끼고 싶다는 마음을 지울 길이 없었다.

3

목요일.

미아는 아침부터 쿠키를 구웠다.

옷을 어쩔까 고민하다 어제와 비슷한 캐주얼풍으로 하기로 했다.

점심 전, 고마움을 전하는 글을 쓴 작은 카드를 쿠키 꾸러미에 넣고서 집에서 나오려 할 때 초인종이 울렸다.

혹시 신고인가?

근거 없는 기대에 설레며 문을 여니 중년의 남자 둘이 서 있다.

"경찰에서 왔습니다."

갑자기 코끝에 경찰수첩을 획 꺼내 보여서 미아는 놀랐다.

"어제의 사고 때문에 온 겁니다."

키가 작은 형사가 말했다.

떠올리고 싶지 않은 이야기에 미아는 언짢아졌다.

"그때 말씀드린 게 전부인데요."

"한 가지 확인할 것이 있습니다. 사건이 아직 해결되지 않아서요."

그럴 리가. 사고를 낸 운전수가 현장에 남아 있었을 텐데. 체포하지 못했나?

"가해자는 구속됐습니다. 문제가 되는 것은 피해자입니다. 신원을 파악할 물건을 가지고 있지 않아 누구인지 알 수가 없습니다."

그 촌스런 남자. 미아는 얼굴을 찌푸렸다. 언제까지 쫓아올 셈이지.

"시체 인수인조차 찾을 수 없는 상황이라······. 혹시 짚이는 곳이 있으신가 해서요. 이 근처에서 그를 전에 본 적이 있습니까?"

"그런 사람 몰라요."

미아는 차갑게 말했다. 죽은 사람의 신원이 파악 안 되었다는 사실이 이상하게 기분 나빴다.

"그렇습니까. 그럼 알겠습니다. 뭔가 생각나는 게 있으시면 이쪽으로 연락 주세요."

형사들이 명함을 남기고 내려갔다.

미아는 기분을 바꿔 맨션을 나와서 신고의 집으로 향했다. 가는 길은 기억하고 있다. 자기 집에서 도보로 20분 정도로, 가깝지도 멀지도 않은 미묘한 거리라고 생각했다.

아파트 계단을 올라 문을 노크한다. 대답이 없었다. 학교로 간 것일까. 그러고 보니 이공계 학생은 바쁘다는 말을 들은 적이 있다. 어쩔까 생각하다 통로에 놓인 세탁기 위에 손을 넣어본다. 열쇠가 있다. 역시 신고는 외출 중인 것이다.

입구에 쿠키 꾸러미를 놓고 가는 방법도 있지만 그가 보고 싶었다. 맥이 풀려 계단으로 되돌아오니 아래에서 신고가 올라오고 있다.

아, 하고 멈춰선 미아에게 그가 환하게 웃었다.

"야아."

"야아."

하고 덩달아 미아도 말했다.

"어제 일 감사 인사차 왔어. 집을 비운 줄 알았는데."

신고는 통로로 나와 세탁기 뒤에서 열쇠를 꺼냈다.

"그럴 때는 안에서 기다리고 있어도 돼."

"정말?"

자신의 얼굴이 환해지는 것을 느꼈다. 순간 지금 같은 표정만으로 마음이 전해질 수도 있을지 궁금해졌다.

"자, 안으로."

신고에게 이끌려 방에 들어갔다. 다다미방은 어제 그대로였다.

쿠키를 받고 신고는 기뻐했다. 둘은 쿠키를 먹으며 시간 가는 줄 모르고 이야기했다. 대학 이야기, 친구 이야기, 영화나 음악 취향.

마음이 움직이기 시작했다.

다음 날도 미아는 신고를 만나러 갔다. 미아의 전신이 안테나가 되어 신고가 하는 말의 아주 작은 뉘앙스까지 받아들인다. 그가 떠올리는 밝은 표정 하나하나가 미아의 마음을 따뜻하게 한다.

밤이 되어 집으로 돌아가 혼자 침대에 눕기라도 하면, 미아의 마음속엔 신고와 만나고 싶다는 생각뿐이었다. 그와 함께 있으면 아주 사소한 이야기라도 마음속 깊이 웃을 수 있다. 우연히 입게 된 같은 색 셔츠, 목소리가 듣고 싶다고 생각했을 때 우연히 그에게서 걸려온 전화, 엉겁결에 신통하다고 감탄하는 잡지 연애점. 이 모든 것에 철학자라도 알기 힘든 깊은 의미가 담긴 것이 아닌가 생각된다.

토요일에는 자신의 집에 그를 초대했다. 일요일 밤까지 둘은 함께 있었다.

거기엔 허세나 연기가 끼어들 틈이 없었다. 미아는 지금까지의 어떤 연애에서보다 스스로가 순수해지는 것을 느꼈다. 신고 앞에서는 어른스러울 필요가 없었다. 있는 그대로의 자신이 사랑받고 있다. 예쁘게 꾸민 모습을 보여 주고 싶기도 했지만 무리해서 꾸밀 필요는 없다. 아무래도 좋다는, 묘하게 편안한 마음이다. 미아는 난생 처음으로 몸에 딱 맞는 옷 같은 사랑을 하고 있다.

한 주가 눈 깜짝할 새에 지났다.

오늘도 미아는 신고의 집에 갔다.

좋아하는 사람에게 안겨 있는 시간 동안엔 수명이 줄지 않는 것 같다고 생각한 순간, 핸드폰이 울렸다. 신고가 미아에게서 떨어지자 미아는 재킷 주머니에서 전화를 꺼냈다.

문자가 와 있었다. 보지 않을 걸 그랬다고 바로 후회했다. 바로 지난번 차 버린 남자친구에게서였다. 신고는 이쪽을 의식하면서도 창문 쪽을 바라보고 있다. 메시지를 읽어보니 일방적으로 차인 것에 화를 내는 내용이다.

미아는 미안해졌다. 전 남자친구가 아니라 신고에게. 이런 식으로 살아 왔다는 것이 왠지 부끄러웠다.

기운이 없어진 미아에게 신고가 물었다.

"뭔데?"

"아무것도 아냐."

전화를 닫고 신고의 몸에 기댄다. 갑자기 불안해졌다. 그 점쟁이에게 들은 말이 생각나서였다.

너는 아주 만족스러운 하루하루를 보내.

그러다 남자친구에게 잔인한 짓을 해 버려서 나중엔 큰 슬픔을 겪게 돼.

그런 예언 따위 아무 근거 없다고 되뇌어도 마음을 뒤덮는 불안은 씻어낼 수 없었다. 지금까지 남자들에게 심하고 잔인한 짓을 해 왔기 때문에? 나중에 신고에게도 같은 행동을 해서 큰 슬픔을 겪는다는 것일까.

그것만은 싫다고 생각했다. 신고만큼은 계속 이대로 같이 있고 싶다. 생각만이 아닌 진짜 온기를 느끼고 싶어서 바싹 다가가니 신고가 갑자기 몸을 비킨다.

미아는 멍해졌다. 신고의 표정이 다르다. 눈썹을 모으고 이쪽을 보고 있다. 무의식 중에 소름이 돋게 되는 차가운 시선이다. 설마 핸드폰의 문자를 들켰나 생각했으나 그럴 리는 없다. 대체 왜 이러는 걸까.

"신고?"

그의 어깨에 팔을 두르고 미아는 아연했다. 딴 사람 같은 분위기다. 따뜻한 체온엔 변함이 없지만, 자신을 밀쳐내는 듯한 차가움이 느껴진다.

"너, 누구야?"

신고가 말했다. 목소리까지 다르다. 낮고, 바늘로 찌르는 것 같은 목소리.

"대체 여기서 뭐 하는 거냐고?"

이런 말을 들어도 무슨 일인지 미아는 영문을 알 수 없다.

"어떻게 된 거야, 신고?"

"신고? 난 신고가 아냐."

그가 양손으로 미아를 밀어냈다.

"잠깐, 무슨 일이야?"

신고는 방을 둘러보고 느릿하게 일어서서 기분 나쁜 것이라도 보는 것처럼 미아를 쏘아보았다.

폭력이라도 휘두를 것 같은 분위기. 하지만 신고는 겁먹은 미아에게서 고개를 돌려 말 없이 방에서 나가 버렸다.

미아가 제정신이 들 때까지는 시간이 걸렸다. 양손 양발이 떨리고 있다. 무슨 일이 일어난 건지 생각해 보려 해도 머리가 움직이지 않았다. 아는 것은 그저 신고가 다른 사람처럼 변해 미아에게서 떠나갔다는 것뿐이다.

신고를 쫓아 밖으로 달려갔다. 주변은 석양에 물들었다. 무턱대고 역 쪽으로 달려가니 전차가 지나는 고가가 보이는 부근 길가에서 키가 큰 뒷모습이 보였다. 틀림없이 신고다.

부르려던 미아는 그가 보고 있는 방향에 눈을 돌리고 멈춰섰다.

길 위의 검은 얼룩. 엷게 남아 있는 사람 모양 흰 선. 신고는 사고 현장을 멍하니 바라보고 있다.

미아는 두려워졌으나 용기를 내서 물어보았다.

"신고?"

그는 정신이 돌아온 듯 어깨를 떨며 미아를 본다.

"어떻게 된 거야?"

"미안……. 나, 이상했지?"

미아가 끄덕였다.

"갑자기 어떻게 된 거야?"

신고 스스로도 충격을 받은 것 같았다.

"오늘밤은 여기서 헤어지자."

"괜찮아?"

"응. 또 연락할게."

일방적으로 말하고 신고는 걸어갔다.

멈춰 세우려 해도 그럴 수 없었다. 다시 한 번, 사고 현장에 눈을 돌린다. 길 위에 서린 냉기를 느끼고 미아는 얼어붙었다.

"완전 호러네, 호러."

호러, 호러 하고 반복하는 유미코 때문에 미아는 신경이 곤두섰다.

"좀, 진지하게 들어 줘."

밤중에 호출 받은 베스트 프렌드는 미아를 신경 쓰지 않고 계속 말했다.

"봐봐, 애인이 급히 방을 나가 버렸다면서? 그러곤 사고 현장으로 홀린 듯 찾아갔다며. 그것도 완전 딴 사람이 되어서."

"기분 나쁜 얘기 그만해. 부탁이니까."

"어쨌든 미아한테 말도 안 되는 일이 계속 일어나고 있는 거잖아."

예언 그대로라고 느끼고 미아는 화를 내고 싶어졌다. 어째서 이렇게 되는 거지? 사랑에 빠지면 안 되는 날 사랑에 빠져 버린 자신이 나쁜 건가?

"만난 장소가 나빴어. 사람이 죽는 교통사고 현장이라니 귀신에 씌인 거 아냐?"

"그만해!"

미아가 말을 끊었다.

"뭔가 설명할 수 있을 거야. 혹시 다중인격일지도 몰라. 요새 그런 일 많잖아."

"그렇다고 치자. 어떻게 고칠 건데?"

"몰라 그런 거."

"다중인격이든 뭐든 우리가 해결할 수 없는 일이 일어난 거잖아?"

그 말이 맞다. 미아는 당황했다.

"어떡하지? 누구한테 물어 보면 되는 거지?"

"전에 그 예언자한테."

"어째서?"

미아는 얼굴을 찌푸렸다.

"그딴 이상한 사람, 왜 또 만나야 되는데?"

"왜라니, 그 사람 점쟁이인 주제에 심리학자잖아."

아, 미아가 고개를 들었다.

4

전과 같은 찻집에 야마하 케이시가 경쾌하게 나타났다.

전전긍긍하던 미아였지만 막상 흰 피부의 대학원생과 얼굴을 맞대니 경계심이 옅어졌다. 대신 마음이 약해졌다. 눈앞에 있는 남자는 볼수록 의지가 안 된다.

무슨 일인지 묻는 케이시에게 띄엄띄엄 수요일부터의 이야기를 시작했다.

"그렇군, 사랑에 빠졌구나."

케이시는 걱정하는 얼굴이다.

"이게, 무슨 일일까?"

옆자리 유미코가 묻는다.

"그쪽이 말한 대로, 미아가 말도 안 되는 일에……."

머리를 긁적이는 케이시에게 미아가 작심하고 물었다.

"나와 신고는 이제부터 어떻게 되는 거야?"

"나도 잘은 모르겠지만,"

케이시가 목소리를 낮췄다.

"믿든 안 믿든 그쪽 마음이야. 이전에 널 만났을 때 예지가 보였어."

"예지?"

"말하자면 영감 같은 건데……. 몇 가지 장면이야. 쓰러질 것 같은 너를 누군가 뒤에서 붙잡고 있었다든가."

이 사람 진짜라고 미아는 직감했다. 아까의 설명 때 사고 현장에서 신고가 뒤에서 붙잡아주었다는 이야기는 하지 않았기 때문이다.

"그러고 나서?"

"네가 당황하고 있고, 그를 괴롭게 만들어 버려서 후회해. 마지막에 너는 혼자가 되고 슬퍼하고 있어."

망연자실한 미아가 묻는다.

"그거, 바뀔 수 있는 거야? 반드시 그렇게 되고 마는 거야?"

"몰라."

자신이 신고를 괴롭게 하다니. 미아에겐 이해가 되지 않았다. 그런 짓을 할 리가 없지 않은가.

"나, 신고에게 도움이 되고 싶어. 그에게 무슨 일이 일어나는 건지 알 수 없을까?"

"딴 사람같이 돼 버렸다는 그거?"

케이시가 확인한다.

"응."

"그때까지 남자친구는, 정상적으로 생활하고 있었어? 대학 잘 다니고 일상생활 문제없고?"

미아가 끄덕였다.

케이시는 팔짱을 끼고 생각한다.

"다중인격이라기 보다, 빙의 현상의 가능성이 높은 것 같은데……"

"빙의?"

미아와 유미코가 동시에 되물었다.

"악마라든가 영이 씌이는 거 말이야."

역시 그건가. 미아의 등줄기에 한기가 지나갔다. 다른 사람이 되어서 사고현장을 바라보던 신고. 트럭에 치인 그 남자의 영혼이 신고에게 들러붙은 것이다.

"잠깐만."

유미코가 끼어들었다.

"귀신 탓이라는 거야? 그게 과학자가 할 소리 맞아?"

연하의 여자에게 호통을 듣고 케이시는 기가 죽은 듯하다.

"아니, 빙의 현상이라는 것은 두 가지로 분류 가능해. 정신의학의 연구 분야로서, 마음의 병이라고 설명할 수 있는 경우에 말이야."

"설명이 안 되는 경우도 있어?"

케이시는 주저하며 대답했다.

"응. 영적인 현상인 경우도 적지만 있어."

미아는 숨 쉬는 것이 불편해졌다.

케이시는 이어서 설명했다.

"영적인 빙의 현상이라는 것을 확실히 정의할 수 있는 단체가 한 군데 있어. 바로 가톨릭이야. 교회에는 정신병인지 아니면 정말 귀신이 씐 건지 알 수 있는 기준이 있거든."

"어떤?"

미아가 몸을 내밀며 물었다.

"이번 케이스에서는……."

케이시는 잠깐 생각했다.

"혹시 다른 사람처럼 되어 버렸다는 그가, 문제의 다른 사람만이 할 수 있는 말을 한다면 영적 빙의라고 생각해."

다른 사람밖에 모르는 것. 미아는 머리를 굴렸다. 씌인 귀신이 사고에서 죽은 남자의 영이라면?

"피해자의 신원."

미아가 중얼거렸다.

"뭐?"

유미코가 물었다.

"트럭에 치인 사람의 신원이 밝혀지지 않았다고 형사가 말했어. 혹시 신고가 그 사람의 이름이나 주소를 말한다면?"

"틀림없이 귀신에 씌인 거겠군."

케이시가 말했다.

찻집을 나온 즉시 미아는 그의 아파트로 향했다. 정직하게 말하면 두려움도 있었다. 하지만 여기서 신고를 떠난다면 어떻게 되는 것인가. 지금까지 자신이 저지른 짓의 반복이다. 매몰차게 연인을 버려 온 자신. 진심을 가지지 않은 채로 눈앞의 즐거움만을 쫓으며 남자와 사귀던 자신.

분명 야마하 케이시가 예언했던 '그를 괴롭게 하는 짓'이란 곤경에 처한 그를 내버려 둔 채 도망가는 일일 것이다. 그것만은 하지 않겠다고 마음으로 맹세했다.

아파트 문을 노크해도 대답이 없다. 세탁기 뒤에서 열쇠를 꺼내 안으로 들어간다.

신고는 지금 어디 있을까. 무엇에 씌인 듯한 상태로 밖을 헤매는 걸까.

아무도 없는 방에 부재중 전화 램프가 깜빡인다. 다소 불안이 느껴졌지만 상황이 상황인 만큼 스스로를 다잡고 메시지를 재생해 보았다.

학생인 것 같은 남자 목소리가 녹음되어 있다. 신고의 대학 친구인가 보다. 요새 학교에 안 나오는데 무슨 일인지 걱정하고 있다.

재생이 끝남과 동시에 문 열리는 소리가 들렸다. 미아가 돌아보았다. 피곤해 보이는 신고가 입구에 서 있다.

"미아."

다정한 목소리를 듣고 달려가 안겼다. 목을 끌어안으니 눈물이 나왔다.

"걱정했나 보네."

신고가 말했다.

좀 진정되는 것을 기다렸다가 미아가 물었다.

"자기가 어떻게 되었는지 알아?"

"모르겠어."

신고가 고개를 저었다.

"그냥, 내가 나로 있는 시간이 점점 짧아지는 것 같은……."

신고의 마음이 서서히 좀먹고 있는 것일까. 그는 언젠가 완전히 다른 사람이 되어버리는 걸까. 미아는 암담한 마음을 고쳐먹었다. 일단 지금은 이것이 영적인 빙의인지 아닌지 확인하지 않으면 안 된다.

그러기 위해 신고가 다른 사람으로 바뀌는 것을 기다려 신원을 물을 필요가 있다.

"천천히 쉬어. 내가 계속 같이 있어 줄게."

신고와 함께 방으로 가 바닥에 앉았다. 별로 중요하지 않은 화제로 잠시 동안 이야기를 나누었다. 이전과 다름없는 신고였다.

미아는 신기한 감각에 사로잡혔다. 둘에게 일어난 이상한 사건이 자연히 의식의 바깥으로 밀려나간다.

신고와 함께 있으면 어쩜 이렇게 편안해질까. 어쩜 이렇게 마음이 따뜻해질까.

여태 사귀어온 남자친구들을 떠올리고 깨달았다. 신고는 다정함을 갈구할 필요가 없었다. 조심스런 눈빛으로 상대의 애정을 살필 필요도 없었다. 아무것도 아닌 일로 싸우고 난 후의 허무함도 느껴지지 않았다. 과거의 연애는 밀고 당기기가 반복될수록 닳아 없어졌다. 하지만 이제 그런 걱정은 없다. 신고는 가식 없는 진실된 사랑을 나에게 주고 있다.

이 사람하고만은 헤어지고 싶지 않다고 생각했다. 신고도 같은 생각을 떠올린 듯, 미아의 어깨를 끌어안았다.

마음속이 환해졌다. 그런데 그것은 오래가지 않았다. 신고에게서 전해져 오는 온기가 냉랭하게 변한 것이다. 마치 죽은 사람 같은 차가움…….

미아가 오싹하여 몸을 떼니 험악한 얼굴이 이쪽을 노려보고 있다.

"또 너야?"

다른 인격의 출현이다. 미아는 무서워 견딜 수 없었으나, 어렵게 질문을 꺼냈다.

"당신은 누구야? 이름이 뭐지?"

"집어치워!"

상대는 차갑게 말하고 일어섰다.

"기다려!"

미아가 다른 사람이 되어버린 신고의 팔을 과감히 잡았다.

"여긴 내 친구 집이야. 당신이 누군데 여기 있는 거야? 가르쳐 주지 않으면 경찰을 부를 거야."

"무슨 소릴 하는 거야. 빌어먹을."

욕설을 내뱉고 상대가 나직이 말했다.

"스즈키 히로시."

그 이름을 미아는 기억에 새겼다.

"주소는? 어디 살아?"

"에비스야."

짧게 대답하고 그는 도망치듯 방을 나섰다.

미아는 쫓아가려 했으나 불가능했다. 다리가 후들후들 떨렸다.

미아는 밤길을 달렸다. 모습을 감춘 신고가 걱정되었지만 지금은 하지 않으면 안될 일이 있다.

자신의 방으로 달려 들어와 주소록에 끼워 놓은 형사의 명함을 꺼냈다. 떨리는 손가락으로 전화를 걸어 전화를 받은 경찰관에게 말했다.

"가쿠에이 대학역 근처 교통사고 건으로 전화 드렸어요."

바로 어제 왔던 형사가 바꿔 받았다.

"죽은 사람 말인데요, 스즈키 히로시라는 사람일지도 몰라요."

미아의 말에 형사가 놀라는 것이 느껴졌다.

"정말입니까?"

"확실한 건 모르겠어요."

"그 사람 주소는 아시나요?"

"에비스 같아요."

"알겠습니다. 조사해 보죠."

상대가 전화를 끊으려 할 때 미아가 허둥지둥 멈춰 세웠다.

"아, 잠깐만요, 혹시 확인 되시면 저한테도 알려주셨으면 하는데요."

"그러죠. 조금만 기다리세요."

그리고 30분. 전화가 울리는 것을 입 안이 바싹 마르도록 기다렸다. 시계 바늘이 9시를 넘어설 즈음, 겨우 형사에게서 연락이 왔다.

"아까 스즈키 히로시라는 사람 말씀인데요, 북 에비스 경찰 연락망에 등록되어 있더군요. 실제 그런 이름의 사람이 있습니다."

미아는 말이 막혔다.

"혹시 사고 피해자라면 이미 사망했을 텐데……. 귀중한 정보 감사합니다. 이제 저희가 조사하겠습니다."

"네."

전화를 끊었다.

이걸로 확실하다고 생각했다. 트럭에 치여 죽은 스즈키 히로시라는 남자의 영혼이 신고에게 씐 것이다.

5

다음 날, 미아는 일찍부터 학교로 나가 첫째 수업을 들으려는 유미코를 붙잡았다. "내가 없으면 대리 출석은 누가해 주는데?"하는 친구를 끌고 학교 식당으로 간다.

어젯밤 형사와의 대화를 들려주니 유미코도 잠시 말을 잃었다. 그녀는 추운 듯 양 어깨를 안고 말했다.

"이런 일이 진짜 있구나."

"어떡하면 좋지? 어떻게든 신고를 돕고 싶어."

"그런 말을 나한테 해 봤자……."

"지금까지도 여러 가지로 생각해 줬잖아."

곤혹스러워 보이는 유미코에게 미아가 말했다.

"또 그 예언자한테 물어볼까?"

"이번에야말로 말도 안 되지. 그 사람은 심리학자잖아. 정신병 같은 거면 몰라도 귀신이 상대라면 감당할 수 없지."

그건 그렇다고 인정할 수밖에 없었다.

"그럼 어떡하면 되지?"

"아! 맞아!"

얼굴이 환해진 유미코가 미아의 팔을 잡고 일으켜 세웠다.

"같이 가자!"

"어디 가는데?"

학교 식당을 나와 학교 건물 사이 가로수길을 걸으며 유미코가 말했다.

"그 예언자가 해결 단서를 알려줬잖아. 기억 안나? 정말 귀신이 씌인 거라는 판단 기준은 어디가 정한다고 했지?"

"가톨릭……."

"그럼 우리가 지금 다니는 이 대학교는?"

'여자대학교.'하고 대답하려던 미아는 비로소 알아차렸다.

"미션 스쿨!"

"그래. 채플(교내 예배당)에 가자. 신부님이 계실 거야."

학교 교회는 본교 건물 뒤에 있다. 2학년이 되었지만 미아는 한 번도 가본 적이 없다.

정문을 밀며 유미코와 둘이 조심조심 걸어가니 교회 안은 스테인드글라스를 투과하는 아름다운 빛으로 가득 차 있었다. 나란히 늘어선 의자 저편, 높이 걸린 커다란 십자가 아래 검은 신부복으로 몸을 감싼 외국인 신부가 있었다. 독일인이라고 들은 적이 있다. 성경책과 서류를 읽고 있는 신부님은 두 여대생이 가까이 오자 온화한 웃음을 띠며 맞이한다.

"신부님."

유미코가 말을 걸었다.

"네."

신부가 일본어로 대답했기에 미아는 안심했다.

"친구 일로 상담드릴 게 있습니다."

유미코가 이야기를 시작하니 신부님은 이국 언어에 귀를 기울이는 사람 특유의 찌푸린 얼굴을 만들었다. 몇 번인가 유미코의 말을 되물으며 마지막에 어설픈 일본어로 확인했다.

"악령이 들어간 것 같은 사람이 있어서 그 사람을 구하고 싶다는 것이군요?"

"그렇습니다."

미아가 대답했다.

신부님은 미소를 띠었다. 이 이야기를 믿는 것인지는 모르겠지만 상냥한 미소가 신고랑 닮았다고 생각했다.

"그렇다면 물을 가지고 가세요."

신부가 말했다.

"물······이요?"

되물으며 유미코가 숄더백 안에서 아직 뚜껑을 열지 않은 생수 페트병을 꺼냈다.

"이거 말씀이세요?"

"네."

신부님이 끄덕이고 갑자기 진지한 얼굴이 되었다. 교회 안의 공기가 바뀐 것 같다. 입 속으로 기도를 웅얼거린 신부님이 마지막으로 오른손으로 십자를 허공에 그리며,

"성부, 성자, 성령의 이름으로. 아멘."

그렇게 기도를 마쳤다.

우물쭈물하는 미아와 유미코에게 신부님이 말했다.

"그 물은 축성되었으니 이제 성수(聖水)입니다."

성수라는 말은 들은 적이 있다.

"친구의 방을 그 물로 정화해 보세요."

호러 영화에서 본 거창한 악령 퇴치 의식을 상상하던 미아는 조금 김이 빠졌다. 아니면 신부님이 자기들의 말을 별로 진지하게 받아들이지 않은 걸까.

"그걸로 되는 거예요?"

유미코가 물었다.

"혹시 효과가 없으면······."

"그때는, 친구를 병원으로 데려가세요."

신부님은 상냥히 대답했다.

미아는 페트병을 가방에 넣고 학교를 나와 서둘러 신고의 아파트로 갔다.

열쇠가 세탁기 뒤에 있다. 신고는 외출 중이다. 그가 방에 없다는 것은 좋은 기회이다.

미아는 안으로 들어가 페트병의 뚜껑을 열었다. 손바닥에 성수를 받아 현관, 부엌, 안쪽 방 벽에도 뿌렸다. 기분 탓인지 깨끗한 공기가 실내를 채우는 것처럼 느껴졌다.

남은 건 신고의 귀가를 기다리는 것뿐. 신부님의 말이 옳다면 그가 이 방에 들어오면 악령이 자연히 떨어져 나갈 것이다.

책상 앞 의자나 개어 놓은 이불 위, 그의 숨결이 머문 방 이곳저곳을 보며 기다렸다. 하지만 점심때가 지나 저녁이 다 되어도 신고는 돌아오지 않았다. 미아의 가슴에 불안이 몰려 왔다. 그는 '내가 나로 있는 시간이 점점 짧아져.'라고 말했다. 혹시 벌써 완전히 악령에 사로잡혀버린 걸까? 미아가 사랑한 사람은 악령에게 몸을 빼앗겨 손닿지 않는 곳으로 가버린 걸까.

실내가 어두워진 걸 느끼고 천장의 형광등을 켰을 때다. 휴대전화가 울렸다. 신고인가 하여 액정화면을 보니 기억에 없는 번호가 떠있다. 받아보니 형사였다.

전화 받은 것이 미아인지 확인하고 형사가 물었다.

"지금 어디 계십니까?"

"친구네 집이에요."

"지금 바로 만나 뵐 수 있나요?"

"지금요?"

미아는 주인 없는 방을 돌아보았다. 신고는 언제 돌아올까.

"급히 봐 주셨으면 하는 게 있습니다. 5분이면 끝나요."

"지금 조금 바쁜데요."

"중요한 일입니다."

잠깐 방을 비워야 하나. 할 수 없다고 판단했다.

"그럼 저희 집으로 오실 수 있으세요? 20분 정도면 돌아갈 수 있어요."

"괜찮습니다."

자기 집으로 돌아가는 길에 주의 깊게 주위를 둘러보았으나 역시 신고의 모습은 찾을 수 없었다.

원룸 맨션에 도착하여 방안에서 몇 분 기다리니 초인종이 울렸다. 전에 온 두 명의 형사가 입구에 서 있다.

"어젯밤 전화 감사했습니다."

키가 큰 형사가 말했다.

"에비스에 사는 스즈키 히로시라는 사람은 실제 에비스에 살고 있는 사람이었습니다."

그것은 어제 전화로 들었는데 하고 고개를 갸웃한 미아에게 형사가 이어서 말했다.

"즉, 지금도 살아 있고 건강히 생활하고 있다는 말입니다."

"예?"

미아는 어안이 벙벙해져서 두 경찰관의 얼굴을 번갈아 보았다. 스즈키 히로시라는 사람이 지금 살아 있다고? 사고로 죽지 않고?

"그걸로 좀 확인할 일이 있어서요. 당신이 말한 스즈키 히로시라는 사람은 이 사람이 맞습니까?

형사가 가슴 주머니에서 한 장의 사진을 꺼내 미아에게 보여주었다. 키가 큰 남자가 테니스 라켓을 손에 들고 친구와 함께 있는 사진이다.

미아는 눈을 크게 떴다. 왜 형사가 이 사진을 갖고 있는 건지 놀라웠다. 사진에 있는 사람은 지금 가장 만나고 싶은 사람. 미아가 사랑하는 남자친구였다.

"아뇨, 달라요. 이 사람은 야마기시 신고라는 사람인데요."

"야마기시?"

형사들이 서로 눈을 마주쳤다.

"무슨 말씀을 하시는 겁니까. 저희는 본인과 가족들과 만나 직접 확인했습니다. 사진에 찍힌 건 스즈키 히로시 씨입니다."

"그런……!"

외마디 소리와 함께 미아의 사고가 정지했다. 믿기 힘든 일을 알아 버렸다. 당장이라도 충격으로 전신이 무너져 내릴 것 같다.

"무슨 일이세요?"

형사가 묻는다.

"죄송해요."

허공에 대고 미아는 말했다.

다른 사람 밖에 모르는 것. 세탁기 뒤의 열쇠.

"저, 사람을 잘못 봐서……. 전혀 다른 사람을 착각해 버렸네요."

"그런 건 괜찮습니다."

형사가 상냥히 말했다.

"확인한 것만으로도 이쪽으로서는 큰 도움입니다."

형사들이 떠나는 인사를 하기 전에, 미아는 달려 나갔다. 눈물이 멈추지 않았다. 신고에게 심한 짓을 해 버렸어. 그가 괴로워할 짓을 해 버렸어. 빨리 그의 방으로 가지 않으면 큰일이다.

목조 아파트의 계단을 달려 올라가 세탁기 뒤를 찾고 미아는 얼어붙었다. 열쇠가 없다. 창문에 빛이 비치고 있다. 신고가 방에 들어가 버렸구나!

"신고!"

문을 여니 그가 안에 있었다. 다다미 방 한 가운데 앉아 있다. 미아의 목소리를 듣고 그가 천천히 돌아본다.

"미아?"

연약하면서도 따뜻한 웃음이었다.

미아는 달려가 안겨, 신고의 팔을 잡았다.

"여기서 나가자! 빨리!"

"방 공기가 바뀌었어."

그가 말한다.

"정말 기분이 좋은걸."

"제발……."

"아니, 괜찮아. 미아가 배웅해 줘서, 나 행복해."

미아는 망연히 움직이려 하지 않는 신고를 바라보았다.

"처음엔 뭐가 뭔지 몰랐어."

신고가 계속 말했다.

"횡단보도 신호는 파란 불이었어. 근데 뒤에서 엄청난 충격을 받아서 눈앞이 깜깜해졌어. 정신을 차리니 다른 사람 안에 있고……. 쓰러지려는 여자아이를 붙잡아 주고 있었지."

미아가 마음속으로부터 사랑한 사람은 죽은 사람이었다. 지금 어깨를 나란히 하고 앉아 있는 날쌔고 사나운 얼굴의 이 남자는 마음만 신고였던 것이다. 미아는 아픈 마음을 되돌려 신고의 진짜 모습을 떠올리려 했다. 길 건너에서 걸어오는 한 명의 남자. 그녀는 그를 보고서 혐오감을 품었다. 어쩌면 저렇게 촌스럽냐며 비웃었다. 그가 얼마나 상냥한 사람인지, 얼마나 아름다운 마음을 가지고 있는지도 모르고 겉모습만으로 경멸했다. 그가 지면에 내던져져 피를 흘릴 때조차 아무 행동도 하지 않았다. 기분이 나빠 눈을 피했다. 그때 신고는 얼마나 괴로웠을까. 얼마나 아팠을까. 누구에게도 도움 받지 못하는 외로움 속에서 신고는 죽어간 것이다.

신고, 미안해.

입을 열었으나 말은 나오지 않고 억누를 수 없는 울음이 복받쳐 올랐다.

"슬퍼하지 마."

신고는 상냥히 말했다.

"나, 미아를 만날 수 있어서 정말 다행이었어. 이렇게 행복한 시간은 지금까지 없었어. 미아에게 감사하고 있어. 정말 고마워."

안긴 채로 미아는 그의 가슴에 얼굴을 묻었다. 변함없는 따스함이었다. 안심하고 몸을 맡기며 미아는 깨달았다. 자신은 겁쟁이였다. 누구를 좋아하는 동안에도 언제나 겁먹고 있었다. 언젠가 미움 받을지도 모른다, 버려질지도 모른다는 것에 대해. 미아는 상대방이 아니라 자기 자신을 사랑하고 있었다. 자기 한 몸만 생각하는 연애를 해왔다.

그러나 신고는 달랐다. 있는 그대로의 미아를 받아들여 주었다. 미아도 그런 그를 진실로 사랑했다. 이 연애의 끝이 어떻게 될지 미리 근심할 필요 같은 것도 없었다. 신고의 상냥함에 물들어 있는 것만으로 미아는 행복했다.

밤이 깊어졌다. 신의 축복을 받은 방에는 평온한 공기가 감돌았다. 6월의 크리스마스라고 미아는 생각했다. 그와 둘이서 보내는 마지막 밤.

기대어있던 신고의 몸에서 온기가 사라지기 시작했다. 미아는 조금이라도 그를 느끼려고 그 팔을 꼭 끌어안았다.

"가지 마."

"미안. 그래도 나, 가지 않으면 안 돼."

"부탁이야. 내 곁에 있어 줘."

"나는 언제까지나 미아 곁에 있을게……. 항상 미아를 생각해……."

끊겨가는 신고의 목소리가 미아의 마음을 저몄다.

"……미아는 솔직한 여자아이니까, 분명 행복해질 거야……."

"신고?"

"꼭 행복하게……."

부지불식간에 실내를 채운 정적이 신고의 마지막 말을 삼켰다. 미아를 안고 있던 온기가 어딘가 멀리 떠났다는 것을 알았다.

그의 이름을 불렀지만 이제 대답이 없다. 따스함이 가득한 추억만 남기고 신고는 가 버렸다.

이제 혼자 남겨진 미아는 뚝뚝 눈물을 흘렸다.

이윽고 다른 사람의 기색이 느껴졌다. 미아는 천천히 몸을 일으켰다. 눈앞의 남자가 다른 사람으로 변하려고 한다. 보고 있으면 좋지만 결코 마음은 통하지 않는 사람으로.

제정신이 든 남자가 순간 놀랐으나 험악한 눈으로 미아를 노려보았다. 자기에게 자꾸만 일어나는 이상한 일 때문에 초조한 듯, 그게 미아 탓이라고 생각하는 것 같다.

미아는 시선을 떨어뜨렸다. 이 사람과는 말을 나누고 싶지 않았다.

상대는 무언가 말하려 했으나 결국 아무 말 없이 방에서 나갔다.

실내가 조용함을 되찾고 미아는 좁은 방을 둘러보았다. 신고와 둘이서 만든 이 아파트의 추억. 미아가 사랑한 사람이 인생 최후의 시간을 보낸 방.

"신고. 안녕."

이별의 눈물이 떨어져 책상 위에 남겨진 열쇠를 엷은 빛으로 물들였다.

전화를 거니 두 형사는 바로 와 주었다. 미아의 집 근처를 문의하며 돌고 있었다고 한다.

미아는 잘못된 정보를 전한 것을 사죄하고 이번이야말로 틀림없는 피해자의 신원을 전했다.

"사고로 죽은 사람은 야마기시 신고 씨였습니다."

형사는

"호오?"

하고 대답했으나 반신반의한 얼굴이었다.

"확인해 보시면 아실 겁니다."

미아가 말하고 낡은 아파트의 주소를 알려주었다.

"그 사람 시신을 가족이 있는 고향으로 돌려보내 주세요."

"알겠습니다. 확인해 보겠습니다."

키가 큰 쪽의 형사가 대답하고 일어나 떠났다.

"아, 형사님, 잠깐 기다리세요."

미아는 아무래도 말해야 할 것 같아 형사들을 불러 세웠다.

"무슨?"

둘이 돌아봤다.

"저어."

미아는 발끝을 내려보며 말했다.

"야마기시 신고 씨는, 정말 좋은 사람이었어요."

형사들은 눈물이 고인 미아를 이상한 듯 바라보았다.

6

방에 틀어박힌 미아를 유미코가 힘들여 밖으로 끌고 나왔다.

지루한 수업. 하굣길의 아이쇼핑. 학교식당이며 패밀리 레스토랑이며, 가릴 것 없이 아무데서나 시작되는 배려 없는 잡담.

유미코가 다른 그룹 애들 중에 몇 명 정도 얼굴을 아는 친구를 뽑아 미아의 말상대를 늘려 주었다.

6월이 끝나고 초여름의 햇살이 눈부셔질 즈음, 학생들은 여름방학 전의 마지막 이벤트, 기말시험을 맞이했다.

나가지 않은 수업의 필기는 유미코가 구해 주었다. 미아는 유급을 걱정할 필요는 없을 정도의 점수를 받을 수 있었다.

황망한 하루하루를 보내면서도 미아는 계속 멍한 상태였다. 자신이 지금 슬픔의 밑바닥에 가라앉아 있는 건지 아니면 회복중인지조차 알 수 없었다. 단지, 이대로는 혼자서 여름방학을 보내게 된다. 아무리 유미코라도 매일 함께 있어줄 수는 없으니. 그렇게 생각하니 불안해졌다. 이 이상의 슬픔은 이겨낼 수 없었다.

시험 방학에 들어간 아침, 미아는 문득 야마하 케이시에게 연락을 하려고 마음먹었다. 슬픈 사랑의 전말을 이미 내다 보고 있던 점쟁이. 그 말대로 사랑해서는 안 되는 날 사랑을 해 버렸다. 하지만 그 후의 일에 대해선 아무것도 듣지 못했다.

이후에 나는 어떻게 될까.

조금 무서운 기분도 들었지만 유미코에게서 연락처를 물어 전화를 걸어 보았다. 통화가 연결되고 케이시가 받았다.

미아는 신고와 행복했다는 말은 할 수 없었다. 상대도 물어보지 않았다. 오늘 만날 수 있냐고 부탁하니 케이시의 목소리는 떨떠름했다.

"오늘이요? 관두는 편이 좋을 텐데."

"무슨 말이세요?"

미아는 강한 어조로 되물었다. 미래가 달린 일이다. 그녀는 몹시 예민해 있었다.

"뭔가 안 좋은 일이라도 일어날까요?"

"아니 그런 게 아니고,"

케이시는 말을 찾느라 잠깐 지체한 뒤 이어 말했다.

"저 같은 사람을 만날 것 없이, 거리로 나가는 게 좋을 겁니다."
"왜요?"
"오늘은, 사랑을 해도 괜찮은 날이니까요."

잠깐 침묵하고, 예언자의 말을 믿기로 했다. 짧은 감사를 표하고 수화기를 내려놓았다.

미아는 거리로 나갔다.

열기를 머금은 공기가 한여름이 온 것을 알려 준다. 사랑에 빠지기 전에 지금 자신에게 맞는 옷을 찾아야겠다고 미아는 생각했다.

돌 하우스
댄서

1

200명이나 되는 여자아이들이 한 자리에 있는데도 대기실 안은 조용했다.

각자 탱크톱, 티셔츠, 스웨터, 셔츠 등 좋아하는 옷으로 갈아입고 드링크 젤리를 마시거나 스트레칭으로 몸을 풀고 있다. 이따금씩 알지 못하는 사람들끼리의 시선이 얽히고, 경계하고, 무시해버린다. 모든 사람이 라이벌인 셈이니 무리도 아니다.

지금 이곳 오디션 회장의 대기실에서 잡담을 나누는 사람들은 같은 댄스스튜디오에서 온 동료일까? 아니면 그저 불안을 나누기 위해 3분짜리 우정을 쌓은 사이일까?

고사카 미호는 마음을 진정시키기 위해 등을 쭉 펴고 거울에 비치는 자신의 모습을 확인해보았다. 감청색 레오타드에 검은 스패츠(다리를 감싸는 각반 — 옮긴이)와 클래식 발레용 숏팬츠로 몸을 감싼 모습. 가슴과 등에 붙인 참가번호는 92번이다.

정수리를 당기는 것 같은 팽팽한 긴장 속에 전신의 균형을 확인한 후 몸 전체를 뒤덮은 긴장의 끈을 아주 살짝 풀었다. 좌우 180도로 편 양 발끝도 아주 살짝 안쪽으로 굽힌다. 발레와 재즈를 둘 다 경험한 미호만이 할 수 있는 방법이었다.

"무섭네."

같이 서 있는 아사카가 작은 소리로 말했다. 그녀의 탱크톱에 붙은 참가번호는 미호의 번호와 이어진 93번이다.

"대기실 분위기 항상 이래?"

"오늘이 좀 더 무서운 편일지도."

지난 경험을 떠올린 미호가 대답했다.

"으엑……. 난 처음이라고 했잖아."

"신경 쓰지 마, 그러다 익숙해져."

아사카를 격려해 주다 보니 이 녀석도 라이벌이라는 것을 떠올렸다. 오전과 오후 합쳐 400명의 응모자들 중에 선발되는 건 단 열 명. 그들만이 신형 휴대폰 발매 이벤트 스테이지에 올라 연기할 수 있다.

아사카는 네 살이나 어린데다 룸메이트여서 별로 라이벌 의식이 생기지 않는 것도 당연할지 모른다. 반년동안 같은 집에서 사는 동안 라이벌이라기보다 전우가 된 것 같았다.

주위에 여유 공간이 있어 미호는 턴 연습에 들어갔다. 회전하는 방향에서 순간 목을 젖힌다. 피루엣(한 발을 축으로 턴), 셰네(앞으로 진행하는 연속 턴 동작). 균형이 몸에 배어 있다. 그렇지만 분명 미세한 떨림은 있었다. 회전할 때 양 옆이 흔들린다. 긴장할 때마다 언제나 이 버릇이 나온다. 아까 아사카를 격려하던 익숙하다는 말은 거짓말이었다. 미호는 항상 똑같은 실패를 반복해 왔다. 도쿄로 올라와 프로댄서를 목표로 본격적인 활동을 시작하고서 4년간, 셀 수 없이 많은 오디션을 받고 전부 떨어졌다. 아무리 노력해도 실기 최종 시험을 통과할 수 없었다.

자신의 미래를 알 수 있다면 얼마나 좋을까. 요 근래 이런 생각이 많이 든다.

1년이 지나도 나는 똑같이 살고 있을까. 반년 뒤에는 어떨까. 그렇게 먼 미래가 아니라도 좋다. 세 시간 뒤라도, 이 오디션 결과만이라도 알 수 있으면 좋겠다. 미래에 대한 불안에 시달리지 않고 마음껏 춤출 수 있도록.

"모두, 준비 되셨나요?"

경쾌한 목소리가 들리고 30대 후반으로 보이는 남자가 들어왔다. 웃음 띤 표정과 몸동작을 보니 이 사람이 안무가 같다.

"안무 동작을 연습하겠습니다. 참가번호 1번부터 100번까지는 옆 스튜디오로 이동해 주세요."

드디어. 미호는 벽에 기대어 있는 가방에서 수건과 스포츠 음료, 행운의 부적인 곰 인형 마스코트를 꺼내 움직이고 있는 참가자들 행렬 사이로 들어갔다. 말이 없어진 아사카는 벌써 불쌍할 정도로 얼굴이 굳어 있다.

"괜찮아."

미호는 이렇게 말해 주고 아사카의 머리를 쓰다듬어 주었다. 여유를 보였다기보다는, 자기가 받고 싶은 대로 아사카에게 해 준 것인지도 모른다.

옆 스튜디오로 들어가니 긴장감이 더욱 커져만 간다. 거울로 된 벽 앞에 심사위원 책상이 나란히 세워져 있다. 안무 동작 연습을 마치면 이곳이 그대로 실기 심사장이 된다.

바닥 재질은 무용에 적합한 리놀륨이 아닌 목재로 된 바닥이었다. 미호는 복사뼈까지 오는 짧은 양말을 반으로 접어 발등 앞쪽으로만 신었다. 이렇게 해두지 않으면 턴을 할 때 발끝이 미끄러진다.

안무가가 오디오 스위치를 누르니 과제곡이 흐르기 시작했다. 번호순서로 죽 나란히 늘어선 참가자들 속에서 미호도 한 동작 한 동작을 몸에 익혀두기 시작한다.

곡의 템포는 빠르다. BPM 144정도. 응모자들이 시험을 보는 것은 이 중 60소절, 1분도 채 되지 않는다. 발레, 재즈, 락, 스트리트. 온갖 춤의 요소가 빠짐없이 들어 있다. 한 군데 미호에게 익숙하지 않은 동작이 있다. 스트리트이지만 힙합은 아니다. 하우스일까?

안무 동작이 크로스 플로어 파트로 접어들어, 다섯 개의 조로 나뉜 응모자가 한 조씩 스튜디오의 무대를 가로질러 턴 콤비네이션을 확인하며 이동해 간다. 상당한 난이도이다.

다른 조의 움직임을 보며 미호를 포함한 참가자 모두가 심사위원이 된다. 누가 합격할까. 누가 떨어질까. 댄서를 뽑는 오디션인데도 몸매의 라인이 보이지 않는 셔츠를 입고 온 아이가 있었다. 한눈에 봐도 동작조차 초짜인 것을 알 수 있다. 다른 대부분은 우열을 가리기 어렵고, 개중엔 압도적인 기량을 뽐내는 사람들도 적지만 분명히 있다. 댄서 세계는 프로든 아마추어든 관계없다. 어떤 이벤트가 생길 때마다 다 함께 오디션을 받고, 뽑힌 사람만이

춤으로 돈을 벌 수 있다. 그 이벤트가 끝나면 다시 오디션을 받는 것이 반복된다. 이 세계에서 어느 정도 실력을 인정받으면 극단이나 테마파크의 전속 무용수가 되어서 일시적인 안정을 얻을 수 있지만, 그런 사람들도 계속 실력을 유지해야 하는 것은 변함없다. 그리고 모두가 장래에 대한 아무 보장 없이 적은 수입으로 생활하지 않으면 안 된다.

그래도 미호는 춤을 계속하고 싶었다. 이렇게 즐거운 일은 다른 어디에도 없다. 한 번 음악이 울리기 시작하면 눈에 보이지 않는 선이 공간에 흐르기 시작한다. 그 선의 흐름을 타고 몸을 움직이면 어느새 춤이 된다. 우수한 댄서의 퍼포먼스는 보는 사람의 마음을 즐겁게 약동시키며 인간의 아름다움이나 슬픔, 또는 춤추는 이의 인생 그 자체까지 다양한 모습을 그려낸다.

언젠가 그런 경지에 도달하고 싶지만 지금으로선 분에 넘치는 소망이다. 아마추어 수준에 머문 채 맨 첫 번째 스텝조차 딛지 못하고 있다. 매일 쌓이는 초조함이 급기야 절박함을 낳게 되고, 이어서 한 번이라도 좋으니 붙기만 하자고 생각하기에 이르렀다. 오디션에 뽑혀서 프로 댄서로서 스포트라이트를 받을 수만 있다면 얼마나 기쁠까.

"이제 그만."

안무가의 선언으로 30분간의 안무 익히기가 끝났다.

"참가번호 순서로 열 명씩 한 조로 심사를 시작하겠습니다. 다른 사람들은 뒤로 내려가 주세요."

벽 쪽으로 이동하며 아사카가 겁에 질린 목소리로 말했다.

"어쩜 좋아. 전부 기억 못했는데."

미호도 조금 가물가물한 부분이 있다.

"틀려도 얼굴에 드러내진 마."

이렇게 말할 수밖에 없다.

스튜디오 안에 네 명의 심사위원이 들어왔다. 스테이지 연출가, 이벤트 프로듀서라는 등의 사람들이다. 여기에 안무가를 더한 다섯 명이 응모자들의 합격, 불합격을 판정하게 된다.

본격적인 실기심사는 지금까지와는 달리 확연히 빠른 속도로 진행되었다. 플로어 중앙에 선 열 명이 한 사람씩 이름과 수험 번호를 말하고 음악에 맞추어 과제 동작을 소화한다. 무뚝뚝하게 말이 없는 심사위원들이 때때로 책상에 눈을 내려 손밑 종이에 무언가 적는다. 응모자들에게 일부러 압박을 주려는 것처럼 무뚝뚝하다. 몇 분 뒤에는 다음 조가 시작한다. 마지막 조의 차례가 올 때까지는 눈 깜짝할 새다.

"그럼 다음, 91번에서 100번까지."

미호는 가지고 있던 곰 인형 마스코트를 수건으로 감싸놓고 일어났다. 가슴의 고동은 억누를 수 있지만 손발에 철사가 감긴 것 같은 긴장감은 항상 변함이 없다. 이것이 최후의 오디션이었으면 좋겠다는 생각이 문득 머리 한구석을 스쳤다. 보람 없는 시련은 이제 질색이다. 심사 직전의 순간 약해진 자신을 깨닫고 등에 진 부담이 더욱 무거워졌다.

"92번, 고사카 미호입니다."

자세를 바르게 한 미호는 동요를 숨기며 이름을 말했다.

"93번, 아키야마 아사카입니다."

의외로 힘이 들어간 아사카의 목소리가 들렸다. 정면 거울에 비친 아사카의 얼굴은 침착해 보인다. 실전에 강한 타입이었나. 문득 미호는 아사카라는 이름이 더 예술인 같다고 생각했다.

순간 음악이 시작되었다. 동작이 들어갈 타이밍은 몸이 기억한다. 가슴을 크게 젖히는 재즈 동작이 발레 동작처럼 보이지 않도록 유의한다. 청각을 잘 연마하여 음을 확실히 잡고 곡의 흐름을 형상화한다. 하우스 스텝도 무난히 해낸다. 거울 안의 자신은 순조롭게 움직이고 있다. 함께 춤추는 다른 응모자들보다 뛰어나다. 단지 한 명, 93번이……. 아사카다. 아사카만이 미호의 춤에 딱 맞추어 따라오고 있다. 언제 이렇게 잘하게 되었을까. 스트리트풍의 재즈에서 1회전, 공중에서 두 다리가 날개 치듯 샤세(한 다리를 다른 다리가 뒤쫓아 가듯이 미끄러지는 스텝의 일종), 그리고 크로스 플로어로 이어지는 댄스, 턴 콤비네이션, 회전하기 전의 준비 동작, 그리고 한쪽 다리를 축으로 회전하는 피루엣, 그리고 양발의 발끝으로 턴하는 셰네의 트리플. 다리를 높이 들어올리는 바뜨망(다리 동작)에서 밸런스를 무너뜨리지 않은 건 미호와 아사카뿐이다. 약해졌던 자신이 우스웠다. 음악을 타고 원하는 대로 전신을 움직이는 이 즐거움. 더 춤추고 싶다. 아름다운 이 시간에 좀 더 오래 잠겨 있고 싶다.

이런 신기한 감각이 미호의 마음 가득 퍼졌다. 전에도 여기 있었던 적이 있다. 아사카나 다른 응모자들과 함께 서서 몸을 약동하며 춤춘 적이 있다. 언제였지? 아니, 그럴 리는 없다. 룸메이트였긴 해도 아사카와 스튜디오에서 춤추는 것조차 이게 처음이다. 데자뷰인가.

큰 음량으로 울려 퍼지던 곡이 탁 끊긴다. 10명의 댄서가 갑자기 각각의 의사를 표현하듯이 다른 움직임을 보이고 실기 심사가 종료되었다.

단 열여섯 소절로는 땀도 나지 않고 숨도 차지 않는다. 미호와 아사카는 누가 먼저랄 것도 없이 눈을 마주쳤다.

"제대로 한 건지도 몰라."

긴장감이 남아 있는 얼굴로 아사카가 말했다.

미호도 끄덕였다. 깜깜하던 눈앞의 미래가 밝아지는 것을 느꼈다.

찌푸린 하늘이지만 공기는 맑다. 산의 능선이 선명히 보인다.

항구 근처에 사는 주부는 친구 집에 놀러 가는 아이를 바래다주며 언제나처럼 경차를 운전하여 파트타임 아르바이트를 하러 나갔다.

바다를 등지고 일차선 건널목을 건너 반도(半島)의 안쪽으로 향한다. 이 고원 일대는 사계절 모두 즐길 수 있는 리조트가 조성되어 있다. 고저차가 심한 지형 덕에 바다와 산을 같이 즐길 수 있어 밤이 되면 무수한 온천장이 놀다 지친 관광객을 유혹한다.

이윽고 역에서부터 이어진 벚꽃 길을 지나 드문드문 보이는 펜션 사이로 차가 내륙으로 나아간다. 앞유리 건너로 보이는 웅장한 절구 모양의 산이 이 지역의 간판이다. 산의 살결을 어루만지며 등산 리프트가 오르내리고 있다.

숙박 설비나 레스토랑, 작은 미술관 등 관광 포인트는 이 지점까지 일단 끝나지만 주부가 파트타임으로 일하는 '돌 하우스 뮤지엄(Doll house museum)'은 여기서 산 주변을 반 바퀴 돌아간 북쪽에 있다. 늘어선 나무들을 뚫고 만들어진 국도가 펼쳐진 것 외에는 특별한 것 하나 없는 동네다. 자갈이 깔린 넓은 주차장과 도로 갓길에 툭 놓여 있는 안내판이 어딘지 모르게 황량한 분위기를 자아내고 있다.

하지만 주부는 이곳이 좋았다. 리조트 지역과 같은 번화함은 전혀 없지만, 그래서 더욱 태평스럽고 안온함을 느낄 수 있다.

평원에 짙은 갈색 목재로 된 조립식 건물은 안에 전시된 많은 돌 하우스, 다시 말해 인형의 집처럼 방문하는 사람을 편안하게 맞이해 주는 것 같다.

차를 주차장 한쪽에 세우고 박물관을 향해 걸어가니 방울이 붙은 문이 안쪽에서 열렸다. 나온 사람은 스가와라 관장이었다. 인도풍 셔츠에 면바지를 입은 항상 똑같은 모습이다. 50에 가까운 연령인데도 움직임이 기운차다.

"안녕하세요."

인사를 하고 주부는 놀랐다. 관장이 문고리에 건 나무 팻말에 '오랜 성원에 감사드립니다. 본 박물관은 다음 달 말에 폐관합니다'라고 쓰여 있었다.

스가와라 관장은 눈을 동그랗게 뜬 주부를 의아한 듯 보고 입을 열었다.

"아아, 그렇지. 아직 전달 못 받았나 보군. 전에 일했던 사람은 알고 있었는데."

"알고 있다니, 뭘 말씀이세요?"

"이 박물관은 개관 전부터 폐관일이 정해져 있었다네."

개관하기 전부터 폐관일이? 들은 대로 이해하긴 했어도 의문은 늘어날 뿐이다.

"그만두는 날을 정하고 시작했다고요?"

"응. 그게 또 묘한 이야기라서."

스가와라가 말하며 박물관 안에 들어갔다. 열린 문 사이로 작은 새의 지저귐이 박물관 안으로 들려온다.

"숙모의 유언이었다네."

스가와라의 숙모, 사요코라는 사람이 이 박물관의 설립자였다. 전시물인 돌 하우스도 모두 그녀가 만든 것이다. 직함은 돌 하우스 작가라고 적혀 있지만, 물론 그게 직업은 아니다.

인생의 반을 사업가 남편을 내조하는 생활로 보내는 한편, 취미로 정교한 돌 하우스를 만든 것뿐이다. 그런데 만년에 겨우 재산이 모여, 돌 하우스라는 외래문화를 세상에 알리고 싶었던 그녀는 이 리조트 지역의 토지를 매입해 성심 성의껏 완성한 작품을 전시한 작은 미술관을 마련한 것이다.

스가와라는 판자 바닥 통로에서 발을 멈췄다. 빅토리아 양식의 저택을 재현한 돌 하우스를 바라보며 그가 말을 이었다.

"벌써 20년이나 된 이야기인데, 숙모님은 돌아가시기 직전 이곳 관리를 나에게 맡기면서 '폐관일은 정해 놨다'고 말씀하셨지. 비축된 운영기금도 딱 그때쯤 없어질 거라고."

결국 적자 경영이었나 하고 주부는 납득했다. 산 반대쪽에선 여름 휴가철에 관광객들이 몰리지만 입지 조건이 안 좋은 이쪽 박물관에 찾아오는 사람은 드물었다. 어른 800엔, 아이 400엔으로 정해놓은 입장 요금만으로 유지가 될 리 없었다.

"숙모는 경제 쪽 사정은 어두웠는데 어떻게 정확하게 폐관 시기를 알았는지, 신기하더군."

스가와라는 석연치 않은 표정이었다.

"뭐, 그런 이유로 이제 여기도 폐관일세. 다음달 30일까지 근무를 잘 부탁하네."

"말일인 31일이 아닙니까?"

"그것도 숙모님 유언이라서 말이지."

스가와라는 머뭇거리는 표정으로 웃었다.

"관장인 내가 성심껏 마지막 손님을 맞이하지 않으면 안 된다더군. 이 박물관은 마지막에 찾아올 단 한 명의 손님을 위해 만들어졌다고 하네."

"단 한 명을 위해?"

주부는 놀라서 되물었다.

"마지막에 찾아오는 단 한 명을 위해, 이 건물 전체를 만들었다는 말씀이세요? 그것도 20년이나 전에?"

"그렇지."

"어떻게 그런 일이?"

"정말 미스터리 아닌가."

관장이 웃으며 말하는 이유는 숙모의 희한한 취향에 질린 탓이리라. 대체로 손님이 한 명도 오지 않는 날이 많기 때문에 관장 혼자 최후의 한 명을 맞이하는 것도 가능한 일이긴 했다.

"대체 누가 올까요?"

"친척이 아닐까? 숙모가 귀여워하던 손자가 아닐까 생각하는데."

어쩌면 첫사랑 상대일지도. 주부는 문득 생각했다.

"아무튼 숙모의 지인이겠지. 그렇지 않으면 20년 후의 폐관일을 누가 미리 알고 있을 리 없으니까."

"그렇군요."

"그래서, 관장인 내 마지막 일은 그 손님에게 선물을 건네는 것이 되는군."

"무슨 선물입니까?"

"그것도 모르지. 상자 안에 들어서 개봉되지 않았던 것이니까."

예술가 중에는 희한한 사람이 많은데 사요코 씨도 그중 한 사람이었나 보다. 주부는 빙그레 미소를 지었다.

"그럼 나는 일하러 갈 테니, 잘 부탁하네."

"네."

스가와라는 박물관 열쇠를 주부에게 맡기고 주차장에 세워진 사륜구동 차에 올라타 자신이 경영하는 펜션으로 돌아갔다.

이곳의 전시물을 보는 것도 이제 2개월밖에 안 남았나. 주부는 헤어지기 섭섭한 마음에 안쪽 선물가게 코너에서 입구까지 돌아와 관내를 도는 관람로를 따라 걸어 보았다. 미술품으로서의 작품성은 잘 모르겠지만 어느 전시품이나 스가와라 사요코라는 여성의 진심이 우러나오는 느낌이다.

400년이나 전에, 유럽 귀족이 딸을 위해 만들었다는 인형의 집. 그것이 긴 역사 속에 전통으로 뿌리내렸고 서민들에게 퍼져서 지금은 전 세계적으로 애호가가 생길 정도이다. 유럽이나 미국에서는 손녀를 위해 조부모가 만드는 경우도 있다고 한다. 일본의 히나마쓰리(일본의 전통행사로 여자아이들의 무병장수와 행복을 기원하며 인형과 떡 등을 단에 장식하는 풍습 — 옮긴이)와 비슷하려나.

사요코는 정숙한 부인으로서 반생을 보내는 동안 18세기나 19세기 유럽에서 소재를 따 와 작품을 제작했는데, 왕후, 귀족의 생활이 아닌 서민 생활을 묘사한 것이 많았다.

문을 열면 3층 건물로 지어진 집의 단면이 보이는 캐비닛 하우스로 다가갔다. 난로가 있는 거실과 어머니가 아들을 재우는 아이 방이 보인다. 작은 책이 정성스럽게 한 권씩 만들어져 꽂혀 있는 서재에는 램프 불빛 아래 아버지가 심각한 표정을 짓고 책상 앞에 앉아 있다. 다른 작품에서는 조리기구로 둘러싸인 주방에서 앞치마 차림의 뚱뚱한 아줌마가 요람에 태운 아기를 곁눈질하며 요리하느라 땀을 흘리고 있다. 하나하나의 집에 깃든 따스함이 보는 이의 웃음을 자아내며 어쩐지 눈가를 촉촉하게 한다.

관내를 한 바퀴 돌아본 주부는 정면 현관으로 향하는 마지막 전시 코너로 들어갔다. 여기에 진열된 일곱 개의 작품이 주부가 생각하는 최대의 미스터리다. 그냥 모형이라고 해도 될까. 돌 하우스의 외양을 배경으로 재현된 모습은 아무리 봐도 현대의 일본이다. 처음 이 박물관에서 일하기 시작했을 때부터 신기하게 생각하여 관장에게 물었으나, '숙모란 사람을 설명하는 건 불가능하다'는 쓴웃음 섞인 말이 돌아올 뿐이었다.

첫 번째 작품은 어딘가의 댄스 스튜디오. 미니어처 모형 중에 열 명의 여자아이들이 춤을 추고 있다. 그중 하나, '92번'을 가슴에 단 인형이 나중에 이어지는 여섯 작품에도 등장한다. 아마 이 댄서가 주역이고 일련의 모형은 그녀의 삶을 표현하고 있는 것일

듯하다.

주부는 슬픈 기분이 들어 첫 번째 모형을 바라보았다.

92번 댄서는 얼굴 가득 웃으며 이렇게도 즐겁게 춤추고 있는데, 다음 장면에서는…….

미호의 소망이 담긴 꿈은 여태까지와 같이 허망하게 무너져 내렸다.

"최종 심사로 올라간 20명의 번호를 부르겠습니다."

그렇게 시작한 안무가의 목소리는

"78번."

그리고 단숨에,

"106번."

까지 넘어가 버렸다.

'92번'은 불리지 않았다.

"나머지 참가자 분들도 수고 많으셨습니다. 다음 기회에 다시 뵙도록 하겠습니다."

'다음'이라는 말이 잔혹하게 느껴졌다. 아무리 오랜 세월이 흘러도 '다음'이 있다. 아무리 노력해도 '다음'이 미래를 가로막고 있다.

"왠지……. 엄청 열 받아."

같이 떨어진 아사카가 작은 어깨에 걸친 가방을 추켜올리며 말했다.

"저거 완전 연줄 아냐? 78번 엄청 못했잖아. 나 계속 봤거든."

"맞아."

맞장구치면서 석양이 지는 주택가를 걷는다. 자신의 능력을 시험해 보았지만 참담하게 부정당한 억울함과 슬픔이 되돌아온다. 미호도 어깨를 늘어뜨리고 걷고 싶지만 댄서로서의 습관이 그것을 허락하지 않는다. 길 위에 늘어진 그림자를 보며 자신의 실루엣을 체크한다. 아름답게 보이지 않으면 안 된다. 일상의 사소한 움직임에도 신경을 날카롭게 세우지 않으면 전신의 감각이 둔해진다. 아무리 슬픈 일이 있더라도 스테이지에 올라가서는 관객을 즐겁게 해야 하는 것이 댄서의 사명이다.

"실망이야. 나 정말 열심히 했는데."

아사카의 목소리에도 이제 위세가 떨어졌다. 옆얼굴을 흘긋 보니 뺨을 축 늘어뜨리고 토라진 것처럼 입술을 꼭 다물고 있다. 여기서 뭔가 더 말하면 울 것 같다고 생각하여 아사카를 살짝 토닥여 주기로 했다.

"맞아. 아사카 정말 열심히 했는데."

"응."

끄덕이고 역시 아사카는 뚝뚝 눈물을 떨어뜨리기 시작했다.

선배로서는 후배가 먼저 울어주지 않으면 곤란하다. 미호는 얼굴을 위로 향해 눈꺼풀에 눈물을 가득 담았다. 그러는 순간.

아. 이번에도 또.

가슴 속에 오디션 회장에서 춤추고 있을 때와 같이 그 신기한 감각이 퍼져나간다.

데자뷰.

머릿속이 안개가 낀 듯 흐릿한 지금, 자신이 처해있는 이 광경이 딱 그대로 마음속에 떠올랐다.

전에도 이 길을 걷고 있었다. 아사카와 함께.

언제지?

깊이 생각하려 하니 마음에 떠오르는 풍경이 엷어져 버린다.

세밀한 유리 공예품을 만지듯이 살짝 기억을 더듬어 본다.

그래도 모르겠다. 꿈속의 일인 것 같은 기분도 든다. 그렇다면 언제 꿈이지?

데자뷰는 나타났을 때처럼 두루뭉술한 그대로 사라졌다.

꿈만 같은 감각에서 깨어난 미호가 두리번두리번 주변을 돌아보았다. 아파트에 돌아가는 이 작은 길은 여태 몇 번이나 다녔던 길이다. 아사카와 함께 걸었던 적도 당연히 있다. 그런데 왜 이번만은 그렇게 강렬한 기시감(旣視感)이 떠올랐을까.

가슴속 깊이 느긋한 여운이 남아 있다. 데자뷰가 남긴 선물이다. 왠지 고즈넉하고 마음 편한 기분, 흔들의자에 앉은 것 같은 기분이 되어 미호는 자신의 가슴에 손을 얹었다. 이 편안함을 소중히 간직하고 싶다.

아사카와 함께 사는 작은 아파트가 보인다.

어느새 두 눈 가득했던 눈물이 사라졌다.

2

다음 날, 미호는 평소처럼 7시에 일어났다. 휴대폰 알람을 끄고 싱글 침대 위에서 몸을 일으킨다. 머리를 쓸어 올리며 휴대폰을 여니 마에바시에 있는 고향집에 계신 어머니에게서 문자가 왔다.

'오디션 어땠니?'

이전이라면 간접적으로 물어봤을 텐데, 최근엔 말씀이 점점 노골적이 돼 간다.

'취직은 아직 생각 없니?'

문자를 쓴 건 어머니지만 내용은 아버지가 생각하셨겠지.

'미호도 이제 22살인데.'

탁 휴대폰을 닫았다. 하품 한 번 하고 7제곱미터 조금 안 되는 넓이의 방을 나선다. 좁은 부엌. 다른 한 방은 조용히 닫혀 있다. 아사카가 일어나는 건 8시니 아침 한 시간은 미호 혼자 보낼 수 있는 시간이다.

집을 함께 쓰려고 생각 한 건 집세를 조금이라도 줄이고 싶어서이다. 혼자 살 때는 주 6일 내내 추석과 설날 외에는 아르바이트의 나날이었다. 댄스 스튜디오 레슨을 받는 것도 일이 끝나는 저녁 늦은 시간부터다. 그렇게 해도 레슨비용을 낼 수 없어 계속 결석할 때도 있었다. 이래서는 꼭 아르바이트를 하러 도쿄에 온 것 같다는 생각과 오디션에 합격하지 못한 것도 연습 부족 탓인지 모른다는 생각이 들었다.

그렇게 생각한 미호는 PC방에 가서 컴퓨터로 룸메이트를 모집하는 사이트를 둘러보았다.

'댄서 지망의 여자입니다. 가능하면 같은 꿈을 가진 사람과 살고 싶어요.'

아사카였다.

핸드폰 문자가 오가고 실제로 만나 봐도 괜찮은 느낌이었기 때문에 동거하기로 정했다. 아사카는 오카야마의 고등학교를 막 졸업했던 참이고 고향에서 중학교 때부터 재즈댄스를 공부했다고 한다. 한편 미호는 클래식 발레 출신이기 때문에 서로 상부상조하여 스텝이나 턴을 연습하게 되었다. 프로 댄서를 지망하는 데에 양쪽 다 필수 능력이기 때문이다.

그렇다 하더라도, 둘이 생활하는 모습은 정말 달랐다. 부모로부터 용돈을 받는 아사카는 아등바등 아르바이트에 힘쓸 필요가 없다. 비싼 수업료까지 받으며 댄서 육성 전문학교에 다니고 있다. 누군가와 함께 월세를 살거나 매달 드는 식비를 아껴서 거친 밥을 견디는 것은 그녀에게 하나의 게임이나 마찬가지이다. '나는 이렇게 힘들여서 꿈을 이루려 하고 있습니다'라는 식의.

질투가 느껴지지 않는 것은 아니었으나, 미호 자신도 상경했을 때엔 그런 식으로 자신을 연출했기 때문에 용서할 수 있었다. 단지 미호의 경우엔 실제로도 힘들었지만.

뭐, 아사카 덕분에 4만 5천엔에 욕실 붙은 집에서 살 수 있는 데다, 쓰레기 치우는 거나 광열비도 제때 내고 있고 심각한 문제가 생기지 않는 한 룸메이트로서 합격이다.

복장을 정리하고 가방을 가지고 집을 나설 때, 미호는 문득 동거인의 방을 돌아보았다. 입주를 정할 때 아사카는 진지한 얼굴로 말한 것이다.

"꿈을 포기한 사람은 방을 나갈 것."

미호가 웃으며 끄덕인 것이 딱 반년전의 일이다.

핸드폰 폴더를 여니 고향집에서 문자가 떠올라 있는 채였다.

오디션 어땠니?

취직은 아직 생각하지 않니?

미호도 이제 22살인데.

스니커즈를 신으며 아사카가 깨지 않도록 살짝 문을 열고 밖으로 나갔다.

아르바이트를 하러 가는 전차 안에서 이어폰을 귀에 꽂고 계속 경쾌한 곡을 들었다. 음악과 함께 생활하지 않으면 춤을 출 때 음을 따라가기가 어렵다.

하지만 아무리 밝은 음악을 들어도 마음속은 밝아지지 않았다. 어젠 분명 자신의 모든 것을 발휘해 춤을 췄는데, 어째서 합격 못한 것일까.

아르바이트를 하는 도시락 가게. 언제나와 똑같은 하루가 지나갔다. 주문을 받고 도시락을 만들며 빨리 시간이 지나가달라고 비는 8시간.

5시가 되는 것을 기다려 저녁 시간 담당과 교대하고 가게를 나왔다. 전차를 타고 하라주쿠로 가서 댄스스튜디오로 들어갔다. 레슨 한번에 2천 엔. 한 달 치를 몰아서 산 할인 티켓은 아직 4장 남아 있다. 오늘은 재즈 수업이다. 탈의실에서 티셔츠와 스웨터로 갈아입고 스튜디오가 있는 지하로 내려갔다.

레슨 시작까지 아직 시간이 있어서 벽에 붙은 벤치에 멍하니 앉아 있었다. 드링크 젤리의 팩 주둥이를 물고 있는 동안 마음 한 구석에 의문이 떠올랐다.

언제까지 이렇게 살아야 하나.

최근 몇 년 동안 항상 신경이 팽팽히 당겨진 채로 살아왔다. 편안한 생활은 고등학교 졸업 전에 친구들과 여행을 갔던 것이 마지막이다. 그 후로 도쿄에 와서 가슴 가득 희망에 부풀어 지낸 시간은 딱 처음 3개월까지이다. 그 후로는 오로지 자욱한 안개를 헤쳐 나가는 생활을 하고 있다. 가끔 고향집에 내려가도 부모님은 두 분 다 댄서라는 직업을 반대하셔서 집에 내 자리가 없는 것 같아 좀처럼 휴식하는 기분이 들지 않는다.

미호는 정해진 레일에서 벗어나 꿈을 꾸는 사람 앞에는 변덕스런 운명의 여신이 나타나 성공을 감추어 버린다는 것을 비로소 깨달았다. 그 여신은 심술궂게 성공의 향기만을 살살 뿌리며 어중간한 현재에 사람을 붙들어 매 놓는다. 그 사람이 얼마나 악전고투하며 고생하든 간에 이후의 미래에 대해서는 알려 주는 법이 없다. 그렇게 모두들 겨우 깨닫는 것이다. '노력하면 언젠가 반드시 꿈은 이루어진다'라는 말은 아무 근거가 없다는 것을. 미래가 장밋빛인지 어떤지는 노력만 해서는 아무도 알 수 없다. 반대로 노력하면 노력한 만큼 잘못된 길에 힘을 쏟는 것은 아닌지, 여태 고생이 도로아미타불로 끝나는 것은 아닌지 초조함만 강해진다. 노력을 보상 받는 것은 극히 일부의 인간뿐이다.

언제야 마음으로부터 웃을 수 있는 날이 오려나. 아니면 아무리 해도 마음으로부터 웃는 날이 오지 않을 것인가. 미호는 자신의 미래를 알고 싶었다.

같은 수업을 듣는 사람들이 스튜디오에 들어가기 시작해서 미호도 뒤를 따랐다.

  수건과 복사뼈까지 오는 양말을 플로어 한쪽 구석에 놓고 기다리니 강사인 마에다 치카 선생님이 들어왔다.

  치카 선생님은 현역 톱클래스의 재즈댄서이다. 지금은 유명 아티스트의 전국 투어에 참가하고 있기 때문에 공연 짬짬이 도쿄로 돌아와서 이 클래스를 가르치고 있다. 모두가 동경하는 세계에 몸담고 있는 사람이다. 콘서트 회장을 뒤흔드는 엄청난 함성과 스포트라이트를 한 몸에 받으며 수천 명의 열광하는 관객 앞에서 춤을 춘다. 그 흥분, 고양감을 치카 선생님은 알고 있는 것이다.

  강사로서의 인기도 단연 높아 스튜디오 안은 30명의 학생들로 만원이다. 배우는 쪽으로서는 누구에게 배웠느냐가 일종의 지위라고 볼 수 있는데, 치카 선생님에게 인정받으면 일을 맡을 수 있을지도 모른다는 기대심리도 있다.

  하지만 미호가 보기엔 치카 선생님의 인기 비결은 그것뿐이 아닌 듯하다. 언제나 자연스러운 깔끔한 이미지, 학생들을 차별하는 일도 없이 항상 밝다. 살짝 웃기만 해도 보는 사람을 편안하게 하는 눈빛이다. 분명 댄서로서의 경륜이 빚어낸 아름다움이겠지. 작위적인 느낌 없이 철저하게 객관성을 유지하는 나르시시즘은 자신을 위한 것이 아닌 관객만을 위하여 연마된 것이다. 학생들은 직업적인 연기자로서의 바른 자세를 치카 선생님 안에서 보고 있는 것이다.

  오늘 레슨은 스트레칭에 이어 안쪽 다리를 앞뒤좌우로 흔드는 '탕듀'라고 하는 기본 동작 확인, 턴 콤비네이션, 과제동작을 하며 댄스로 이어졌다. 롱데쟝(한 발을 축으로 다른쪽 발을 바닥에 반원을 그리는 동작 ─ 옮긴이), 앙 드당(사용하는 다리가 안쪽으로 도는 동작 ─ 옮긴이)이라는 턴도 이미 미호는 몸에 익혔다. 선생님은 사용한 곡의 가사에 관해 설명하고 여배우가 된 기분으로 그 세계에 잠겨보라고 했다.

"자, 라스트."

끝을 알리는 목소리가 들릴 때는 에어컨 바람이 부는 스튜디오 안에도 열기가 후끈 달아올라 모두 땀을 흘린다.

"오늘 곡은 「베이비 페이스」였습니다. 다음 주도 같은 부분입니다. 그럼 수고하셨습니다!"

학생들이 일제히 박수치고 90분간의 레슨이 종료되었다.

치카 선생님이 구석의 벤치에 앉아 나가는 학생들을 배웅했다. 몇 명이 스튜디오 내에 남아 오늘 배운 동작을 연습하고 있다.

미호는 적당한 때를 봐서 치카 선생님에게 다가갔다. 심각해 보이지 않도록 주의하면서 말을 건다.

"선생님."

치카선생님이 얼굴을 든다.

"상담하고 싶은 일이 있는데요."

하며 말을 꺼내니 웃으며 물어준다.

"뭔데?"

"아무리 해도 오디션에 합격할 수가 없어요……. 어디가 부족한지 모르겠어요."

선생님은 잠시 생각했다.

미호의 춤에 대한 평가를 머릿속에 떠올리고 있으리라.

"미호 씨에겐 부족한 부분이 없다고 생각해. 기초도 괜찮고 리듬도 잘 타고."

"그럼 어째서……. 운일까요? 해당 이벤트의 연출 의도에 맞지 않아서 그런 걸까요?"

그러니 치카 선생님은 곤란한 얼굴이 되었다.

"이건 말이지. 나도 잘 몰라. 아무리 춤을 잘 춰도 그것이 다가 아니거든. 오디션 선발을 하면 딱 눈에 띄는 사람이랑 그렇지 않은 사람이 있으니까."

"심사원의 감인가요?"

선생은 고개를 저었다.

"테크닉이 아니야. 물론 외양도 아니고. 말로 설명하긴 힘든데 시선을 끄는 느낌. 심사위원들의 의견이 일치돼서 바로 뽑히는 이들은 대개 그런 사람들이지."

스타성이나 그런 분위기가 풍겨 나온다는 뜻일까.

"그런 건 연습해서 습득하는 건가요?"

"아닐 걸. 좀 거창하게 말하면 그 사람의 사는 방식이랄까. 그런 것이 춤에 나오거든."

사는 방식? 미호는 갈피를 잡을 수 없었다.

"성실하게 하면 된다는 말이 아니고, 그렇다고 대충 하라는 것도 아니고……. 이건 교본과는 다른 무엇이지."

그럼 대체 나는 어떻게 하면 될까. 생각하는 시간이 아까워서 미호는 성급히 물었다.

"그럼 저는 어떻게 하면 될까요? 혹시 계속 이 상태면……."

"댄스를 그냥 취미로 삼을지 생각 중이야?"

마음속에 품었던 생각이 들킨 기분이 들어 미호는 뜨끔했다.

선생은 원래의 웃는 얼굴로 돌아갔다. 마치 나이 차이가 많이 나는 동생을 보는 언니 같았다. 여태 미호 같은 후배를 많이 봐 와서일까.

"지금부터 어떻게 할지는 스스로 정하세요."

미호는 어쩐지 마음이 불안했다.

"스스로?"

"그래. 너의 인생을 사는 건 너 자신이니까."

그리고 치카 선생님은 목을 기울이고 덧붙여 말했다.

"어느 쪽을 선택해도 정답. 그런 말이 있잖아."

스튜디오를 나오고 나서 미호는 전차에는 타지 않고 음악을 들으면서 밤길을 천천히 걸었다. 치카 선생님의 말을 마음속에 되풀이 했다.

자신의 인생. 가벼운 마음으로 시작했는데 모르는 새에 무거운 책임을 등에 진 기분이다. 나의 인생을 사는 것은 나 자신.

그건 그렇다. 하지만 그녀 스스로는 아직 인생의 주인공을 맡기엔 부족하다는 생각을 하고 있었다. 선생이 말한 '삶의 방식'이란 그녀가 변화하길 바라며 한 이야기였을까. 하지만 사는 방식을 고치는 것 역시 그 방법을 모른다. 나에겐 나의 방식밖에 없는 것이다. 지금처럼 그대로 사는 이상 프로의 벽은 넘을 수 없는 것인가.

다른 길을 찾으려 해도 춤 이외에 하고 싶은 일이 없었다. 소위 평생 취직, 즉 결혼도 생각하지 않은 건 아니지만 춤과 양립하는 건 무리다. 혹시 댄서로 취업하게 되면 주부나 출산이라는 선택지는 사라진다. 몸의 선이 망가질 우려가 있고, 아이를 키우며 춤을 춘다는 게 말이 안 된다. 게다가 자신이 엄마가 된다니, 하늘을 나는 자동차가 실용화된다는 말과 맞먹을 정도로 먼 미래의 이야기다.

지금 자신은 어디에 있는 것일까. 어디로 향해야 좋을까. 살아가는 길을 안내해 줄 사람이 필요하다.

문득 정신을 차리고, 미호는 발을 멈췄다. 하라주쿠에서 요요기 방면으로 향하며 걷고 있었는데 주위로 익숙하지 않은 경치가 보인다. 어딘가의 주택가다. 살아갈 길을 못 찾고 있는데 실제 집으로 가는 길까지 헤매고 있다니.

간선 도로는 어디일까 하고 주변을 둘러보니 지금까지 본 적 없는 담쟁이덩굴 외벽의 집이 눈에 들어왔다. 멋있는 집이다. 올려보는 동안 그 감각이 가슴속에 다시 떠올랐다.

데자뷰.

흰 바깥벽과 2층의 큰 쇼윈도.

이 집은 전에 본 기억이 있다.

미호는 현실 세계로 돌아가려고 워크맨의 이어폰을 귀에서 빼냈다. 머릿속에 울리는 음악은 사라졌지만 그래도 멍하니 잔상은 남아 있다. 기시감이라고 하기에는 너무나 기억의 감촉이 선명하다.

어찌된 일일까. 이런 식으로 짧은 시간에 몇 번이나 데자뷰를 느낀 적은 없다. 공포를 느껴야 할 법도 한데 미호의 전신을 감싸는 건 부드러운 나무표면 같은 편안함이었다.

무언가를 말하는 것이다. 그런 생각이 머리 한쪽 구석을 스쳤다. 반복되는 데자뷰는 자신에게 무언가를 가르쳐 주는 것 같다.

미호는 마음속에 떠오른 광경에 의식을 집중했다. 흐릿한 기억이 점점 하나의 모습으로 구체화 된다. 데자뷰가 이어졌다. 이 담쟁이덩굴에 싸인 집을 그저 보기만 한 것이 아니다. 나는 이대로 앞으로 걸어갔다. 집을 보며 걸어가서 다음 모퉁이에서 돈다. 그러고서 딱 누군가와 마주쳤다. 아는 사람이다. 누구였지? 아사카는 아니다. 오랜만에 만난 사람. 만나서 기쁜 사람.

하지만 그런 경험은 과거에 없었다. 그것만은 확실히 알고 있다.

미호는 앞쪽에 있는 교차로로 시선을 옮겼다. 혹시 데자뷰가 이끄는 대로 이대로 걸어가서 아는 사람을 만난다면 자신의 미래를 예지한 것이 된다. 데자뷰의 의미는 과거가 아닌 미래다.

어떡하지? 미호는 갈등했다. 온 길을 되돌아갈까. 무섭다. 하지만 확인하고 싶다.

'괜찮아. 가도 돼.' 하고 데자뷰의 기분 좋은 여운이 등을 밀어 준다.

미호는 주저주저하며 미래를 향해 발을 내딛는다. 되살린 기억대로 집을 오른쪽으로 두고 앞으로 걸어간다. 교차로는 바로 앞이다. 발소리는 들리지 않지만 정말 누군가 있는 건가?

미호는 마음먹고 모퉁이를 돌았다. 그러자 눈앞을 걸어가는 여성이 지나가려다가 문득 멈춰 섰다.

"미호?"

미호는 눈을 크게 뜨고 고등학교 때 친구를 보았다.

"에리코!"

"꺅! 오랜만이다!"

환성을 지른 에리코는 미호의 얼굴이 창백하게 질린 것도 모르고 손을 꼭 쥐고 어깨를 탁탁 두드리더니 머리카락이 헝클어질 때까지 친구의 머리를 쓰다듬었다.

"미래를 예지했다고?"

요요기 커피숍에 앉아 에리코가 바로 물었다.

"맞아. 모퉁이를 돌면 누구랑 만날 거라고 알았어."

이 몇 일간의 일을 포함해서 이야기하니 에리코는 신기한 얼굴이 되었다.

"그 데자뷰라는 게 혹시 전생의 기억 아냐? 미호가 누군가의 환생이라서 전의 인생의 기억이 남아 있다던가."

"그 사람도 요요기 근처를 걷다가 친구랑 만났다고?"

"그럴 리 없나?"

웃음과 함께 에리코는 믿기 힘들다는 표정으로 돌아왔다.

"그래도 희한한 우연이네."

"우연?"

"어제도 예지능력자의 이야기를 들었거든. 친구의 친군데, 남의 미래를 맞히는 예언자가 있다더라."

미호는 자신은 제쳐두고서, 수상쩍은 이야기라고 생각했다.

"한번 그 사람이랑 만나 볼래? 친구에게 부탁하면 소개해 줄지도 몰라."

"사양할래."

미호가 말했다. 이상한 종교로 끌어들인다던가 하면 귀찮다. 에리코와 재회를 예지한 것은, '세상엔 참 신기한 일도 있답니다' 하는 말로 스스로를 납득시킬 수밖에 없다. 혹시라도 데자뷰로 미래를 알 수 있다면 프로 댄서가 될 수 있을지 아닐지를 우선 알면 좋겠다.

"그런데 미호는 요새 어떻게 지내? 지금도 댄서 수업?"

"응."

"변함없이 자세가 좋네. 지금도 자세가 춤동작의 연장이라는 느낌이야."

에리코는 고등학교 졸업 때 본 웃음을 지으며 말했다.

미호는 에리코와 마지막으로 만난 게 벌써 2년을 넘었구나 하고 새삼 감탄했다. 같은 시기에 도쿄에 올라와서 잠시 동안은 연락을 취했지만 에리코가 2년제 대학을 졸업하고 취직 활동으로 바빠질 무렵부터 소원해졌다. 같은 도쿄에 사니 언제든 만날 수 있다는 생각 때문에 도리어 더 멀어진 것 같다.

"평소엔 어떻게 지내? 아르바이트?"

"월요일부터 금요일까지는 도시락 가게. 토요일엔 가끔 휴지 나눠 주는 아르바이트."

왠지 에리코는 빙긋 웃더니 몸을 숙이며 말했다.

"지금 진짜 좋은 타이밍으로 미호랑 만난 거야. 아빠 아시는 분이 이쪽에서 회사를 하셔서 사람을 찾고 있거든. 신입사원으로."

"회사 취직 얘기?"

"응. 사원이 한 명 그만둬서 그 대타. '누군가 믿을 만한 사람 없나'하고 들은 딱 그 참이야."

"나는 무리야. 댄스 레슨도 있어서."

"그래도 아르바이트도 낮에 하잖아? 회사 근무도 9시에서 5시까지야."

눈썹을 삐딱하게 세우고 떫은 표정을 지은 채 자신이 어째서 이렇게 초조한지 미호는 알 수 없었다.

"월급은 실 수령액이 16만 엔."

"그럼 아르바이트랑 차이도 없잖아."

"월급은 매년 오르는 거야. 그리고 상여금도 1년에 80만 엔 정도로 나오고."

"80만 엔이나?"

에리코는 눈을 동그랗게 뜬 미호를 보고 웃었다.

"그리고 4대 보험 다 되고 유급 휴가 같은 복리후생도 다 되고."

4대 보험이나 복리후생이란 말을 들어도 바로 이해가 되지 않는다. 쇼 비즈니스 세계에서는 전혀 들을 일 없는 말이다. 그 익숙하지 않은 말 뒤에서 미호는 자신이 주저하는 이유를 찾았다. 그러면 남들과 같은 보통 사람이 되어 버린다. 꿈을 쫓는 생활이 아닌 어디에나 있는 보통 회사원이 되어 버리는 것이다.

"왜 망설여? 대졸 아니어도 정사원 되고 매월 16만 엔이라는데 이런 꿈같은 이야기가 다시 있을 것 같아?"

"그게 꿈같은 이야기야?"

"댄서가 되는 거랑 다르지만."

에리코는 웃으며 양보해 주었다.

"대답은 내일이든 내일 모레든 괜찮으니까 생각해 볼래? 미호라면 안심하고 추천할 수 있어. 알았지?"

"응, 알았어."

지금 어째서 딱 잘라 거절할 수 없는 건지를 생각하며 미호가 말했다.

그 후 둘은 술집으로 옮겨 친구들 근황이나 고등학교 때의 추억 이야기로 이야기꽃을 피웠다. 막차가 신경 쓰일 즈음, 겨우 무거운 엉덩이를 들어 에리코와 헤어졌으나 미호에겐 오랜만에 즐거운 시간이었다. 아파트로 돌아가는 길에서도 무심결에 표정이 풀렸다.

친구와의 허물없는 대화를 다시 떠올리며 룸메이트와는 이런 식으로 이야기 할 수 없다는 것에 생각이 미쳤다. 동거한다고는 하지만 역시 아사카는 라이벌일지도 모른다.

열쇠를 꺼내 현관문을 여니 부엌에 있던 아사카가 일어섰다.

"어서 와!"

목소리가 반겨주었다.

"다녀왔어."

대답하고 상대의 만면에 떠오른 웃음에 신경이 쓰여 물었다.

"무슨 일 있어?"

"짜자잔!"

스스로 효과음을 내며 아사카가 등 뒤에서 두 통의 엽서를 꺼냈다. 가까이 들여다보자, '제 1차 심사 통과 안내'라고 쓰여 있다.

탄성이 터져 나왔다. 아사카와 같이 응모한 유명 테마파크의 댄서 모집이었다. 1차 심사가 서류전형이어서 전신과 얼굴을 찍은 2장의 컬러 사진, 그리고 이력서를 테마파크 운영 회사에 보냈었다.

이걸로 1차 통과다. 이어진 2차 실기를 통과하면 3차 심사까지 가고, 그리고 면접에 합격하면 1년 전속 계약이 된다. 매일같이 뮤지컬 쇼에 출연하고 수천 명이나 되는 관객 앞에서 춤출 수 있는 것이다. 면접에서는 웬만해서는 거의 통과되니까 3차 실기 시험이 최후의 벽인 셈이다.

받아들일까. 미호는 순간 생각했다.

프로를 목표하는 사람으로서는 지금 가장 인기 있는 것이 테마파크 댄서다. 경쟁률이 굉장히 높을 것이다. 그래도 이번이야말로 잘 될지도 모른다. 미호는 작년 오디션에서 3차 심사까지 간 경험이 있다.

눈을 감고 자신의 미래를 가르쳐 달라고 빌었으나 그렇게 타이밍 좋게 데자뷰가 나타나지는 않았다.

"잠깐 기다려. 천천히 얘기하자."

아사카는 가벼운 샤세 발걸음으로 화장실로 향했다. 희로애락이 몸의 움직임에 나오는 타입이다.

미호는 오늘 하루를 되짚어 보았다. 무언가 움직이기 시작한 느낌이 들었다. 운명일까? 아무튼 아까 에리코가 이야기한 말을 거절해야겠다고 생각하다가 바로 마음을 고쳐먹었다. 혹시 오디션에 붙었대도 실제로 일이 시작되는 것은 내년이다. 댄서라는 직업이 가진 겉의 화려함 이면으로 지불되는 보수가 낮은 것도 이미 알고 있다. 합격이든 불합격이든 당장의 수입을 늘려놓는 편이 낫지 않은가. 신기하게 친구와 다시 만난 것도 이제 보니 무언가가 이끌어 준 것처럼 생각된다. 내일 아르바이트 하는 곳에 이야기하고 에리코에게 연락하자고 마음먹었다.

부엌 테이블에 올려놓은 가방에서 휴대폰을 꺼내 휴대폰 줄에 달린 곰 인형 마스코트에게 말을 걸었다. 자신의 미래가 부디 밝게 빛나도록.

3

맑게 갠 토요일 '돌 하우스 뮤지엄'에 세 명의 손님이 찾아왔다.

그들을 맞이한 파트타이머 주부는 평소보다 편안한 말투로 관내를 안내했다. 남편과 아이 둘이었다. 별장 부지 개발 회사에서 근무하는 남편이 잠깐 짬을 내서 폐관이 예정된 박물관에 아이들을 데려 온 것이다.

장남은 별로 관심을 보이지 않았지만 막 초등학생이 된 딸은 기뻐했다.

"이건 뭐야?"

"이건?"

작은 손으로 인형 집을 가리키고 엄마에게 질문공세를 퍼부으며 인형들과의 시간을 즐겼다.

세 명이 돌아간 뒤 주부는 조용해진 관내에 다시 혼자 남았지만, 마음은 만족스러웠다. 가족들의 추억이 늘어나면 행복을 저

금한 것 같은 기분이 든다.

  틀림없이 이 미술관을 만든 스가와라 사야코도 자신과 같은 삶을 살고 있었을 거라는 생각이 들었다. 무료로 배포하는 박물관 안내 책자에는 돌 하우스 작가의 경력이 간략히 적혀 있다. 1917년 도쿄 출생. 미술학교 졸업 후 화가를 지망했으나 전쟁 발발과 전쟁 중 혼란기를 거쳐 생활조차 어려운 상태가 되었다고 한다. 종전 후 바로 사업가와 결혼, 1남 1녀를 낳았다. 첫 번째 돌 하우스가 완성된 것은 사야코가 마흔 가까이 되어서인데, 딸의 생일에 선물하기 위해 만든 것이 계기가 되었다. 어머니가 만들어 준 돌 하우스를 보고 딸은 틀림없이 기뻐했을 것이다. 이후로 69세로 인생을 마칠 때까지 사야코는 돌 하우스를 계속 제작했다.

  스가와라 사요코의 작품은 정교하게 만들어진 집 내부도 자랑이지만 역시 그 안에 있는 인형이 특별했다. 일본에서는 돌 하우스, 즉 인형의 집이라고 해도 인형이 놓여 있는 경우는 적다. 어디까지나 집이 주체인 것이다. 하지만 사야코의 작품에는 반드시 인형들이 살고 있었다. 보는 이의 시선이 자연스럽게 인형들에게 향하도록 만들어져 있다. 이렇게나 정성스럽게 집 구석구석을 손으로 만들어 넣은 이유는 거기 사는 작은 주인들이 조금이라도 쾌적하게 살 수 있도록 배려해 준 게 아닌가 하는 생각까지 든다.

  그렇게 생각해보면 사야코의 마지막 작품, 댄서의 삶을 그린 일곱 개의 모형에 담긴 의미도 납득이 간다. 인생의 만년이 되어 사야코의 관심은 인간에게 맞춰져 있던 게 아니었을까. 석고로 만들어진 주인공 댄서가 울고 웃으며 풍부한 표정을 하고 있는 것에 비해 댄스 스튜디오나 담쟁이덩굴 집이 있는 배경은 상당히 엉성하다. 사야코가 마지막에 만든 것은 집이 아니라 이 댄서인 것이다.

예술가의 의중을 파악했다고 내심 의기양양하던 주부였으나 그래도 의혹은 남아 있다. 일곱 개의 작품들은 한 사람의 주인공을 그리고 있을 뿐 각각이 단편적인 한 편의 이야기가 되지 않는다. 주부로서는 그 점이 조금 이해가 가지 않았다.

처음 모형에서 주인공은 열 명 정도 되는 댄서와 함께 즐거운 듯 스튜디오에서 춤을 추고 있다. 이어서 어딘가의 밤길 장면이 나타나고 그녀는 친구와 둘이 어깨를 늘어뜨리고 걷고 있다. 세 번째 작품에서는 담쟁이덩굴에 싸인 집 뒤에서 누군가와 만나고, 네 번째 작품은 다시 댄스 스튜디오이다. 주인공이 '37'번을 가슴에 붙이고 춤을 추고 있다. 그리고 해석이 곤란한 것이 다섯 번째 모형이다. 웬 편지를 손에 들고 기쁘게 춤을 추는 친구 옆에서 주인공이 눈물을 흘린다. 투명한 수지로 만들어진 커다란 눈물방울이 인형의 눈에서 넘쳐흐르고 있다. 무엇이 슬픈 것인지는 모른다. 하지만 다음 작품에 장면은 단박에 밝게 변한다. 혼자서 스테이지에 오른 주인공이 기분 좋게 전신을 흔들고 있다. 명암을 확실히 넣어 대비되게 한 배경이 스포트라이트 속에서 춤추는 주인공의 모습을 생생히 표현하고 있다. 이것이 라스트신이라면 납득이 되겠지만 최후에 의미 불명의 모형이 또 하나 있다. 어딘가의 집을 방문한 주인공이 현관 앞에서 놀란 표정을 떠올리고 있다.

"어머?"

주부가 작게 놀라는 목소리를 내며 마지막 작품을 바라보았다. 이 장면의 의미를 안 것 같은 기분이 들었던 것이다. 전시물

모형 바로 옆에 박물관의 현관이 살짝 드러나 있었다. 모형 벽의 색깔, 문의 모양이 실제의 박물관과 일치하고 있다.

틀림없다. 마지막 모형이 나타내는 것은 주인공이 이 박물관을 찾는 장면이다.

문득 주부의 뇌리에 스가와라 관장의 말이 다시 생각났다.

'이 박물관은 마지막에 찾아올 단 한 명의 손님을 위해 만들어졌다.'

마지막 손님이란 사람은 이 댄서인 걸까? 하지만 그것도 확실하지 않다. 찾아오는 사람은 아마도 친척, 특히 손자일 것이라고 관장은 말했다. 그게 아니라면 스가와라 사야코가 폐관 직전 찾아올 손님을 알 방법이 없을 테니. 하지만 듣기로 사야코의 손자는 남자아이라고 하던데, 인형 댄서와 성별이 맞지 않는다.

그렇다면 이 댄서는 누구일까? 춤추는 인형을 바라보고 있으면 신기하게 실제로 존재하는 인물인 것 같은 기분이 든다. 울고 웃으며 하루하루를 열심히 사는 여자아이. 마음에 어떤 온기가 스며 들어오는 느낌이었다. 주부는 이것이야말로 예술 작품의 힘이라고 생각했다.

그건 그렇고, 스가와라 사야코는 유작이 된 이 작품들을 통해서 인생 최후에 어떤 말을 남기고 싶었던 것일까. 주부는 박물관이 폐관될 때까지는 수수께끼가 풀리길 기대했다. 그러면 아이들 잠자리에 엄마의 대발견 이야기를 해 줄 생각이었다.

새로운 한 주가 시작되는 그날부터 미호의 새로운 생활은 시작되었다.

그 전 주, 갑작스럽긴 했지만 도시락 가게 점장은 미호의 사직 이야기를 흔쾌히 받아주었다. 쭉 성실히 일했기 때문에 '취직하고 싶다'는 희망을 받아들인 모양이다. 그러고 나서 미호는 바로 에리코에게 전화를 걸어 입사하겠다고 전했다.

주말에는 약속 장소인 간다 지역 찻집에서 소개받은 회사의 사장을 만났다. 연령은 60세 정도. 거무스레하고 단단해 보이는 피부에다 몸집이 커서 무서웠다. 미호는 태어나서 처음 명함이라는 것을 받아보고 당황했지만, 사장은 개의치 않고 회사의 연혁을 길게 설명하기 시작했다. 미호가 이해할 수 있었던 말은, '2대째인 내가 경영에 나선 이후 회사가 안정기에 들어갔다'는 것뿐이었다. 회사의 업무내용조차 불명확했다. '전기 업계의 유통을 책임지는 종합 서비스'라는 것은 대체 무슨 일일까. 단, 명함에 인쇄된 '기타하라 산업 주식회사 대표이사 사장 기타하라 다이사쿠'라는 글자를 보고 있으면 여태 넋 놓고 보고만 있었던 실제 회사라는 것이 돌연히 실감나기 시작했다.

기운차게 혼자 말하던 사장은 마지막에 미호를 물끄러미 보고서 말했다.

"좋아, 자네를 고용하겠네."

이미 아르바이트를 그만 둔 미호이지만, 이게 면접인 거였나 하고 새삼 놀라 버렸다. 그저 맞장구만 친 것뿐인데 어딜 보고 자신을 판단한 건지도 알 수 없다.

"질문 있나?"

질문 받은 참에 미호는 신경 쓰이던 사항을 조심스레 물었다.

"복장은 어떻게 하면 될까요?"

"여자는 기본적으로 자유. 이상한 차림만 아니면 다 괜찮아."

이상한 차림은 대체 뭐지. 여기서도 미호는 머리를 갸웃했다.

근무 첫날인 월요일. 미호는 항상 입는 티셔츠와 청바지를 피해 수수한 스웨터와 통 넓은 스커트 모습으로 출근했다. '기타하라 산업'은 가장 가까운 간다역에서 걸어서 15분이었는데, 길을 걷자니 곧바로 후회가 들었다. 일대를 뒤덮은 낮은 빌딩들이 미적 감각이라곤 눈 씻고 찾아봐도 없는 실용 일변도의 모습이라, 살풍경한 사무실이 그대로 거리에 투영된 인상이다. 게다가 기타하라 산업의 빌딩을 직접 보니 석재로 된 바닥이 오랜 세월 풍상을 견뎌낸 모습이 가히 가관이라 어느 시대에 세워진 것인지 짐작도 되지 않는다.

미호는 회사 엘리베이터에 타서 사전에 들은 대로 3층의 총무부로 향했다.

"당신이 신입이야?"

맞이해 준 중년의 아주머니는 이름이 구보타라고 했다.

구보타 씨는 동료인 시라카와와 간다, 그리고 같은 층에 있는 영업부의 고니시, 다가와, 다카하시, 그리고 그 밖의 사람들을 소개했다. 미호의 귀에 사람들 이름이 넘쳐흘렀다. 구보타 이외는 전부 남성이었는데 모두 30세를 조금 넘긴 나이이다. 낡은 양복을 입은 남자들에 둘러싸여 있으니 아르바이트로 일했던 곳과는 다른 박력을 느꼈다. 미호는 쭈뼛쭈뼛 자신과 친하게 지낼 만한 사람을 찾았다.

"제복 대신에 이걸 걸쳐."

구보타 씨가 비닐 패키지를 뜯어 지나치게 저렴해 보이는 노란 점퍼를 꺼냈다. 등에는 빨간 글씨로 '기타하라 산업'이라고 프린트되어 있다. 이걸 입지 않으면 안 되는 것인가. 슬퍼해야 할지 축제 기분을 내야 할지 알기 힘들다. 이것이야말로 '이상한 차림'이 아닌가.

아침 업무 회의가 끝나고 모두의 앞에 소개된 미호는 박수로 환영 받았다.

"젊은데?"

이런 기쁜 목소리가 어디서인지 모르게 들렸다.

회사 업무라고는 전혀 모르는 미호는 신입 연수 기간이 따로 있을 거라고 예상했지만, 현실은 달랐다. 명함을 건네는 인사법에서 시작해 컴퓨터로 쓰이는 업무 프로그램의 명칭까지 하나하나 묻는 미호에게 구보타 씨의 무표정한 얼굴이 점점 딱딱해 졌다. 근무 첫날은 정말이지 바늘방석. 시간이 흐르는 것이 애처로울 만큼 길게 느껴졌다. 아무리 그래도 오늘 하루만이라도 살아남자고 미호는 맡은 작업을 묵묵히 수행했다. 오후 5시를 맞이한 순간 머리를 누르던 무거운 공기가 겨우 사라졌다.

"그럼, 신입사원 환영회다."

영업부의 사람이 한 이 말에 미호는 당황했다. 오디션을 대비하여 스트리트 댄스를 집중 연습할 생각에 오늘부터 힙합 레슨을 다시 시작할 예정이었기 때문이다. 학원 등록도 했다. 하지만 다른 층의 사원까지 모였기 때문에 혼자서 돌아가겠다고 말할 수가 없었다. 그대로 전골 요릿집 예약석으로 끌려가서 이름도 모르는 아저씨들에게 질문 공세를 받았다. 어디 출신이야? 학교는 어디까지 다녔어? 나이는? 취미는?

"사실은 프로 댄서를 지망하고 있어요."

"지망이라니, 지금도?"

"네."

그렇게 말하고 나서부터 공기가 변했다. 몇 명인가의 사원이 실망한 표정을 지었다. 다른 몇 명 정도는 술을 억지로 권하는 등 묘하게 위압적으로 변했다. 같은 총무부인 시라카와 씨가 허물없이 몸을 기대어 왔다.

그것을 본 구보타씨는 엄한 목소리로 주의를 줬다.

"성희롱이에요!"

그제서야 미호는 아, 이게 성희롱인가 하고 알았다. 전에 아르바이트 하던 곳에서도 이런 사람은 있었다. 댄서라는 직업명을 들으면 성매매와 착각하는 멍청이들. 이래서 일본 엔터테인먼트 산업은 평가가 안 좋은 거라고. 분해서 눈물이 날 것 같다. 댄서는 싸게 교태를 파는 짓 따윈 하지 않는다. 재즈 댄서의 세계는 체육 사회와 같아서 오래 있으면 있을수록 남자처럼 된다.

결국 미호가 해방된 것은 오후 11시를 넘어서였다. 아파트에 돌아오자마자 바로 휴대폰으로 에리코에게 울며 전화했다. 에리코는 가볍게 받았다.

"아아, 알지, 알지. 근무 첫날부터 3일간이랑 3개월 지났을 때가 제일 힘들어. 어떻게든 이겨내 봐. 분명 잘할 거야."

놀랍게도 에리코의 충고는 들어맞았다. 처음 3일간이 지나가고 4일째 오후의 일이다. 볼펜 등의 비품을 전달하러 5층에 올라가려던 미호는 엘리베이터가 1층에 멈춰 있는 것을 보고 복도 안쪽에 있는 계단으로 갔다. 그때 바닥 재질이 눈에 들어 왔다. 석재가 쓰인 현관과 달리 각 층의 바닥은 댄스에 적합한 리놀륨이었다. 사무용 빌딩은 본래 그런 것이었지만, 정신이 없어서 좁아져 있던 미호의 시야가 겨우 원래로 되돌아온 것이다.

올려다보니 벽 위쪽에는 채광창이 있고, 오후의 햇빛이 아련히 비추고 있었다. 좋은 장소를 찾아 기뻤다. 거의 아무도 다니지 않는 이 넓은 계단은 혼자만의 비밀 장소로 안성맞춤일 듯했다.

그것이 계기가 되어 워크맨을 노란 점퍼 주머니에 살짝 숨겨 다닐 정도가 되었다. 미호는 점심, 쉬는 시간이나 근무 중 각 층으로 이동할 때 같이 30초 정도의 짧은 시간만 있어도 음악을 듣곤 했다.

어찌되었든 회사일과 댄서 수업을 병행하지 않으면 안 된다. 회사에 있는 시간이라도 자신의 자세를 항상 의식해야 한다.

점점 시야가 밝아지는 것처럼 회사의 모습도 이해가 되기 시작했다. '기타하라 산업'은 분류하자면 중소기업이다. 백 명이 채 안 되는 직원이 6층 건물에서 일하고 있다. 사원의 평균연령은 높은 편이며 어째선지 하나같이 안절부절못하는 것처럼 보인다. 비슷한 나이대의 여자가 없는 것이 안타깝다.

미호에게 있어 최고의 구명보트는 무표정한 구보타였다. 총무부 부장이라는 직함을 가진 구보타는 미호의 무능함을 질책하지 않았다. 오히려,

"어이, 댄서!"

하고 부르는 시라카와에게

"이름으로 부르세요."

하고 정정해 주었다. 그런 말을 들은 시라카와는 미호에게 일부러 거칠게 대하곤 했다. 뿐만 아니라 여성 상사인 구보타와 이야기할 때에도 언제나 시비조였다. 한편 다른 동료 간다가 몰래 자기 상사인 시라카와를 '남성 우월주의에 젖은 파워하라(지위를 이용해 부하직원을 인격적으로 무시하는 일. 또는 그런 사람을 지칭하는 일본식 조어 ― 옮긴이)'라고 숨어서 욕하는 것을 들었다. 혹시 미호의 편을 들어준 것일까. 하지만 '파워하라'의 의미는 모르겠다.

목적이 한 가지라는 것은 같지만 학교의 특별활동과는 분위기가 전혀 다르다. 살벌하지만 그래도 가끔 웃음을 나누면서 모두 업무를 행한다. 미호의 눈에 비친 회사라는 것은 그런 장소다.

익숙지 않은 회사 근무로 신경이 닳아 없어지던 날들이 차차 지나가고, 테마파크 댄서 제2차 시험일이 왔다.

일요일인 만큼 휴식을 가질 필요도 없었다. 회사에서는 내내 움츠리고 지냈지만, 짬짬이 연습 시간을 확보하고 있었기 때문에 미호는 자신 있게 시험장으로 갈 수 있었다. 여전히 같이 사는 아사카는 지난 오디션 때처럼 두려움에 떨고 있다.

이용객들 눈에 띄지 않는 테마파크의 뒷문으로 안에 들어가 꿈의 세계인 무대 뒷면으로 향했다. 그러고도 길을 더 걸어 배관이 노출되어 있는 통로를 통해 아담한 3층 건물에 도착했다. 댄서들이 엄청나게 모여 있겠지. 접수장에서 미호와 아사카가 받은 번호는 200번 대이다. 안내 받은 시험장은 공원 전속 댄서의 연습장으로 보이는 스튜디오이다.

안무가가 보이는 과제 동작을 보고 미호는 운이 좋다고 느꼈다. 과제의 댄서는 '파(스텝)'로 총칭되는 클래식 발레 스텝을 기본으로 하고 있었다. 글리사드(중앙으로 갔다 되돌아오는 미끄러짐)에서 아상블레(낮게 뛰어올라 양다리를 공중에서 펴고 다시 돌아옴), 앙트르샤 캬트르(공중에서 두 다리를 빠르게 네 번 앞뒤로 교차) 순서의 기본적 형태. 아무래도 이번 심사에서는 댄스의 기본을 시험하는 듯하다. 사이사이에 끼워진 스트리트 스타일 움직임도 충분히 소화할 수 있다.

공포를 느끼고 있는 건 아사카 쪽이었다. 그녀는 재즈를 기본으로 하고 있기 때문에 발레 동작은 불안할 것이다.

과제 동작 연습이 종료되고 실기 심사가 시작될 때까지 아사카는 무섭다는 말을 쉼 없이 쏟아냈다. 하지만 이런 곳에서까지 라이벌을 챙길 여유는 없다. 곰 인형 마스코트를 손바닥에 감싸고 긴장을 잠재운다. 시험 때 자신의 힘을 남김없이 발휘하여 춤을 출 뿐이다.

긴 시간이 지나가고 미호와 아사카의 조가 호명되었다.

심사위원 일곱을 앞에 두고서도 동요를 억누를 수 있었다. 거울에 비친 아사카를 흘깃 보니 긴장이 막바지에 다다른 건지 평온한 표정이다.

결국 함께 춤을 춘 20명 중에 미호와 아사카만이 전혀 실수하지 않고 40초간의 짧은 춤을 끝낼 수 있었다. 반응도 충분히 느껴졌다. 춤추는 동안 계속 심사위원들의 눈이 자신과 아사카에게만 머물러 있었기 때문이다. 이번에야말로 성공할 수 있다는 희망이 강해졌다.

"3차 심사를 받을 합격자들은 나중에 합격통지서를 보내드리겠습니다."

안내 방송 후 미호와 아사카는 귀갓길에 올랐다. 신이 난 가벼운 걸음으로.

회사와 레슨을 병행하는 나날로 돌아와 어느 정도 지나니 두 통의 편지가 아파트에 도착했다. 2차 시험 결과 통지서다.

봉투를 열 때는 긴장했지만 미호에겐 좋은 결과일 거라는 확신이 있었다. 아사카도 같은 기분인 것 같다. 각각의 봉투를 함께 열어서 '2차 심사 통과'라는 글자를 보자마자 둘은 기쁨의 함성을 지르며 손을 잡고 부엌에서 춤췄다.

이제는 열흘 뒤에 시행되는 실기 최종 심사를 돌파하는 것만 남았다. 그것으로 미호의 꿈은 이루어진다. 가슴에 손을 얹고 눈을 감아 보았으나 이 시간을 위한 데자뷰는 느껴지지 않았다.

운명의 오디션이 다음 날로 임박한 토요일, 미호는 휴일 근무를 하게 되었다. 요새 총무부는 '신규 사업에 맞춘 새로운 고객 데이터 관리 시스템 구축'을 위해 연일 바쁘게 업무 중이었다. 오늘도 컴퓨터 소프트웨어를 담당하는 다른 회사 사람들이 와서 컴퓨터를 조사하거나 회의실에 틀어박혀 있거나 했다.

홀로 부서에 남아 잡무를 맡던 미호는 사람들 중에 자신과 비슷한 나이대의 젊은 남자가 있는 것을 보고 '와' 하고 놀랐으나 잘 보니 상당히 쌀쌀맞은 느낌이었다. 뒷머리가 눌려서 소용돌이 모양으로 꼬여있다. 유감스럽네. 싹 잊고 컴퓨터로 돌아와서 자신에게 할당된 데이터 입력으로 돌아왔다.

열심히 하려고 해도 머릿속에는 내일 오디션 생각밖에 없다. 단순작업이어서 실수하는 것만 주의하며 키보드를 두드리고 있다.

오후 조금 이른 시각에 구보타 씨가 총무부로 돌아왔다. 그녀는 평소와 같이 무표정하게 물었다.

"입력은 끝났어?"

"네."

"오늘 수고했어."

"돌아갈 때 출퇴근 기록 찍는 거 잊지 마."

구보타 씨에게만은 오디션 이야기를 해 놨기 때문에 신경 써주는 건지도 모른다. 미호는 감사히 회사를 나왔다.

돌아오는 전철 안에서 워크맨 음악에 맞춰 댄스 이미지트레이닝을 반복했다.

룸메이트도 지금쯤 기합이 바짝 들어 있겠지 하면서 아파트 문을 여니 아사카가 부엌에 앉아 울면서 우유를 마시고 있었다.

"나 왔어."

일단 구두를 벗고 놀라 눈을 다시 들었다. 아사카는 토라진 얼굴로 울고 있다.

"무슨 일이야?"

아사카는 오열하며 말했다.

"내일 내 몫까지 열심히 해줘."

"무슨 말을 하는 거야?"

"이거."

아사카가 부엌 테이블에 놓인 옷을 가리켰다. 아직 가격표가 붙은 채인 오렌지색 셔츠다.

"오늘 학교에서 오는 도중에 봤어. 레슨 때 입으려고 생각했는데……."

아사카의 말은 앞뒤가 맞지 않았지만 참을성 있게 듣다 보니 겨우 무슨 이야긴지 알 것 같았다. 셔츠를 사고서 아사카는 그걸 입고 레슨을 받는 모습을 상상했을 것이다. 그러자 마치 춤을 추고 있는 기분이 들어서 생각지도 못하게 오른쪽 다리가 움직이고…….

"봐."

아사카가 테이블에 양손을 짚고 일어서서 옆으로 움직였다. 그녀의 오른발에 갑자기 힘이 빠지고 그 자리에 털썩 주저앉았다.

"이래선 턴조차 불가능해."

"잠깐만. 삔 거지?"

미호는 빨갛게 부어 오른 아사카의 발목을 보며 생각했다. 삔 거라면 전에 겪은 적이 있다. 습포를 사 와서 식히고 상태를 관찰하면 된다. 중상이 아니었기 때문에 도서관 책에서 테이핑 요법을 찾아 조치하니 다음 날엔 레슨도 받을 수 있었다. 아사카도 잘 응급처치 해 두면 춤출 수 있을 것이다. 그렇다면 테이핑은 어떻게 해야 하나.

이리저리 생각하는 동안 미호는 문득 아사카의 부상 원인이 된 옷에 눈을 향했다. 선명한 오렌지 색. 이 셔츠는 전에 본 적이 있다. 멍하니 기억이 머릿속에 떠오른다.

데자뷰다. 미호는 침착하려 했다. 이것을 피하면 안 돼. 미래를 알려 줄지도 몰라.

미호는 순간 움직임을 멈추고 오렌지 색 저편에 떠오르는 광경에 눈을 집중했다.

"왜 그래?"

아사카의 목소리가 멀게 느껴진다.

기시감 속에 몸을 맡기고 있으니 하나의 광경이, 실제 있던 과거의 체험이 아니라 자신의 미래일 듯한 광경이 보였다.

오렌지 색 셔츠를 입은 아사카가 있다. 장소는 이 부엌이다. 아사카는 손에 든 봉투를 높이 들고 기뻐하고 있다. 그 옆에서 같은 봉투를 든 자신은 울고 있다. 아사카가 기뻐하는 만큼 자신은 참담한 기분이 강해진다.

봉투. 무슨 봉투지? 미래에 우리 둘에게 배달될 봉투.

그 대답이 머리에 떠오른 순간, 미호는 자신의 표정이 굳는 것을 알았다. 그렇게 알고 싶어하던 미래를 드디어 알아 버렸다. 꿈의 끝에는 마음 아픈 결과가 기다리고 있다.

내일 오디션에는 아사카가 붙는다.

"왜 그러는데?"

아사카의 우는 소리에 깜짝 놀란 채 미호는 목소리를 내지 않으려 했다. 뺀 부상에 대한 응급처치만을 떠올리며 부엌 의자에 앉는다.

정말 이것이 자신의 미래인가.

그렇게 생각할 수밖에 없다. 마음속 느낌이 에리코와의 만남을 미리 봤을 때와 같으니까. 그때의 데자뷰는 바로 다음 날의 미래를 맞춘 것이다. 그렇다면 자신은 내일 오디션에서 떨어진다.

하지만, 미호는 알아차렸다.

지금이라면 미래를 바꿀 수 있다.

미호는 부엌바닥에 앉아 울상을 짓는 룸메이트를 보았다.

지금 여기서 아사카에게 응급처치를 하지 않는다면 내일 오디션엔 자신만 가게 된다. 합격이 정해진 라이벌이 탈락하는 것뿐만이 아니다. 자신과 아사카의 춤은 거의 같은 레벨이었다. 함께 춤을 출 아사카가 없어지면 심사위원의 눈은 자신에게 끌릴 것이다. 그럼 프로 댄서가 되는 꿈이 이루어진다.

테마파크에 몰려드는 많은 관중들 앞에서 전신에 스포트라이트를 받으면서 춤추는 장면을 상상하고 미호의 가슴은 고동쳤다. 그래도 마음이 좋지는 않다. 어째서일까. 오랜 꿈이 드디어 이루어지는데 어째서?

데자뷰를 볼 때 언제나 느껴지는 따스한 온기가 사라졌다. 대신 미호의 등줄기에 전율이 지나갔다. 미래를 안다는 것은 이런 것이다. 나에게 오는 불행을 남에게 넘길 수 있다.

울고 있는 아사카를 앞에 두고 평정을 잃은 미호의 마음이 날카롭게 곤두서서 흔들리기 시작했다. 꿈을 이룰 수 없다. 오디션 따위는 결국 남을 걷어차지 않는 한 붙을 수 없는 것이다. 본인의 부주의로 부상을 입은 라이벌을 도와줄 필요가 어디 있는가.

더러운 행동을 하면 그만큼 자신의 춤도 더럽혀진다. 아사카의 발목을 냉장고에 있는 얼음으로 찜질해 주려던 생각은 달아나고, 바로 다른 생각이 떠올랐다. 아사카에겐 내일 오디션이 최후의 기회가 아니다. 그녀는 본격적으로 댄서 수업을 시작하고 겨우 반년밖에 지나지 않았다. 지금처럼 부모님에게 생활비를 타 쓰면서 도쿄에 계속 살면 오디션 기회는 몇 번이고 온다.

미래를 선택하는 입장에 처한 미호는 어떻게 하면 좋을지 몰라 울고 싶을 정도였다.

"이제 괜찮아."

아사카가 눈물을 닦으며 말하고 한쪽 발로 일어섰다. 다 틀렸다고 느낀 것이리라.

"잠깐."

미호가 멈춰 세웠다.

방에 들어가려던 아사카가 돌아보았다.

"냉장고 얼음으로 식혀. 습포랑 테이핑용 테이프를 사 올게. 내일은 춤출 수 있을지도 몰라."

"이렇게 아픈데 무리야."

"괜찮아. 아사카는 꼭 시험장에 갈 수 있을 거야."

미호는 말하고서 지갑을 쥐고 일어섰다.

방을 나와 약국으로 향하면서 이걸로 잘 된 거라고 생각했다. 아니 잘 되지는 않았다. 아사카만 오디션에 붙는다고 생각하는 것만으로 가슴이 아파온다. 혹시 그렇게 된다면 필시 그녀는 올바르게 산답시고 아사카를 도운 사실을 평생 후회할 것이다. 그때 아사카가 떨어지기만 했다면 자신은 프로 댄서가 되었을 것이라고.

제 3차 심사 회장은 2차와 같은 장소였다.

옷을 챙겨서 가방을 메고 미호는 아침 일찍 아파트를 나와 테마파크로 향했다.

이전 실기 시험에서 다른 응모자들이 거의 떨어진 듯, 회장에 모인 댄서는 50명 정도였다. 이중에 최후에 선택되는 것은 몇 명일까. 모집요항에는 '약간 명'이라고밖에 적혀져 있지 않았는데 아사카가 댄스 전문학교에서 들었다는 소문에 의하면 여덟 명 정도란 말이 있었다.

회장에 들어가서 갈아입은 미호는 재즈 스타일이 필요한 과제 동작을 떠올리고 언제나처럼 곰 인형 마스코트를 함께 가지고 갔다.

실기 최종 심사가 시작되었다. 10분이 지나는 동안 앞의 심사가 끝나고 미호가 속한 4조의 순서가 돌아왔다.

미호는 37번을 가슴에 달고 아사카와 함께 심사위원들 앞에 섰다.

함께 춤추는 것은 10명인데 라이벌은 단 한 명이다. 그 경쟁 상대는 미호가 감아준 테이프로 발목을 고정하고 바로 옆에 서 있다. 방금 전까지 동요하던 기색과 전혀 다른 침착한 표정으로.

이것이 최후 오디션이 될지도 모른다는 생각이 미호의 머릿속에 떠올랐다. 하지만 지금은 그런 것을 생각할 상황이 아니다. 미래의 의심과 불안을 씻어 버리려 미호는 운명의 여신에게 빌었다. 아사카를 도와준 보답을 해 주세요. 적어도 이 1분만이라도 나에게 힘을 주세요. 부디 내 꿈을 이룰 수 있도록.

음악이 시작되었다. 반사적으로 미호의 몸이 리듬을 탄다. 전신의 움직임을 순간적으로 느끼며 미호는 생각했다.

괜찮아. 나는 이 결전의 무대에서 최고의 퍼포먼스를 보일 수 있어.

5

"이제 정말 별로 안 남았군."

박물관에 얼굴을 내민 스가와라 관장이 관내의 통로를 걸으며 말했다. 정문 현관에 걸린 나무 현판은 특별히 '다음 달 말에 폐관합니다'에서 '이번 달 말에 폐관합니다'로 바꾸어 걸었다.

"폐관 후는 여러 가지 처리해야 될 것이 남을 테니 가지고 가고 싶은 것이 있으면 말하게."

"그러면."

주부는 마음에 간직했던 작은 부탁을 입에 올렸다.

"선물 코너에 작은 곰 인형 마스코트가 있지요? 그걸 아이들에게 주고 싶은데 받을 수 있을까요?"

"물론이지."

웃어준 스가와라가 팔짱을 끼고 말했다.

"이제 여기 부지를 사는 사람이 있을지가 문제로군."

"전시품은 어떻게 되나요?"

"내가 운영하는 펜션에 가져다 놓을 수밖에. 이곳을 판 돈으로 창고라도 사서 몇 개쯤 장식 해놓으려고 하는데."

"펜션 손님도 좋아할 것 같네요."

"응. 그럼 이제 조금만 더 잘 부탁해."

스가와라 관장은 미소지으며 말하고 박물관을 나갔다.

주부는 박물관 관람로를 걸어 청소가 구석구석 잘 되었는지 확인하고 그 일곱 개 모형을 보러 갔다. 지금 이 순간 댄서 인형은 평소보다도 더욱 생생히 살아 있는 것처럼 보였다. 그것은 어제 주부가 새로운 발견을 했기 때문이었다. 탄탄한 구성은 아니지만 드디어 '댄서 이야기'를 하나의 스토리로 만들 수 있었다.

결정적인 단서는 첫 번째와 네 번째 모형이었다. 둘은 매우 비슷한 장면, 즉 스튜디오에서 춤추는 10명 정도의 댄서를 표현하고 있다. 주인공은 역시 그중에서도 유독 눈에 띄는 자리에 있다.

두 모형에서 인형의 가슴에 붙은 '92'와 '37'은 참가 번호인 것 같다. 즉 이것은 오디션 풍경이라는 것이다. 그 발견을 기준으로 다시 모형들을 순서대로 관찰하니 한 명의 댄서가 스테이지에 올라갈 때까지의 시련을 표현한 것이라는 생각이 든다. '92'번을 붙였을 때, '37'번을 붙였을 때 두 번 모두 주인공은 오디션 후 눈물을 보인다. 하지만 주부는 슬퍼하지 않았다. 그에 이어진 여섯 번째 장면이 있었기 때문이다.

주인공이 혼자서 스테이지에 올라 전신에 스포트라이트를 받으며 춤추고 있다. 만약 오디션에 붙지 못해도 그때까지의 노력을 보상 받는 순간이 온다. 이전과 비교가 되지 않을 정도로 멋지게 춤을 추고 있다는 게 움직임에서 확실히 나타난다. 자유로운 손발, 선명한 턴이 느껴지는 약동.

석고 인형에게 작은 헝겊 옷을 입힌 것이 전부인 조형물이지만 그 세밀한 뉘앙스를 표현해낸 스가와라 사요코는 역시 비범한 돌하우스 작가였을 것 같다. 그 재능이 세상에 더 알려졌다면 좋겠다는 생각에 사요코의 인생이 아깝게 느껴졌다.

마지막 일곱 번째 모형, 댄서가 이 박물관을 찾아오는 장면만 의미불명이지만 이것은 사요코의 유머감각이 아닐까. 현실 세계와 인형의 이야기를 마지막에 섞어 보고 싶었던 것 아닐까.

주부는 두 번 처리지는 오디션이 끝난 뒤에 댄서가 울고 있는 모형을 두고 보며 '힘내.'하고 말을 걸었다. 지금은 슬프겠지만 그 다음 장면에선 스테이지에 설 수 있다고. 하지만 곧 주부는 약간 눈썹을 찌푸렸다.

그 다음 장면에서 주인공은 분명 스포트라이트 속에서 춤을 추고 있다. 하지만 어째서 이렇게 무대가 좁을까?

겉에 걸치는 옷이 한 겹 늘었다. 점점 가을이 다가오는 계절, 회사에서 돌아온 미호가 우편함을 들여다보니 두 통의 편지봉투가 겹쳐져 들어 있다. 각각 미호와 아사카에게 온 것이다.

인쇄된 발신인 회사명을 보고 미호의 심장이 세차게 뛰었다. 오디션 심사 결과다. 이 봉투 안에 자신의 미래가 있다.

바로 방으로 달려 들어가려던 미호는 봉투 두 통이 서로 다른 것을 깨닫고 발을 멈췄다. 설마 하며 손끝으로 두께를 확인한다. 아사카 앞으로 온 봉투는 두껍고, 미호 앞으로 온 봉투는 얇다.

안고 있던 달콤한 기대가 순식간에 바람 빠진 풍선처럼 사그라들었다. 작년에 같은 오디션을 받아 불합격 통지를 받았을 때도, 얇은 봉투를 받았던 것이다.

어깨가 축 늘어지고 맥이 빠져 두 통의 편지를 어떻게 할지 생각했다. 우편함에 놓아두고 아사카에게 확인하게 할까. 직접 방에 가져가기엔 마음이 너무 무겁다. 명암이 확실히 구분된 결과를 모르는 척 하는 것은 무리다. 그 모습이 추하게 확연히 드러날 것이다.

하지만, 미호는 마음을 바꾸었다. 편지를 두고 나와서 모르는 척 방으로 돌아와서 동요를 숨길 자신이 없다.

할 수 없이 미호는 두 통의 통지를 가지고 집으로 향했다.

문을 여니 아사카가 있다.

"왔어?"

미호는 반겨주는 룸메이트를 보고 데자뷰가 역시나 맞았다고 체념했다. 아사카는 데자뷰를 느낀 계기였던 오렌지 색 셔츠를 입고 있다.

"이거 왔어."

봉투를 테이블에 놓으니 아사카의 눈과 입이 크게 열렸다. 두께의 차이는 눈치 채지 못한 듯하다. 자신 앞으로 온 봉투를 떨며 바라보고 말했다.

"같이 열어볼래?"

"그러자."

둘은 각각의 방에 들어가 가위를 들고 다시 부엌에 모였다. 아사카가 '시작'을 외치면 봉투를 개봉 할 것이다.

미호는 봉투 안을 들여다보았다. 단 한 장의 종이가 들어 있다.

'심사 결과, 죄송합니다만……'

그 순간, "아자!"하는 환성이 귀에 들어와 박혔다.

아사카가 높이 봉투를 흔들며 춤을 추며 "붙었다! 붙었다!"하고 소리지르고 있다.

"테마파크에서 춤 출수 있어!"

미호는 그저 맥이 풀렸다. 암울한 가운데 혼자 덩그러니 팽개쳐진 기분이다.

아사카가 미호의 모습을 깨달았는지 갑자기 표정이 어두워졌다.

"신경 쓰지마. 맘껏 좋아해도 돼."

미호는 겨우 말을 꺼내고 자기 방으로 들어가려고 했다.

"저기."

아사카가 멈춰 세웠다.

"왜?"

"내 발에 테이핑해 줘서 정말 고마워."

미호는 쓰게 끄덕였다.

"그리고, 미안해."

아사카는 안타까운 얼굴로 고개를 숙였다.

"나, 학교에서 여러 가지 배운 게 많은데. 오디션 대책이랑 화장법 같은 거. 그래도 난 미호에게 아무것도 가르쳐 주지 않았었는데."

미호의 입에서 자포자기식의 한숨이 새어 나왔다. 아사카가 자신이 치사했다고 고백하는 것인지 미호의 정직한 것을 칭찬하려는 것인지 알 수 없었다. 이쪽도 솔직히 알려줄 수밖에 없었다.

"이제 됐어. 나도 아사카가 붙은 거 별로 기쁘지 않으니까."

아사카가 당했다는 얼굴로 미호를 본다. 그렇게 자신을 좋은 사람으로 생각했나, 미호가 오히려 당황할 정도였다. 더 심한 말을 들을 것처럼 아사카가 겁먹은 얼굴이 되었기 때문에 미호는 하려던 말을 참았다. 그렇지만 혹시 아사카는 룸메이트를 제치고 자신만 꿈을 달성할 것을 목표로 춤을 춰 온 것일지도 모른다. 그러는 게 차라리 낫다고 생각했다. 여러 가지 의미로.

"내 몫까지 열심히 해."

차갑게 말하고 미호는 방으로 들어갔다. 깨끗하게 사는 것은 어렵다.

그날 밤은 줄곧 손바닥 만한 자신의 방에 틀어박혀있었다.

얇은 벽 건너에 오디션 합격 사실을 여기저기 전화하는 아사카의 목소리를 들으며 미호는 울었다.

"그럼, 이제부터 어떻게 할 거야?"

점심시간에 에리코가 물었다. 회색 체크무늬가 들어간 업무용 제복을 입고 있다. 전날 밤 전화로 미호의 목소리에 생기가 전혀 없는 것을 알고 외근 중에 짬을 내어 달려와 주었다.

"모르겠어. 이제 피곤해."

한숨이 푹 나온다.

예전에는 2, 3일 조용히 있다 보면 다시 일어설 수 있었는데, 이번엔 통지서를 받고 나서 2주간이나 어두운 마음이 밝아지는 일 없이 끝도 없이 가라앉기만 한다.

요즘은 바쁜 회사 업무에 매달려 댄스 스튜디오에도 가지 않는다. 아무것도 하지 않는 시간이 안타깝다는 마음조차 들지 않는다.

"미호도 그런 얼굴 할 때가 오는구나."
"태어나서 처음일지도 몰라."
"잠깐 쉬고 나서 생각해봐."
"응."

순순히 대답하고 휴대폰을 꺼냈다. 뭔가 무너질 것 같은 때에 줄에 붙은 곰 인형 마스코트를 만지는 것이 습관이 되었다.
"그 인형 아직 갖고 있었어?"
에리코가 말했다.
"그땐 좋았지."
"그때?"
기억 안 나? 라는 표정으로 에리코가 계속 말했다.
"생각해봐, 고등학교 졸업 전에 여행 갔을 때. 고카랑 셋이서 이즈를 돌아다녔잖아."
곰 인형 마스코트를 보며 미호는 기억을 더듬었다.
"그때 산 거 맞지?"
"마지막에 갔던 작은 미술관에서. 산 뒤에 인형 집 있던 미술관 말이야."
그것을 듣는 순간 미호의 뇌리에 섬광이 스쳤다. 동시에 예의 안온한 나무껍질 같은 느낌이 찾아왔다. 데쟈뷰가 보인 것이 아니다. 이 느낌은 그때 인형의 집 미술관에서 느낀 기분 좋은 분위기다.
마음에 떠오른 아련한 영상이 자신의 체험과 겹쳐졌다. 출구로 향하는 통로에 댄서 인형이 진열되어 있다.
울고 웃고 춤추고, 표정이 풍부하던 작은 인형. 한 가지는 확실히 생각났다. 담쟁이덩굴 집 모형이었다.
미호는 데자뷰의 정체를 알아챘다. 그때 나는 보고 있었다. 자신의 미래를. 보람 없는 4년을 보내게 될 것도 모르고 희망을 가슴에 안고 고등학교를 졸업하려던 그 시절.

그래도 어째서? 하는 의문이 들었다. 인형들은 어떻게 자신의 미래를 알고 있던 것일까.

미호가 물었다.

"도쿄에서 가면 이즈까지 얼마나 걸리지?"

"두 시간 정도 아냐? 직통으로 가는 전차도 생겼을 걸."

에리코가 말했다.

"왜? 또 가려고?"

이 물음에 미호는 주저했다. 그 미술관에는 자신의 미래가 있다. 기억나지 않는 다른 인형 몇 개가 이제부터 자신에게 일어날 일을 예언하고 있는 지도 모른다.

미래를 알게 되는 것에 대한 두려움이 생겼다. 자신이 겁을 먹는 이유는 이미 미래를 본 적이 있기 때문이었다. 마음 어디선가 이미 대답이 나왔다. 좋은 일 따윈 한 번도 없었던 4년간을 보내고 이젠 힘이 다한 것은 맞다. 이번엔 조금 기다리고 싶다. 조금이라도 좋으니까 고민하는 척 하면서 기다리자. 자신의 꿈에 가망이 없다는 것을 아직 알고 싶지 않았다.

에리코가 시계를 봤다. 사무실로 돌아가야 할 시간이다. 둘은 계산을 끝내고 가게에서 나왔다.

보도에서 갈라질 때 미호는 일부러 와 준 에리코를 위해 무리해서 기운찬 웃음을 만들어 보였다.

회사로 돌아와 노란 점퍼를 걸치니 기분은 점점 우울해졌다. 그래도 월급을 받고 있는 이상, 일만은 제대로 하지 않으면 안 된다.

"그쪽 자료야."

곧 구보타 씨에게서 용지를 받았다.

"오늘도 시스템 개발 사람들이 오니까 사람 수에 맞춰서 복사해서 5층 회의실에 놔둬."

"네."

미호는 자신을 추스려 스스로를 회사원 모드로 바꿨다. 머리가 소용돌이 모양으로 눌린 그 남자가 또 오는 걸까 하고 생각하며 복사를 하고 스테이플러로 찍어서 양손 가득 들고 총무부를 나섰다. 엘리베이터를 타지 않고 자신만의 장소인 계단으로 향한다. 한 층을 올라갔더니 뭔가 잊어버린 기분이 들어 발을 멈췄다. 자료를 확인했지만 복사 상태엔 이상이 없었고 사람 수도 맞았다.

그런데 계단 입구 저편에서 복도로 전해오는 목소리가 아련히 들려왔다.

"영업이 참견해 오더라고."

"그래도 그건 받지 말았어야지."

잊고 있던 것은 음악이었다. 미호는 당황해서 점퍼의 가슴 주머니를 찾았다. 이어폰 코드만 손끝에 남고 작은 기계가 리놀륨 바닥에 떨어졌다. 몸을 굽혀 주우려 할 때, 미호는 자신의 꿈이 자신에게서 떠나 버렸다는 것을 알았다.

무겁게 등을 굽히고 자료를 들기 시작한 것은 언제부터일까. 음악을 듣지 않아도 평온한 것은 언제부터일까. 그때부터 자신의 꿈은 끝난 것이다.

떨어진 오디션. 그와 함께 느껴지는 막장에 다다른 듯한 허망함.

미호는 소리내지 않고 살짝 중얼거렸다.

힘든 일도 많았지만 그래도, 즐거웠어.

무거운 자료를 가득 안고 인적 없는 계단을 타박타박 오르기 시작하여 춤을 출수 있는 곳에 도착했다. 그곳에는 앞이 안 보일 정도로 눈부시게 밝은 햇빛이 내려오고 있었다. 채광창에서 태양 빛이 스포트라이트처럼 비추고 있다. 창밖에는 옆 빌딩 옥상에 있는 작은 새들이 보였다.

잠시 멍하니 그 광경을 바라보면서 미호는 계단 위아래를 살폈다. 누군가 오는 기색은 없다.

미호는 자료뭉치와 점퍼를 그 장소 구석에 내려놓았다. 그리고 워크맨을 스커트 허리쯤에 꽂았다. 구두를 벗고 빛 속에 섰다. 미호는 등을 곧게 펴고 자신만을 비치는 광선을 전신에 받으며 창밖의 작은 새들에게 말을 걸었다.

자, 봐 줘. 이게 나의 최후의 댄스야.

프로 댄서를 지망한 나의, 최초이자 최후의 스테이지.

아무리 슬픈 일이 있어도 무대에 올라가면 관중을 즐겁게 하는 것이 댄서의 일이다. 미호는 표정을 부드럽게 하고 워크맨의 스위치를 눌렀다. 박자를 맞춘 음악이 이어폰에서 흘러나온다. 포 카운트로 미호의 손발이 음악의 흐름을 탔다. 발레 폴 드 브라(양팔의 움직임이나 이동) 식의 움직임에서 무릎을 펴고 도는 앙 드 당(사용하는 다리가 안쪽으로 도는 동작 — 옮긴이)의 더블로. 다음 동작을 미리 생각하지도 않고, 춤추는 곳이 좁은 것도 개의치 않았다. 그저 스스로가 음악 자체가 되어 춤추는 동안, 그녀의 마음속에 꿈을 쫓던 4년간의 괴로움, 슬픔, 즐거움, 기쁨이 한 번에 터져 나왔다.

가슴속에서 넘쳐나는 마음을 전신의 움직임으로 반응한다. 이제 손끝 하나까지 미호의 전신은 그녀의 마음을 연주하는 악기였다. 아아. 이것이 인생 마지막 춤이구나. 미호는 생각했다. 자신은 지금 댄서로서 최고의 순간을 맞이하고 있다. 피루엣에서 셰네의 3회전으로 옮겨갈 때 넘쳐나는 눈물이 공중에 날렸다. 셀 수 없을 만큼의 후회가 가슴을 태운다. 어째서 좀 더 노력하지 않았던 걸까. 왜 라이벌을 도와줬던 걸까. 아마 나는 이 후회를 평생 가슴에 안고 살아갈 것이다. 10년 뒤에도 20년 뒤에도 어째서 그때 그랬을까 하고 되풀이하며 나는 평범한 인생을 살아갈 것이다. 턴을 할 때 눈물이 날아올랐지만, 자신이 불쌍하지는 않았다. 눈물은 댄스 안에서 자연히 솟아오른 것이니까. 지금 이 시간, 이 순간에 전신으로 표현하고 싶은 소중한 존재. 작지만 빛나고 있던 자신의 소중한 꿈.

자신처럼 꿈이 깨어진 사람들에게, 그 다음으로 이어지는 길을 찾는 사람들에게, 기도하는 마음으로 춤을 추었다. 설령 모든 꿈이 사라지는 순간이 오더라도 그 사람들이 축복받을 수 있도록. 평안을 찾을 수 있도록. 부디 나의 마지막 선물을 받아 주세요.

음악이 엔딩에 다다랐으나 이제 미호는 무섭지 않았다. 지나간 시간의 흐름을 사랑하며 계속 춤을 췄다.

이윽고 흐릿한 여운을 남긴 채 음악이 멎고 미호의 댄스는 끝났다.

죽 고개를 늘어뜨리고 숨이 진정되도록 기다린다.

창밖에 눈을 돌리니 빌딩 옥상에 있던 작은 새들이 박수를 보내는 듯이 날개 치며 날아올라가는 것이 보였다.
앙코르는 없다.
미호는 구두를 신고 노란 점퍼와 무거운 자료 뭉치를 들어 올려 회사 계단을 달려 올라갔다.

그날 밤 아파트에 돌아간 미호는 방에 있던 아사카를 불러 고백했다.
"나, 이 집에서 나가려고 마음먹었어."
일순 아사카는 놀란 얼굴을 했다. 그렇지만 바로 자신이 제안한 약속을 떠올린 것 같았다. 꿈을 포기한 사람은 집에서 나갈 것.
아사카는 슬픈 얼굴을 숙이며 말했다.
"응. 알았어."

6

상당히 긴 여행을 한 듯하다.
이즈로 향하는 전차 안에서 미호는 창문에 머리를 기대고 있었다. 도시에서 지방으로, 산에서 바다로 창밖 풍경이 변해간다.
해가 기울어가는 것은 이날도 점심 지날 때까지 휴일 근무를 하고 있었기 때문이다. 퇴근하고 서둘러 도쿄역으로 가서 이즈로 향하는 전차에 급히 탔다. 다음 날인 일요일까지 기다릴까 생각했지만 조금이라도 빨리 자신의 미래를 알고 있는 인형들을 만나고 싶었다.

　역 도착을 알리는 안내 방송을 듣고 미호는 좌석에서 일어섰다. 초록으로 둘러싸인 승강장으로 전차가 미끄러져 들어가고 미호는 고원에 있는 역에 내려섰다. 산과 바다가 좌우에 보인다. 잠시 기분 좋은 가을바람을 맞고 서 있으려 했으나 해가 상당히 기울었기 때문에 개찰구로 서둘러 걸었다.

　역에 놓인 관광 안내지를 몇 장 집어 눈에 뜨이는 부분을 찾았다.

　'돌 하우스 뮤지엄'. 지금은 성수기가 아니므로 폐관 시각이 오후 5시일 것이다. 괜찮아. 아직 시간에 맞출 수 있다고 생각했지만 근처로 가는 버스 수가 의외로 적었다. 게다가 소요 시간도 전에 왔을 때의 기억과 다르다. 4년 전 여행 때는 친구 셋과 놀며 왔기 때문에 시간이 빨리 흘렀을 것이다.

　버스 종점은 눈앞의 모든 풍경을 내려다 볼 수 있는 산기슭이었다. '돌 하우스 뮤지엄'은 바로 그 산 뒤쪽에 있다. 택시를 탈 여유도 없고 관광 안내 약도를 보니 별로 멀게 느껴지지 않았기 때문에 미호는 걸어서 그곳을 향했다.

　도로에 거의 차가 다니지 않았다. 가끔 지나간다 하더라도 엔진 소리조차 들리지 않고 지나친다. 주위의 나무들이 소리를 흡수하는 건가. 점점 별세계로 들어가는 것 같은 착각에 사로잡혔다.

　이제 어느 정도 걸었는지 시각이 4시 반을 지났다. 주위를 봐도 나무들 속에 포장도로가 죽 이어진 적막한 경치가 펼쳐져 있을 뿐이다. 산의 북쪽이라서 저무는 햇빛도 닿지 않는다.

이정표도 없이 어두워져 가는 길을 묵묵히 걸어갔다. 쓸쓸하고 불안한 감정에 눈을 감고 조금만 더, 조금만 더 하고 자신을 독려하며 계속 걸어가다 보니 앞에 짠 하고 등불 빛이 보이기 시작했다. 목적지인 미술관이다. 탈진한 여행객을 따뜻하게 맞아주는 숙소 같다. 미호는 발을 재촉하여 주차장에 깔린 자갈을 밟고 '돌 하우스 뮤지엄'의 입구에 섰다.

입장권을 어디서 사는지 찾으며 현관을 보고 있으니 '오랜 성원에 감사드립니다. 본 박물관은 이번 달 말에 폐관합니다.'라고 적힌 나무 팻말이 걸려 있었다. 미호는 놀랐다. 이달 말이라는 것은 오늘 아닌가. 손목시계를 보니 폐관 시각인 5시 5분 전이다.

정말 아슬아슬하게 맞춰 왔다. 행운이라는 이름의 옛 친구와 오랜만에 만난 기분이다. 미호는 피로를 잊고 현관문을 열었다.

딸랑 하고 문에 달린 방울이 울리고 인형의 집들이 눈앞에 펼쳐졌다. 엷게 들리는 클래식 배경음악이 문밖으로 새어나간다. 따뜻한 색의 빛이 그립고도 반가운 느낌을 자아내고 있다. 미호는 마룻바닥으로 된 박물관으로 발을 들였다. 그러고는 급히 멈춰 섰다.

남자가 한 명 통로에 서서 눈을 크게 뜨고 미호를 보고 있다. 캐주얼 복장을 하고 있지만 파이프를 문 모습이 어울릴 것 같은 어딘가 품위 있는 사람이다. 그건 그런데 왜 이렇게 놀란 표정일까.

남자의 눈이 미호에게서 벗어나 입구 바로 옆에 있는 전시품으로 향했다. 시선을 쫓던 미호는 남자와 똑같이 경악하여 굳었다. 그곳에 자신이 있었다. 지금 입고 있는 옷-두꺼운 스웨터와 스커트-과 같은 옷을 입은 인형이 미호가 서 있는 문과 같은 문 앞에서 눈썹을 올린 채 놀란 표정을 짓고 있다. 그 작품은 마치 미호가 이렇게 나타날 것을 예언한 것처럼 보인다.

이윽고 남자가 경악을 숨기고 미소를 띠며 말했다.

"어서 오십시오."

미호가 물었다.

"입장료는 어디에 낼까요?"

"그대로 들어오셔도 괜찮습니다."

남자가 미호를 들여 주었다.

"저는 이 박물관 관장인 스가와라라고 합니다. 혹시 안내가 필요하시면 편히 부르세요."

그리고 손목시계를 보는 미호에게 또 말했다.

"폐관 시각은 신경 쓰지 마시고 천천히 보세요."

"감사합니다."

감사 인사를 하고 미호는 일단 관람 순서를 따라 관내를 걷기 시작했다.

스가와라라는 이름의 관장은 안쪽 선물 코너로 내려갔다.

여기서 곰 인형 마스코트를 샀었구나 하고 미호는 새삼 떠올렸다. 언제나 힘이 되어준 그 친구는 지금도 가방 안에 들어 있다.

들뜬 마음으로 여러 인형의 집 앞을 지나 마지막 전시 코너에 들어갔다.

벽에 붙어 진열된 일곱 개의 미니어처.

한눈에 봐도 복받치는 눈물을 참을 수가 없었다. 참가번호 92였던 오디션. 아사카와 둘이 어깨를 떨어뜨리고 돌아온 가는 길. 담쟁이덩굴에 둘러싸인 집 뒤에서 에리코와 만난 밤. 테마파크 댄서를 뽑는 실기 최종 심사. 합격, 불합격 통지서를 각각 손에 들고서 기뻐하는 아사카와 울고 있는 자신. 그리고 혼자서 춤추는 최후의 댄스.

그것뿐이 아니다. 일곱 번째의 인형은 미호가 여기 올 것까지 예언하고 있다.

눈물이 마르는 것을 기다렸다가 미호가 물었다.

"실례합니다."

"네."

스가와라 관장이 미호 쪽으로 다가왔다.

"이 인형은 어느 분이 만드셨습니까?"

질문을 듣고 스가와라가 의외라는 얼굴을 했다.

"알고 계시는 사이가 아니었나요? 스가와라 사요코 씨와 아는 분이라고 생각했는데."

"스가와라 사요코 씨?"

미호가 반문했다.

"제 숙모 되십니다. 이쪽에 전시된 인형 집은 모두 숙모님 손으로 만들어졌지요. 20년 전에 돌아가셔서 이제 이 세상엔 안 계시고요."

미호는 망설인 끝에,

"믿지 않으실지도 모르겠지만,"

이렇게 운을 떼고 여태까지의 체험을 스가와라 관장에게 말했다. 4년 전에 여기 왔었던 일, 기억 저편에 있던 인형의 모습이 데자뷰로 나타나고 그대로 현실로 이루어진 것 등.

"그래서 이 인형들이……, 20년 전의 스가와라 사요코씨가 저의 미래를 알고 있다고 밖에 생각할 수 없어요."

"저도 아까는 놀랐습니다."

관장은 미호의 이야기를 진지하게 받아들여준 것 같다. 진짜로 일곱 모형이 미호의 방문을 예언하고 있었으니 그럴 수밖에.

"하지만 조카인 저도 그 수수께끼는 알 수가 없습니다. 아무튼 숙모님은 신기한 사람이었으니까."

"어떤 분이셨나요?"

"젊을 적에는 화가를 지망하고 있었던 것 같아요. 후세에 남을 멋진 작품을 그리고 싶어하셨지요. 하지만 숙모의 꿈은 이루어지지 않았습니다. 결국 눈물 끝에 붓을 내던진 것 같습니다."

자신과 닮았다고 미호는 느꼈다.

"숙모는 그 후에 평범한 가정주부가 되었습니다. 인형의 집을 만들기 시작한 것도 자신의 딸을 위해서였습니다. 그런데 숙모 말씀이……."

무언가를 떠올리는 듯 관장이 말을 끊었다.

"단 한 사람을 위해……. 자주 숙모는 그렇게 말했습니다. 자신의 작품은 단 한 명의 여자아이를 위한 것이라고. 세상 전부에게 보여 주기 위한 것이 아닌, 단 한 사람이라도 행복해진다면 그것으로 만족이라고. 평범한 생활을 보내는 중에 예술가로서의 신념이 사소한 것으로 표현되었던 것이겠지요."

그리고 어째선지 관장은 유심히 미호를 보았다.

"사실은 이 박물관도 그 단 한 사람을 위해 만들어졌습니다. 마지막에 오는 손님을 위해서."

그것이 자신을 의미한다는 것을 깨닫고 미호는 놀라서 무심결에 관내를 돌아보았다. 이 박물관 전체가 나 한 사람을 위해?

"즉,"

관장은 망설이듯 말을 이었다.

"당신 한 사람을 행복하게 하는 것이 숙모의 마지막 꿈이었다는 것이지요."

나는 행복하지 않은데 하고 생각하며 물었다.

"그런데, 어째서 저인가요?"

"마지막에 와 주신 손님이니까 라고 말할 수밖에 없지요."

관장도 곤란한 듯이 말했다.

"단 한 사람이라고 들었을 때에 주위 사람들은 손자일 거라고 생각했습니다. 당시 사요코의 다섯 살짜리 손자가……. 이름이 케이시라고 하는 남자아이인데, 중병으로 죽을 고비를 넘기고 이 지역에 요양 차 와 있었지요.

오래 병을 앓아서 공상벽이라도 생겼는지, 엉뚱한 말을 불쑥 꺼내는 아이였어요. 손자와 숙모는 자주 둘이 즐거운 듯 이야기를 했었지요. 이 박물관을 만들겠다는 말이 나온 것도 그런 때였습니다. 그래서 저는 오늘 폐관일에 불쑥 나타나는 건 손자인 케이시가 아닐까 했고요. 그런데 도착한 사람이 당신이었지요."

스가와라 사요코라는 사람은 모든 것을 알고 있었다고밖에 생각할 수 없다. 미호가 고등학교 졸업 여행 때 이곳을 방문한 것을 포함해 그 후 4년간의 일들까지. 그리고 인형을 전시해 두면 박물관 마지막 날에 다시 미호가 찾아올 것을 알고 있었다. 하필 미호가 선택 받은 것은 화가가 되지 못한 사요코와 같은 아픔을 알기 때문일지도 모른다. 사요코는 그런 자신을 위로하기 위해 이 박물관을 세워 준 것은 아닐까.

그렇게 생각하니 이 4년간을 줄곧 인형들이 따뜻하게 지켜보고 있어 준 듯한 기분이 들었다. 기쁠 때나 슬플 때나 그 나무껍질 같은 편안함, 곧 이 박물관 전체에 감도는 온화한 분위기가 푹신하게 자신을 끌어안아 주고 있었다.

미호는 여섯 번째의 모형을 바라보았다.

창문에서 내려오는 빛을 전신에 받으며 혼자서 춤추는 돌 하우스 댄서.

사요코는 20년 전에 보고 있었다. 미호가 춘 마지막 춤을.

나는 이제부터 행복해 질 수 있을까? 미호는 스스로에게 물었다. 스가와라 사요코라는 돌 하우스 작가의 꿈을 이루어 줄 수 있을까.

"결국 숙모는,"

관장이 입을 열었다.

"일흔이 되기 전에 이 세상을 떠났습니다. 그래도 행복한 만년이었기 때문에 주위 사람도 다행으로 생각했지요."

"행복한?"

미호가 물었다.

"네. 숙모는 아무것도 일어나지 않는 것이 가장 큰 행복이라고 말했지요. 긴 삶에서 겨우 그것을 알았다고."

아무것도 일어나지 않는 것이 최고의 행복.

눈썹을 모으고 생각하는 미호에게 관장이 이어서 말했다.

"보통 사람으로 사는 일을 말하는 거겠죠. '평범'이라는 것은 많은 사람이 좋다고 생각해서 선택하는 것이기 때문에 더욱 평범해지는 것 아니겠습니까. 이렇게 말하는 저 역시 평범한 사람이라서."

미호로서는 연장자의 말을 잘 이해하기 힘들었다. 하지만 언젠가 그 의미를 알았을 때 자신이 입은 상처도 치유될 것 같은 기분이 들었다.

"뭐, 신기한 일은 신기한 일로 놔두기로 합시다."

관장이 부담에서 해방된 듯이 어깨에 힘을 뺐다.

"오랫동안 여러 사람들에게 신세를 많이 졌습니다만, 오늘을 기해 이 미술관은 폐관합니다."

헤어질 때가 왔다. 미호는 헤어지기 섭섭한 자신의 분신들을 바라보았다.

선물 용품점으로 향한 스가와라 관장이 오래된 듯한 꾸러미를 가지고 돌아왔다. 양손에 들 크기의 포장지에 쌓인 상자이다. 대체 언제적 물건인지 묶여있는 핑크 리본이 세피아 색으로 변색되었다.

관장은 자세를 바로 하고 웃는 얼굴로 미호에게 꾸러미를 내밀며 말했다.

"'돌 하우스 뮤지엄'에서 손님에게 드리는 마지막 선물입니다."

"제게요?"

"네. 이곳을 찾는 마지막 손님을 위해 준비된 선물입니다. 20년간 한 번도 열리지 않았던, 스가와라 사요코 씨가 보내는 선물입니다."

받아들인 상자는 무겁지 않았다.

"열어 봐도 되나요?"

"그럼요."

미호는 신중히 리본을 풀었다. 생일 케이크 상자를 닮은 새하얀 종이 상자였다. 미호는 그 상자를 전시대에 놓고 상자 윗부분의 뚜껑을 들어올렸다.

세 개의 인형이 보였다. 가족이다. 아버지와 어머니, 유모차에 탄 아이. 셋 다 행복하게 빙그레 웃고 있다.

어머니 인형은 댄서 인형과 얼굴이 같았다. 즉 이것은 댄서의 미래를 표현한 여덟 번째 모형인 것이다.

이것이 나의 미래.

일순 미호는 의아하게 생각했으나 바로 납득했다. 아버지 인형의 머리카락이 소용돌이 모양으로 눌려 있었기 때문이다.

얼굴에 웃음을 띠는 미호를 보고 관장도 기쁜 듯 웃었다.

"마음에 드셨습니까?"

"네."

미호는 끄덕였다.

"정말로요."

돌 하우스 작가가 인생 최후에 꾼 꿈. 그 마음은 분명 자신에게 전달되었다.

7

도쿄로 돌아온 미호는 바로 이사 준비를 서둘러 새 아파트로 옮겼다.

여태 살던 집을 나올 때 아사카는 전에 자주 본 토라진 것 같은 얼굴로 울음을 터뜨렸다. 이제 둘이서 같이 댄스 연습하는 일은 없을 거라고 생각하니 미호의 가슴속에도 뭔가 복받쳐 올랐다

"내 몫까지 열심히 해."

솔직히 말했다.

"아사카라면 괜찮아. 분명 멋진 댄서가 될 거야."

아사카는 딸꾹질하며 끄덕였다.

미호는 아사카의 머리를 쓰다듬어주고 나서 헤어졌다.

다시 혼자 살게 된 미호는 댄스 스튜디오에 다니는 일 없이 가끔 에리코와 놀거나 하며 회사원으로서 생활을 보냈다. 지금은 조바심 내지 않고 기다릴 때이다. 시간의 흐름이 자신을 올바른 방향으로 보내 줄 것을 믿고 있다.

성실히 일하면서 총무부의 일을 하나씩 익혀가는 동안 자신에게 정해진 운명에 대해서도 점차 떠올리지 않게 되었다. 기쁜 칭찬도 듣고 집단 속에서 으레 따르기 마련인 험담도 들었다. 적도 있으면 내 편도 있다. 회사라는 건 그 전부를 포함하는 거니까.

3개월 정도가 지난 이듬해 초 어느 날, 미호는 상사인 구보타 씨에게서 호출을 받았다.

"상당히 익숙해 진 듯하니, 미호 씨도 회의에 참석하도록 하세요."

"네."

거래처와의 첫 회의. 드디어 그날이 왔다. 미호는 긴장을 느끼며 노란 점퍼의 가슴 주머니에 볼펜이 꽂힌 것을 확인하고 레포

트 용지, 명함집을 들고 5층 회의실로 향했다.

문을 여니 책상 저편에 앉은 사람들이 이쪽을 본다. 신규 사업의 용도에 맞춰 새로운 데이터베이스 소프트웨어를 개발해 준 사람들이다. 미호는 그쪽을 향해 비즈니스 예절에 따라 직위가 높은 사람부터 순서대로 인사를 나눴다.

마지막에 남은 제일 젊은 사람 앞에 섰을 때, 미호는 잠깐 고개 숙이고 사무실 공기를 느끼려 했다. 언젠가 자신의 아이에게 아빠와 엄마가 처음 만났을 때를 이야기할 날이 올지도 모른다. 날씨는 추웠지만 창밖에 해님이 반짝이고 있었다고.

미호는 얼굴을 들어 뒷머리가 눌린 프로그래머를 보았다. 상대도 눈매를 누그러뜨리고 미호를 보고 있다.

"총무부의 고사카 미호 입니다."

미호가 미소 지으며 자신의 남편이 될 사람에게 명함을 건넸다.

"처음 뵙겠습니다."

1

　야마하 케이시가 심리학 전공 대학원생이 되고 벌써 4년의 세월이 흘렀다. 연구 생활은 석사 과정에서 박사 과정으로 순조로이 이어졌으나 이 길을 걷기로 한 목적이었던 예지 능력에 대한 규명은 전혀 단서를 잡을 수 없었다.
　초감각적 지각, 일반적으로 말하는 초능력을 연구 테마로 선택하는 것 자체가 허가되지 않는데다 연구 대상이 될 예지 능력자가 자기 자신이라는 사실이 난점이었다. 그 경우 케이시는 연구자가 아니라 지도교수의 카운슬링을 받는 '환자'가 되어야 하기 때문이었다.
　결국 오컬티즘, 즉 신비주의와 조금이나마 닿아 있는 칼 구스타프 융의 분석심리학을 공부하며 스스로 탐구하는 수밖에 없었다.
　아직 추운 3월, 이 휴일에도 연구실에서 홀로 박사 논문을 붙잡고 있는 케이시의 사고는 어느새 심리학의 틀에서 벗어나 초심리학의 영역으로 들어갔다.

어째서 예지 같은 것이 가능한 것인가?

왜 자신에게 이 능력이 주어진 것일까?

그중에서도 케이시가 가장 고뇌하는 부분은 여태 보았던 '타인의 미래'가 이미 현실이 되었다는 것이다. 예지는 백발백중이었다. 하지만 이것은 생각해 보면 이상한 일이다. 인간이 자유의사로 스스로의 행동을 선택하고 있는 이상, 예측된 미래를 바꿀 수 있어야 한다. 허나 케이시가 만난 사람들은 마치 미래의 한 점을 향해 빨려 들어가는 듯이 행동을 실행해 버렸다. 도망치려 해도 도망칠 수 없는 외길. 케이시 입장에서 보면 그들의 행동에는 인지(人智)를 뛰어넘는 정체불명의 힘이 작용하고 있다고 생각할 수밖에 없다.

운명인가.

사람은 태어나서부터 눈에 보이지 않는 힘에 지배당하며 그 굴레에 따라 살아가는 수밖에 없는 것 아닐까.

틀림없이 이 추론은 옳을 것이다. 사람의 미래가 정해져 있지 않다면 예지라는 능력은 존재할 수 없게 된다. 미래가 가변적일 경우 모든 예언은 실현 여부가 모호한 망언이 되고, 예지 능력자는 양치기 소년에 지나지 않게 된다. 운명을 믿는 결정론과 예언자의 존재는 불가분의 관계에 있는 것이다. 그렇다면, 심정적으로는 긍정하기 싫지만 행복한 인간과 불행한 인간은 그 운명을 벗어날 다른 방법이 없다는 결론이 나오게 된다.

그래서 케이시는 재차 생각했다.

그렇다면, 자신의 운명은? 자신은 이제부터 어떻게 살고, 그리고 죽을까.

케이시도 지금까지 자기 스스로의 미래에 대한 예지를 본 적은 없었다. 이유를 생각해 보면, 두 가지 해석이 가능하다.

먼저 케이시의 예지 능력에는 제한이 있어서, 미래에 일어나는 '비일상적인 사건'밖에 보이지 않는 경우이다. 이게 사실이라면, 케이시 자신의 미래가 보이지 않는 것은 그가 비일상적인 사건이 일어나지 않는 평온무사한 인생을 살 것이기 때문이다.

다른 한 가지 해석은, 이 신비한 힘은 예지를 행하는 본인에게는 적용되지 않는다는 가정이다. 타인의 미래를 꿰뚫어 보는 능력자라도 자신에 대해서는 알 수 없을지도 모른다.

손목시계 알람이 울렸다. 몇 줄 써넣지 않은 논문을 놔두고 노트북을 닫았다. 오늘 연구는 오전까지 하고, 이제 아는 사람의 결혼식에 가지 않으면 안 된다.

책상에서 일어나 사물함을 열어 넥타이를 맸다. 매듭 모양을 확인하려고 거울을 들여 보던 케이시가 흠칫 놀라 손을 멈췄다. 거울에 일직선으로 균열이 생겨 목이 비치는 부분에 금이 쭉 갔다.

무언가 좋지 않은 일이 일어날 것 같은 예감이 들었으나 동시에 쓴웃음이 올라왔다. 예지 능력을 가진 자신이 이런 일에 겁먹다니. 진정하고 복장을 정리하여 연구실에서 나왔다. 긴 복도를 걸어 계단까지 와서 문득 멈춰 섰다. 축의금을 책상에 놓고 온 것이다. 케이시는 다시 표정을 흐렸다. 무언가가 자신을 멈춰 세우는 듯한 기분이 든다. 먹구름이 낀 듯이 머리가 무거운 것도 무의식의 경고가 아닐까 생각한다. 마음속 어디선가 미래에 일어날 흉사를 예지하는 것이 아닐지.

잠시 그대로 우두커니 서서 생각했다. 초대 받은 피로연에 가야 하나 아니면 적당한 변명을 만들어 취소해야 하나. 미래로 통하는 두 가지 선택지를 앞에 두고 케이시는 갈등했다.

2

세타가야에 위치하며 면적이 넓기로 이름난 기누타 공원. 도시의 오아시스라고 할 이곳과 인접해 새하얀 외벽이 유달리 눈을 끄는 대저택이 있다. 주차공간이 딸린 건물 입구와 그리스 건축 양식으로 보이는 순백의 열주가 보는 이들로 하여금 위엄과 청량감을 느끼게 한다. 이 복고적인 그리스 식 건축물 '라 퐁테느 당쥬'는 요새 일본 혼례 업계에서 유행하는 '게스트하우스 웨딩'을 위해 세워진 연회장이었다.

거품 경제 붕괴와 함께 결혼식 문화 역시 합리적으로 개성을 추구하는 쪽으로 변화하였다. 식을 올리는 예비 부부 대다수가 보통 기본적으로 선택하던 호텔 연회장에서 벗어나 레스토랑을 대절하는 등 가족적인 분위기를 찾게 되었다. 이런 풍조에 발맞추어 결혼식에 특화된 레스토랑이 생겨나고, 이윽고 대저택 전체를 그대로 사용하는 게스트하우스 웨딩으로 발전한 것이다.

프랑스어로 '천사의 샘'을 의미하는 이 '라 퐁테느 당쥬'도 원래는 단층의 프랑스 레스토랑이었는데 유행을 예감하고 개축, 예식장을 겸비한 3층짜리 웨딩 시설로 바뀌었다. 1층은 이전과 같이 레스토랑을 운영하고, 2층이 파티용 대연회장, 3층이 소연회장과 혼례용 예식장으로 구성되어 있다. 예식 업계에서는 유행과 쇠퇴가 빠르기 때문에 시설의 용도를 결혼 피로연에 한정하지 않고 신년회에서 크리스마스 파티까지 어지간한 고객의 필요에 모두 대응할 수 있게끔 했다. 그러한 노력의 성과는 개장 이래 순조로운 영업 이익으로 증명되었다.

아침 10시 전, 하라다 미오는 기대로 부푼 가슴을 안고 이 으리으리한 예식장에 도착했다. 운명이라고 느낄 수밖에 없었다. 그렇다고 미오가 결혼한다는 말은 아니다. 이제부터 소중한 사람과의 재회가 기다리고 있기 때문이다.

종업원용 통행로를 벗어나 1층 탈의실에 들어간다. 먼저 와 있는 동료에게 인사하면서 도우미 업무용 제복으로 갈아입는다.

5년 전의 사건이 머리에 떠올랐다. 길에서 말을 걸어 온 자칭 예언자라는 남자가 절체절명의 상황에서 그녀의 생명을 구해 주었다. 남자의 이름은 야마하 케이시. 6시간 뒤의 죽음을 피하기 위해 필사적으로 도쿄를 돌아다녔던 그날 밤, 미오와 케이시의 마음은 분명 이어져 있었다. 하지만 케이시는 이유도 말하지 않고 미오의 곁을 떠났다. 그 후에는 한 번도 만난 적이 없다.

시간의 흐름과 함께 케이시를 과거의 기억으로 잊어야 하는 게 마땅했지만 점점 그에 대한 마음이 커져 갔다. 한 번 더 만나고 싶다는 생각이 점점 강해졌다. 하지만 돌아오지 않는 과거를 아쉬워하며 훌쩍이는 것은 미오답지 않다. 그녀는 만남의 가능성에 대한 한 가닥 희망을 '직장'에서 걸기로 했다. 불특정 다수의 인간이 모이는 장소에서 일해 보자고 생각한 것이다.

이것저것 고려한 끝에 재회의 가능성이 가장 높은 일자리는 결혼식장이라고 판단했다. 콘서트장이나 영화관에서는 케이시에게 그쪽 취미가 없을 경우 절대 마주칠 수 없다. 레스토랑이나 술집도 특정 점포 한 곳에 케이시가 나타날 확률은 극히 낮다. 하지만 결혼식이라면 누구나 몇 번씩은 참석할 것이다. 케이시 정도의 나이라면 친구 결혼식에 초대될 일도 많지 않을까.

파견 직원으로 등록된 미오는 이곳저곳의 호텔 연회장 서비스 요원으로 파견되었다. 원하는 사람과 바로 만나는 요행은 생기지 않았지만 예상 외로 만족스러운 나날이 이어졌다. 손님에게 요리나 음료를 서비스 하고서 웃는 얼굴로 감사 인사를 듣는 것만으로도 기뻤다. 즐거워하는 사람들을 보는 것만으로도 자신까지 행복해지는 것 같았다. 그렇게 일을 계속하는 동안 자신이 천직을 찾았다는 것을 깨달았다.

일에 의욕이 생길 즈음 오픈한 지 얼마 안 된 '라 퐁테느 당쥬'에 파견된 일이 있었는데, 미오가 일하는 모습이 서비스 책임자의 눈에 든 모양이었다. 그의 회사에서 일해 보지 않겠냐는 권유였다. 흔쾌히 받아들인 미오는 자신이 프로로서 인정받았다는 만족감을 느꼈다.

이후로 미오는 '브라이들 프로듀스' 회사 사원으로 이 식장에서 일해 왔다. 최근에는 웨딩플래너가 되기 위한 공부도 시작했다. 그리고 지난 달 드디어 결혼 피로연의 초대 손님 명부 안에서 야마하 케이시의 이름을 발견한 것이다.

5년간의 고생이 보답 받은 기분이다. 성실히 일한 미오에게 하느님이 상을 내려 준 건지도 모른다.

　오늘 점심이면 케이시가 이 연회장에 온다. 재회의 순간 둘의 모습이 어떨지는 모른다. 하지만 미오는 신기한 인연을 느꼈다. 둘은 다시 만날 운명이었던 거라고 믿고 싶어졌다.

　미오는 옷을 다 갈아입고 거울에 비친 자신의 모습을 확인했다. 이 업종 종사자는 연회장 내의 '공기'가 되는 것을 모토로 삼고 있어서 화장 역시 최소한으로 할 수밖에 없다. 향수나 색이 들어간 매니큐어도 금지다. 제복은 풀 먹여 빳빳한 깃의 하얀 셔츠에 검은 조끼와 스커트. 철저히 소박한 이 복장은 청순하게 보이는 이점이 있다. 괜찮아. 20대 최후의 몇 개월을 보내는 사람치고는 충분히 생기 있어. 그녀는 이렇게 스스로를 채점했다.

　이어서 미오는 탈의실 벽에 붙은 연회장 일정표를 확인한다. 이 표에는 오늘 층을 나누어 진행되는 두 파티의 세부 사항이 적혀있다. 2층이 국립대학 교수의 은퇴 기념 파티, 3층이 야마하 케이시가 초대된 결혼 피로연이다. 신부와 신랑은 이미 식장에 들어가서 웨딩플래너의 도움을 받아 예복을 갈아입거나 메이크업 등의 준비에 쫓기고 있을 것이다.

　미오의 오늘 업무는 도우미로서, 입구에서 손님을 맞이하며 짐을 받거나 연회장으로 안내하고, 전화 응대나 차량 수배 등을 하는 역할이므로 케이시와는 틀림없이 마주칠 것이다. 크게 뛰는 심장 고동을 억누르며 미오는 일단 식장으로 향하여 각각 파티에 대한 브리핑에 참석했다.

　우선 2층의 대연회장. 프랑스 귀족의 저택을 본뜬 로코코풍의 실내장식. 창밖에는 광대한 녹지에서 반사된 태양빛이 실내의 샹

들리에와 함께 절묘한 빛의 화음을 만들고 있다. 300제곱미터에 달하는 넓은 회장은 150명의 하객을 접대하기 위해 전날 밤 스탠딩 파티용 세팅을 마친 상태이다.

"고령의 손님들이 많이 오시므로 피곤해 보이시는 분들은 의자로 안내해 주세요."

턱시도로 몸을 감싼 파티 담당 책임자 모리모토가 주의 사항을 스태프 전원에게 공지하고 있다.

"주빈에게 전달될 와인은 사회자가 들고 들어갑니다. 그 외 건배나 인사에 대해서는 일람표에 쓰인 대로 진행됩니다. 또 한 가지, 옥상과 비상계단 보수를 위해 기사 분 네 명이 옵니다. 손님의 동선으로 들어가지 않도록 담당자는 주의해 주십시오."

동선이라는 것은 회장 안에서 사람이나 물건이 움직이는 경로를 말한다. 모리모토가 한 말은 뒤쪽 공사 관계자가 손님 앞에 나타나지 않도록 하라는 뜻이다.

"그럼 여러분, 잘 부탁합니다."

스태프들이 연회장 최종 확인에 들어갔다.

도우미를 맡은 네 명만은 3층에 올라가 다시 피로연 브리핑에 참석했다. 3층은 예배당을 건축 중이므로 연회장이 약간 좁다. 그래도 참가자 70명의 착석 파티에는 충분한 넓이다. 행복한 신부를 의미하는 섬싱 블루(Something Blue)라는 단어의 영향을 받아 테이블보와 초 등이 푸른색 기조로 준비되어있었다.

오늘 행사는 도쿄의 여행 회사에 근무하는 회사원과 토치기현에 위치한 온천장의 무남독녀 외동딸의 피로연이다. 두 사람의 행복을 기원하는 한편 야마하 케이시와는 어떤 관계인지 궁금했다.

초대 손님 중에 특정 음식에 알레르기가 있는 남자아이가 있으니 전용 요리를 실수 없이 내오라는 지시가 웨이터에게 전달된 것을 마지막으로 브리핑이 끝났다.

오전 11시, 손님맞이가 시작되었다.

1층 안내석에서 손님을 맞이하는 미오와 동료들은 분주히 짐을 맡거나 3층으로 가는 길을 안내했다. 화려한 내부 장식을 구경하는 손님들 중에는 엘리베이터보다 우아한 융단이 깔린 계단 쪽을 좋아하는 사람도 있다.

전체 손님 중 결혼식에 참석하기 위해 온 사람은 절반 정도. 하객 전원은 지각하는 사람 없이 예배당으로 향했다.

30분 정도의 짧은 휴식 시간이 되었지만, 안내석의 네 명은 자세를 흐트러뜨리지 않고 다음 손님을 기다렸다. 야마하 케이시는 피로연 초대 손님이므로 정오가 지나서 나타날 것이다. 진정이 되지 않아 손목시계를 계속 흘끔거리던 미오는 예상 이상으로 긴장해 있는 자신에게 내심 놀랐다.

순간, 입구 문이 열렸다. 미오는 화들짝 놀랐지만 들어온 사람은 30세를 살짝 넘은 듯한 양복 차림의 남자였다.

"데즈카입니다."

라고 남자가 이름을 대었다.

도우미들이 아는 사람이다. 2층에서 진행되는 파티의 사회자이다. 손에 들고 있는 둥근 상자는 병째 들어있는 와인 케이스다. 내

선 전화로 예약 담당자를 불러 위층으로 보낸다.

그것으로 첫 테이프를 끊은 것처럼 피로연의 초대 손님들이 하나 둘 모습을 보이기 시작했다. 그들은 연회가 시작될 때까지 환영주를 마시며 3층의 응접실에서 기다리게 된다. 사회를 맡게 될 신랑 친구로 보이는 떠들썩한 사람들이 엘리베이터에 타고 나니 안내석 근처는 다시 고요함에 둘러싸였다.

미오는 왠지 모르게 이번에야말로 케이시가 도착할 것 같은 예감이 들었다. 고요한 분위기가 그에게 잘 어울린다. 그렇게 생각하는 중에 목재로 된 문이 소리 없이 열리고 입구에 새로운 손님이 서 있다.

미오의 시선이 끌어당겨지듯 따라 올라갔다. 심장의 고동이 한층 빨라졌다. 한눈에 야마하 케이시라는 것을 알았다.

호리호리한 몸은 이전과 하나도 변하지 않았다. 등에 햇빛을 받고 있는데도 흰 피부에 그늘도 생기지 않아 다정한 얼굴이 돋보이고 있다.

미오는 마음을 숨기고 케이시를 맞이했다.

"어서 오십시오."

케이시가 무언가 말을 걸기 위해 얼굴을 들자 바로 눈을 휘둥그레 떴다. 이윽고 그가 얼굴에 순박한 웃음을 채우는 것을 보고 미오가 안고 있던 불안은 날아갔다.

"오랜만이네."

케이시가 푹신한 목소리로 말했다.

순간 미오의 마음이 들떴다. 신기하게 위로 받는 듯한 기분이 들어서 가슴의 고동이 점차 침착함을 되찾았다.

"건강했어?"

"응."

미오는 애써 담담히 대답하고는 옆 눈으로 다른 도우미들을 확인했다. 뒤에 들어온 다른 손님들을 맞이하느라 바쁜 것 같다. 미오가 작은 소리로 말했다.

"케이시 덕분에 잘 지내."

케이시도 목소리를 낮추었다.

"그 후로 어땠어?"

"나? 나는……."

미오는 문득 자기가 입고 있는 제복을 내려다보았다. 성실히 일하고 있는 자신을 자랑스러워해야 할 터이지만 조금 부끄러웠다.

"보는 대로야."

"열심히 일하는구나."

"응. 노래라도 잘 하면 좋았을 텐데 말이지."

미오는 부끄러움을 숨기며 말했다.

"자랑할 만한 인생은 아니지만 그래도 잘 살고 있어."

"다 그렇지."

케이시가 미소 짓는다.

"그리고 나도 노래는 젬병이야."

미오도 웃었다.

"케이시는 어때?"

"지금 대학원에 다녀. 심리학 공부 중이야."

그도 열심히 살고 있구나 하고 미오는 기뻐졌다. 새로 세 명의 손님이 들어와서 미오는 어쩔 수 없이 업무로 돌아왔다.

"오늘은 히라이, 후쿠모토 님의 양가 결혼식에 출석이신가요?"
"네."
케이시의 어조도 바뀌었다.
"짐을 맡기시겠습니까?"
"아닙니다."
"외투는 어떻게 하시겠습니까?"
"아, 그렇지."
케이시가 황급히 코트를 벗는다. 이런 곳에서는 두꺼운 옷이 불편하다.
"축의금은 여기서 받나요?"
"3층에서 따로 접수하고 있습니다. 그쪽을 이용해 주세요. 식장으로 가실 때에는 좌측 안쪽의 엘리베이터를 사용해 주시고요."
"고마워요."
일어서는 케이시가 발을 멈추고 작은 소리로 말했다.
"괜찮으면, 피로연 끝나고……."
말이 끊겼다.
미오가 되물었다.
"끝나고?"
케이시는 입을 움직여 무언가를 말하려 했다. 하지만 목소리가 나오지 않았다.
대체 무엇을 말하려는 거지? 미오는 태평스럽게도, 맘속으로 웃으며 다음 말을 재촉했다.
"끝나고 뭐?"
케이시의 얼굴에서 점점 핏기가 빠지고 눈에 초점이 없어졌다.

동시에 어깨에서 뺨, 입에 걸쳐 모든 근육이 이완되어간다. 그 일본 가면 같은 표정은 본 기억이 있다. 5년 전의 기억이 뇌리에 스치며 미오는 숨을 삼켰다.

케이시는 지금 예지를 보고 있다.

무의식중에 침묵한 두 사람을 옆에 있는 미오의 동료가 불안하게 쳐다보았다.

미오는 당황하여 묻는다.

"무슨 일이세요?"

케이시의 찌푸린 눈이 미오에게 향했다. 목 안쪽에서 새어 나오는 듯한 속삭임은,

"너의 미래."

그렇게 말하는 것처럼 들렸다.

미오는 공포로 떨며 몸을 내밀어 케이시의 입 근처로 귀를 기울였다.

"너의 미래 속에서, 내가……."

"케이시가?"

케이시는 끄덕이고 비틀거리며 카운터에 기대었지만 명료하지 못한 한마디를 남기고 그 자리에서 무너져 내렸다.

나는 죽어.

잘못들은 말 이길 빌며, 미오는 급히 카운터 너머로 달려갔다.

응급요원이 나와 식장 매뉴얼에 따라 케이시를 비어 있는 룸으로 옮겼다. 2층의 대연회장과 복도 하나를 사이에 두고 네 개

의 룸이 늘어있는 가장 안쪽, 드레스나 의장이 놓여있는 작은 방이다.

연락을 받은 피로연 담당 책임자가 상태를 보러 왔다.

"잠깐만 쉬면 됩니다."

케이시가 그렇게 말했기 때문에 담당자는 미오에게 같이 있으라고 한 뒤 나갔다.

둘이 되니 시계바늘이 움직이는 소리만 방 안을 가득 채웠다. 미오는 의자에 앉아 소파 위에 축 늘어져있는 케이시에게 물었다.

"정말 괜찮아?"

"응. 그보다……."

케이시가 방안을 둘러보았다.

"나는 여기를 나가는 편이 좋을 거 같다."

아무래도 순간의 쇼크 상태에서 회복한 것 같았다.

"뭐가 보인 건지, 가르쳐줄래?"

"너에게 일어날 비일상적인 사건이야."

"나? 케이시의 미래가 아니고?"

"응. 오랫동안 이상하게 생각했어. 어째서 내 미래만은 보이지 않는 건지. 이제 겨우 알았어. 나는 남의 미래밖에 알 수 없어."

"그래서?"

"그런데 아까, 네 미래 속에서 내 모습을 봤어. 나는 오늘, 여기서 죽어."

미오는 케이시의 표정을 주의 깊게 관찰하면서 그와 처음 만났을 때 느꼈던 이상한 감각을 떠올렸다. 자칭 예언자라는 사람의 말을 어디까지 믿을 수 있을까?

"무슨 일이 일어나는데?"

"파티 회장에서 네가 비명을 질러. 필사적으로 나를 살리려고 하지. 그래도 그건 불가능해. 내 몸이 타 들어가니까."

"타 들어가? 불이 붙는 거야?"

"응."

대답한 케이시의 얼굴이 다시 색을 잃었다.

"나는 타 죽어. 손 쓸 방법이 없어. 가까이 있는 사람이 널 연회장 밖으로 데려갈 거야."

"그러고는?"

"그게 끝이야."

뜬금없고 믿기 어려운 이야기이다. 화재라도 일어난다는 말인가. 하지만 여기 게스트하우스는 소방 설비도 철저한 데다 화재 원인도 없을 것이다. 이번 연회 중에는 초를 켜거나 저온 불꽃을 사용하는 등의 연출이 예정에 없기 때문이다.

"장소는 알아? 회장 어디 부근이야?"

케이시가 눈을 가늘게 떴다. 예지에 나타난 광경을 떠올리는 듯 하다.

"출구 바로 근처…… 흰 벽에…… 앤틱 풍의 오래된 시계가 있어. 시각은 3시 3분."

미오는 손목시계에 눈을 주었다. 지금부터 3시간 뒤다.

"그리고 벽 쪽에 요리가 놓여 있는 긴 테이블이 보여."

"잠깐만, 테이블보 색깔은 알아?"

"빨간색과 흰색이 겹쳐있어."

그것은 스탠딩 파티에 사용된 뷔페 줄이다. 의아한 생각이 들어 미오는 물었다.

"벽에 걸린 그림은? 보였어?"

"추상화 같았는데. 생기 없는 색깔의."

미오는 더더욱 의아했다. 케이시가 말하는 곳은 그가 초대받은 피로연장이 아니다.

"그 식장은 여기 2층의 대연회장이야. 어째서 케이시가 3층 피로연이 아닌 2층 스탠딩 파티에 가는 거지?"

"몰라. 거기서 하는 게 무슨 파틴데?"

미오는 조끼 주머니에서 일정표를 꺼냈다.

"대학 교수 은퇴 기념 파티. 데이토 대학 토도 시게히사라는 교수 알아?"

"아니, 몰라. 나랑은 관계없는 것 같네."

말하고 케이시는 고개를 떨구었다. 옆얼굴에 초조한 빛이 떠올랐다.

"내가 거기 있을 거라는 사실은 바꿀 수 없다고 생각해. 어떻게 해서든 난 그곳에 끌려가게 되어 있어."

아무리 그래도 지나친 생각 같다. 인연도 없는 파티에 케이시가 출석하여 불도 없는 연회장에서 타 죽는다. 그런 일이 일어날 리 없다. 잠깐 만나지 못한 새 케이시가 예지 능력에 지나치게 과민해 진 것이 아닌가 생각할 정도로 의외였다.

어찌되었든 미오가 낙관적으로 있을 수 있는 것은 5년 전과 달리 간단히 해결책이 있어서이다.

"피로연 가는 거 취소할 수 있지?"

케이시가 끄덕였다.

"그럼 운명을 바꿀 수 있잖아. 지금 케이시가 이 건물에서 나가면 되니까. 3시간 뒤에 여기에 없으면 되는 거 아냐?"

케이시의 얼굴이 흐려졌다.

"그건 무리야. 예지는 절대로 빗나가지 않아."

"5년 전의 일을 잊었어? 내 운명도 바꿔 줬잖아."

그러나 케이시는 어두운 눈으로 미오를 바라보았다.

"그게 달라. 그때도 예지는 적중했어."

"무슨 말이야?"

"내가 본 것은 칼이 네 가슴을 찌르는 광경이었어. 방인(防刃) 조끼로 막히긴 했지만 결국 본 대로 사건이 재현된 거지. 즉 내가 예지 능력으로 예언한 것은 방인 조끼를 입은 네 가슴이 칼에 찔리는 장면이었어."

분명 그때 미오는 살인자의 칼이 다시 찔러 들어올 줄 알았지만 그렇지 않았다.

"미래는 절대 변하지 않아. 6시간 뒤에 죽는다는 예언을 듣고 둘이 그렇게 움직였던 것도, 범인의 공격이 막힐 것도 네 운명에 이미 다 결정되어 있던 거야."

"결국 우리는 운명에 결정된 그대로 움직였다는 말이야? 정해진 결말대로?"

"응."

"믿을 수 없어."

"거기다 한 가지 더. 내가 그때 다른 예지를 봤던 것 기억나?"

"다른 예지?"

미오는 기억이 떠올랐다. 밤중에 주택가에서 일어난 일이다. 케이시가 본 것은 병원 침대에 누운 미오와 닮은 할머니였다. 그러고 보니 그 예지만은 일련의 사건에 들어맞지 않았던 퍼즐의 한 조각으로 남았다.

"나중에 알았는데 그건 몇 십 년 뒤의 네 모습이었더라. 그러니까 너는 처음부터 살아남을 운명이었어."

미오는 어이가 없어 예언자를 보았다. 케이시가 보았다는 풍경을 자신의 머릿속에 그려본다. 할머니가 되어 병원 침대에 누운 자신······.

케이시는 엷은 웃음을 떠올렸다.

"넌 분명 오래 살 거야."

"담배 안 피우길 잘했네."

미오는 말했다.

케이시의 얼굴에서 바로 웃음이 사라진 것은 자신은 죽음을 벗어날 수 없다는 데 생각이 미쳤기 때문일 것이다.

미오는 밝게 말했다.

"이걸로 내 건강 문제는 정리되었고, 남은 건 케이시의 수명이야. 세 시간 뒤에 죽을 운명이라면 내가 구해줄게. 일어서."

케이시가 비칠거리며 소파에서 일어나니 미오는 그의 팔꿈치를 꾹 자신의 가슴에 끌어안았다.

"이렇게 가면 문제 해결?"

"응."

작은 룸의 문을 열려고 할 때 미오의 마음에 일말의 불안이 자리 잡았다. 케이시가 타 죽는다는 대연회장은 복도 바로 건너에 있다.

'하지만' 하고 미오는 마음을 다잡았다. 복도를 걸어 계단을 1층만 내려가면 밖으로 나갈 수 있다. 시간도 아직 세 시간이나 여유가 있다. 이 건물에서 케이시를 데리고 나가지 못한다니 말이 안 된다.

미오는 살짝 문을 열었다. 좌우를 살펴보았으나 딱히 이상은 없다. 케이시와 팔짱을 끼고 긴 복도를 걸어나가니 안도와 함께 슬픔이 어렴풋이 깃든다.

5년 전 헤어질 때 미오의 고백을 거절하고 케이시는 홀로 모습을 감췄다. 미오의 입장에서는 운명의 사람을 만난 것 같았지만 어떻게 그런 결말로 이어졌는지는 이상할 정도였다. 하지만 겨우 이유를 알았다. 미오의 몇 십 년 뒤를 예지한 케이시가 둘은 맺어지지 않을 운명이란 걸 알아차린 것이 아닐까. 혹시 미오의 장래 남편으로 케이시가 아닌 다른 사람을 본 것이 아닐까.

오늘 여기서 케이시와 헤어지면 이번에야말로 두 번 다시 만날 수 없다. 그런 기분이 든다.

2층으로 내려가는 계단은 바로 옆이었다. 응접실에는 이미 글라스를 손에 든 손님들이 모여 파티 회장의 문이 열리는 것을 기다리고 있다.

케이시와 함께 있을 수 있는 시간은 앞으로 몇 초나 남았을까. 미오는 그의 온기를 몸에 새기고 싶다고 팔에 힘을 넣었다. 그러자 케이시도 의외일 정도로 강하게 팔에 힘을 줬다. 뿐만 아니라 그는 남은 다른 손으로 미오의 손에 깍지를 끼기까지 했다.

"케이시."

생각지 못한 행동에 놀란 미오는 무의식중에 뒤를 돌아보았다.

케이시가 서 있다.

"왜 그래?"

케이시는 머리를 숙이고 양 무릎이 떨었다. 굳게 감겼다 뜨인 눈에는 명확한 공포의 빛이 떠올랐다.

"큰일이다. 파티를 멈추지 않으면."

"왜?"

케이시는 얼굴을 들어 초대 손님들이 모인 응접실을 바라보았다.

"죽는 것은 나뿐이 아냐."

미오가 놀라서 케이시의 시선을 쫓았다. 양복과 파티 드레스로 몸을 감싼 20명 남짓한 초대 손님들이 담소중이다. 연령이 높은 손님이 많으나 3, 40대의 남녀도 있다.

미오는 상기된 목소리로 말한다.

"어느 사람이 죽는다는 말이야?"

"모두야."

"모두?"

케이시는 끄덕이면서 비통한 눈빛으로 말했다.

"여기 있는 사람들은, 전부 죽어."

3

미오는 아연하여 웃음으로 가득찬 응접실을 보았다.

지금 눈앞의 사람들이 몇 시간만 지나면 전부 죽는다. 그런 일이 일어날 수 있을까?

"뭐가 보였는데?"

미오가 물었다.

케이시가 대답하려고 입을 열었으나 사람들이 들을지 몰라서 그런지 "아까 그 방으로 돌아가자." 하고 말했다.

"거기서 자세히 설명할게."

미오는 망설였다. 그러면 케이시가 이 건물 안에 남게 된다.

케이시가 손목시계를 보았다.

"괜찮아. 아직 시간은 충분해."

한시라도 빨리 밖으로 데리고 나가고 싶지만 이렇게 되면 방법이 없다. 복도를 되돌아가며 미오는 눈에 보이지 않는 불길한 힘을 느꼈다. 어쩐지 케이시가 밖으로 나가는 것을 거부하는 느낌이다.

"너에게 저 많은 사람들의 미래가 보였어?"

"응. 많은 예지들이 한 번에 몰려 왔어."

케이시는 악몽을 떠올리는 듯 고개를 저었다.

"분명 화재 현장에 휘말린 것 같아. 저 사람들 모두의 미래에 비일상적인 사태가 닥쳐와."

작은 방으로 돌아와 케이시는 힘없이 소파에 주저앉는다. 미오는 화장대 앞 의자에 앉아 물었다.

"뭐가 보였는데?"

"저 사람들은 단 한 명도 구조될 수 없어. 나랑 똑같이 전원 몸이 불에 타버려. 고통스러워하는 사람도 있고 더 이상 움직이지 않는 사람도 있어. 장소는 연회장 안이야."

미오는 여기 층에서 일어나는 파티의 일람표를 바라보았다.

참가 인원 150명의 스탠딩 파티. 오후 1시 개시, 3시 종료, 케이시의 예지시각은 3시 3분이었다. 원래라면 진행이 종료된 시각이지만 예정시간을 넘기는 일은 드물지 않다. 화재가 일어나는 것은 파티 종료 때일 것이다. 손목시계를 보니 남은 시간은 이제 2시간 45분.

하지만 일정표 용지를 아무리 뜯어보아도 화재의 원인을 추측할 수가 없었다. 이쪽도 위층 피로연과 마찬가지로 불을 사용하는 연출은커녕 장식도 없다.

"화재 원인은 뭔데? 불이 나는 장면은 못 봤어?"

케이시는 목을 기울였다.

"거기까진 보이지 않았어."

중요한 정보를 못 들어 미오가 몸이 달았다.

"뭔가 다른 단서는 없어?"

"타 죽기 전에 모두 놀란 얼굴로 무언가를 보고 있어. 불이 번지는 장면을 본 걸지도."

"소리는?"

"소리는 들리지 않아. 예지가 되는 건 그 사람 근처에서 보이는 광경뿐이야. 그 장면 말고는 배경이 보였는데."

케이시는 근심스럽게 잠시 생각하고 말했다.

"불이 난 건 출구 근처야. 거기서 방사형으로 사람이 쓰려져."

"연회장에는 복도로 나오는 출구가 두 갠데, 어느 쪽인지 알겠어?"

"바로 근처였어. 계단 쪽이야."

"잠깐 기다려."

미오가 방을 나갔다. 긴 복도 한쪽은 막다른 길인 비상구로, 또 다른 쪽이 응접실이나 계단으로 이어진다. 케이시가 말하던 출구는 계단 쪽이다. 문 앞까지 갔으나 아직 개장 시간이 안 된 관계로 연회장은 닫힌 채였다.

부근을 슬며시 돌아보았지만 화재의 원인이 될 만한 것은 보이지 않았다. 하지만 누가 담배꽁초를 떨어뜨린다거나 해도 카펫은 불연성 소재라 불이 번질 염려가 없다. 그렇다면 불이 나는 것은 연회장 안이라는 말이 된다.

미오는 문을 살짝 열어 대연회장으로 들어갔다. 출구 근처에 있는 것은 오른쪽 바 코너. 음료수들과 글라스를 세워놓은 테이블이 놓여 있다. 왼쪽 벽에는 요리를 얹어놓은 뷔페 라인. 테이블보는 붉은 색을 먼저 깔고 흰색을 그 위에 겹쳐 까는 식으로 두 가지 색이 사용되었다.

벽의 유채화나 포인트 장식으로 놓여 있는 앤틱 시계를 보니 반신반의하던 미오도 예지가 진짜일지도 모른다고 생각하기 시작했다. 케이시의 예지는 이 회장의 모습을 정확히 그려냈다.

그렇다면 갑자기 바닥이 신경 쓰였다. 복도와는 달리 연회장 홀 바닥은 나무 바닥재이다. 나무로 된 바닥재에 대해서는 불연 소재 가공이 의무가 아니다.

하지만 불기운도 없는데 어떻게 화재가 일어나는 걸까. 천장에는 스프링클러도 설치되어 있기 때문에 인간이 불에 탈 정도의 사태는 일어날 리가 없다.

케이시의 예지를 진지하게 받아들여야 할지, 아니면 가볍게 흘려 넘겨야 되는 건지 어느 쪽도 선택하기 어렵다. 결국 아무런 수확도 없이 미오는 방으로 돌아왔다.

"화재 원인을 도대체 모르겠어."

미오가 말하니 소파에 있는 케이시가 몸을 일으켰다.

"단서가 부족한 거 같아. 파티가 시작되는 것을 기다려 초대 손님들 전원의 미래를 더듬으면 발화 원인을 알 수 있지 않을까?"

"그렇게까지 할 거야?"

"응. 지금 나만 도망치면 화재가 일어나는걸 알면서 150명이나 되는 사람들을 버리는 꼴이잖아."

그는 어디까지나 진심이었다.

"2층 파티에 잠입해 볼까?"

동의한 미오의 등을 문득 차가운 공기가 훑었다. 그렇게 되면 케이시는 3층 피로연이 아닌 2층 스탠딩 파티에 출석하게 된다. 자신이 거기서 타 죽는다는 예지대로.

눈앞의 예언자가 진짜일지도 모른다는 그 느낌, 5년 전의 전율이 되살아났다. 미오 안에 겨우 확신 비슷한 것이 생겨났다. 케이시가 미래를 맞히는 것은 틀림없을 것이다. 그 자신을 포함해 많은 초대 손님들이 2층 파티 회장에서 타 죽는다는 것도 맞을 것이다.

"잠깐만, 역시 케이시는 여길 나가는 편이 좋지 않아?"

"그게 더 위험할 것 같아."

"왜?"

"이대로 가면 난 죽어. 너는 살고. 두 운명을 나누는 것은 아주 약간의 우연이라고 생각해. 그런데 여기서 나만 없어진다면 나중에 무슨 일어질지 모르지. 내 대신 네가 죽을 지도 모르잖아."

"그럼, 어떡하면 되는데?"

"아까 말 한대로, 연회장에서 단서를 찾아 보자. 화재 원인만이라도 알게 되면 미연에 방지할 수 있을지도 모르니까."

그 말에는 동의를 하지 않을 수 없었다. 화재 발생 지점과 시각은 이미 알고 있는 것이다. 최악의 경우라도 소화기를 갖고 대기한다면 화재를 막을 수 있다.

"운명을 바꿀 수 있는지 없는지는 자신이 없지만."

미오는 마음에 걸리는 점을 물었다.

"지금까지, 케이시의 예지가 어긋난 적 있어?"

"한 번도 없어."

예지 능력자가 대답했다.

"오늘 내가 죽을 확률은 100퍼센트야."

"할 수밖에 없네."

미오가 말했다.

"단, 한 가지만 약속해. 혹시라도 화재가 일어나기 5분 전까지 원인을 모르겠으면 케이시는 여기서 나가. 알았지?"

"5분 전이라면, 2시 58분?"

미오가 끄덕였다. 그 시각은 지금부터 2시간 30분 뒤다.

스탠딩 파티에 케이시를 끼워 넣을 대책을 마련하기 위해 미오는 혼자 방을 나왔다.

일단 3층으로 올라가서 이미 시작된 피로연 회장으로 들어가

서비스 책임자에게 귓속말을 했다. 안내석에서는 도우미들이 각각 이름을 묻고 사전에 준비된 이름표를 배부하고 있다.

미오는 사무실에 들어가 '야마하 케이시' 여섯 글자를 컴퓨터로 프린트하여 이름표를 만들었다. 다른 필요한 물건은 또 없는지 찾다가 파티 초대 손님 명부를 제복 포켓에 감추었다. 여자 스파이라도 된 것 같은 묘한 기분이다.

2층으로 돌아오니 대연회장이 막 개방된 참이다. 양쪽 여닫이 문이 웅장하게 열리고, 응접실에 있던 손님들이 이동을 시작했다.

회장 안에서 기다리던 웨이터들이 미소와 함께 환영주를 건네며 입장하는 사람들을 맞이하고 있다. 미오도 안에 들어가 바 코너 뒤쪽에서 지켜보는 파티 담당 책임자 모리모토의 옆에 섰다.

"몸 상태가 안 좋은 손님이 한 분 계신데요."

미오가 목소리를 낮추어 말했다.

"리셉션까지는 어떻게 괜찮을 듯하지만 직원 한 명이 도우미로 필요할 것 같습니다."

2층과 3층 두 파티 담당 책임자는 업무 시간 중에 연락하지는 않기 때문에 거짓말이 들킬 염려는 없다.

"그렇게 부탁해요."

모리모토는 손님들을 향해 웃음을 잃지 않은 채 작은 소리로 대답했다. 그러고서 목깃에 고정된 작은 마이크 버튼을 눌러 무전을 통해 보고했다.

"포지션 변경. 하라다 미오가 손님의 도우미로 이동합니다."

뷔페 라인을 향한 웨이터 책임자가 자신의 마이크에 입을 기울였다.

"라져."

그렇게 대답했을 것이다.

이걸로 케이시를 스탠딩 파티 게스트로 잠입 시키는 것은 성공했다. 하지만 케이시가 기다리는 빈 룸으로 돌아가는 미오의 가슴에 정체를 알 수 없는 불안이 엄습했다.

모든 것이 운명에 정해진 대로 진행된다. 그런 기분이 들었다.

4

정각 오후 1시가 되니 대연회장은 유리잔을 든 초대 손님들로 가득했다. 손님 층은 여기서 평소 행해지는 다른 파티와는 확연히 달랐다. 주빈이 국립대 이공학부 교수라서 그런지 뭐라 꼬집어 말하긴 힘들지만 학자들 분위기가 흐른다. 초대 손님 명부의 직함을 보면 반수 이상이 대학 관계자와 그 가족, 나머지가 대기업 임원진이나 관청의 높은 사람들이다.

토도 교수 부부의 도착이 늦어졌기 때문에 개회 시각이 지나서도 연회는 시작 되지 않았다. 연회장 한쪽 창가에 선 채 미오는 걱정스럽게 옆에 있는 케이시를 관찰했다. 그는 지금 손님 한 사람 한 사람에게 눈을 향하며 누군가의 미래에 무슨 일이 일어날지 찾고 있다. 한 번에 이렇게 많은 사람의 미래를 보고 신경에 부담이 되지는 않는 것인지. 비참한 광경이 계속해서 보이는지 예지 능력자의 눈꺼풀은 때때로 고통스럽게 닫혔다.

"살아남는 사람들은 아주 약간이야."

케이시가 작은 소리로 말을 꺼냈다.

"대부분의 사람이 타 죽거나 연기에 휩쓸려 쓰러져."

"괜찮아?

미오가 걱정했다.

"누군가 죽는 모습을 본 사람은 마음에 큰 상처를 받는다고 들었는데."

"살다 보면 저절로 나아."

심리학 전공 대학원생이 씩씩하게 대답한다.

"그보다 이상한데? 이렇게 많은 사람이 현장에 있는데 아무에게도 발화 순간이 보이지 않아."

"예지의 내용을 자세히 알려줘."

"대략의 줄거리는 아까와 같아. 모두가 놀란 얼굴로 무언가를 보고 있어. 시선 방향은 출구 근처야. 무엇을 보는 건진 모르겠고, 그러고 나서 순간적으로 예지가 끊어져. 모두 타 죽는 장면으로 전환돼."

미오는 이상한 점을 깨달았다.

"예지 속에서는 시간이 천천히 흘러?"

"맞아."

케이시도 기묘한 표정이다.

"그 사이에 무슨 일이 생겨? 출구 근처에서 불이 붙어서 퍼진다면 도망치려는 사람이나 불을 끄려는 사람 모습은 보이지 않아?"

"보이지 않아. 갑자기 전원이 불에 붙어."

잠시 생각하고 미오가 놓친 점을 알아챘다. 예지가 정확하다면 자신은 대참사 뒤의 생존자가 된다. 화재의 시작과 끝을 목격할 것이다.

"내 미래에 무슨 단서가 없었어?"

케이시가 고개를 돌려 미오의 눈을 들여 본다. 미오는 그의 시선을 받으면서 다른 상황에서 이 눈빛을 받았다면…… 하고 서글픈 생각이 들었다.

잠깐 눈의 초점이 돌아오더니 케이시가 말했다.

"너도 무언가를 보고 있어. 장소는 출구 옆. 벽 바로 앞이야……. 무슨 일인지 회장 안과 밖의 복도를 번갈아 보고 있어. 그리고 손목시계를 보고 절망적인 얼굴이 되더니……. 장면이 바뀌고 너는 바닥에 쓰러져. 바로 일어서서 비명을 지르며 나에게 달려들어. 불에 타고 있는 나에게 손을 뻗는데 근처에 있는 사람에게 끌려 나와."

오한이 들어서 미오는 양 팔로 몸을 감쌌다. 지금부터 2시간 뒤, 자신은 대체 무엇을 볼 것인가.

"한 가지, 중요한 사실을 알았어. 불이 나는 것은 회장 안이 아냐. 복도야."

"어떻게 알아?"

"불은 밖에서 들어올 것 같아. 회장 안에 있는 너는 벽이 막아 주어서 살 수 있어. 아마 내 앞에는 막아 주는 물건이 없어서 불에 휘말리게 되나 봐."

미오의 입에서 생각지도 못하게 한숨이 새어 나왔다.

"사람 운명이 종이 한 장 차이네."

"응. 아, 잠깐 기다려줘."

케이시가 그 장소에서 떨어져서 앞을 지나가려는 웨이터에게 가까이 걸어갔다. 여기서 일하기 시작한지 얼마 안 된 야마모토라는 신입이다. 케이시는 시각을 묻고 자신의 손목시계를 맞추며 돌아왔다.

"정확한 시간을 알았어. 그 사람 손목시계로 3시 3분 10초에 불이 나."

미오는 야마모토의 뒷모습을 눈으로 좇았다. 이제 19세가 된 후배는 어설픈 손놀림으로 음료수를 올린 쟁반을 운반하면서 필사적으로 손님에게 서비스하고 있다. 언젠가 프랑스로 가서 본격적으로 웨이터 수업을 듣기 위해 월 15만 엔의 급료로 조금씩 저금을 하고 있는 젊은이였다.

미오는 고개를 숙이고 물었다.

"저 사람도 죽을 운명이야?"

"응."

"케이시, 그리고 손님들도."

"응."

어른들의 발밑을 쫄랑쫄랑 돌아다니는 두 아이가 보였다. 아마 오빠와 여동생 같다.

예쁘게 차려 입은 두 아이가 태어나서 처음 보는 넓은 파티 회장에 들뜬 목소리로 떠들고 있다.

여기 있는 사람들은 모두 죽는다. 그렇게 생각한 순간 대참사의 광경이 갑자기 현실감을 띠고 미오의 눈 속에 떠오른다. 이 회장에 있는 전원이 소중한 미래를 잃어버리려는 순간이다. 본인들로서는 어떻게 할 방법이 없다. 운명이라고 하는 커다란 힘 때문에.

　문득 미오의 마음속에서 무언가가 터질 것 같다. 분노인지 슬픔인지 분함인지 스스로도 알 수 없었다. 슬픈 운명에 저항할 힘은 없지만 그래도 나날의 행복을 바라며 사는 무력하고 안타까운 사람들에 대한 안타까움일지도 모른다.

　그때, 대연회장 입구에서 박수와 환성이 터져 나왔다. 사람들 사이를 지나 노부부가 입장하고 있는 것이 보인다. 주빈인 토도 시게히사 교수와 쓰타코 부인이다. 야윈 몸집의 토도 교수는 지팡이를 들고 있지만 발걸음에 흐트러짐이 없었다. 표정이 음울한 것은 대학 교수로서의 경험에 종지부를 찍는 순간이 다가와서일까.

　부부가 회장을 가로질러 창문 근처에 놓여진 메인테이블에 착석했다. 드디어 파티가 개시되었다.

　사회자인 데즈카가 스탠드 마이크 앞에 서서 인사말을 시작했다.

　"지금, 주빈이신 토도 교수님과 사모님께서 도착하셨습니다. 이제부터 데이토 대학 이학부 토도 교수님의 퇴직기념 파티를 시작하겠습니다. 저는 교수님의 지도 아래 연구를 하고 있는 데즈카라고 합니다. 많이 부족합니다만 사회 진행을 맡았습니다. 잘 부탁드립니다."

　커다란 박수소리가 울려 퍼졌다. 나이가 30 정도로 보이는 데즈카는 명단에 의하면 응용화학과 강사라고 한다. 토도 교수의 부하 정도 되는 지위일 듯하다. 수려한 흰 이마와 암녹색 안경의 대조가 지성과 성실함을 웅변하고 있는 것처럼 보인다.

미오는 일정표를 꺼내 예정된 파티 흐름을 확인했다. 이 뒤에는 인사말과 건배, 환담 시간을 거친 후 주빈에게 알리지 않은 깜짝쇼로서 데즈카가 토도 교수에게 고급 빈티지 와인을 증정한다. 이어서 내빈 3명의 인사말. 그리고 환담 시간이 끼워져 있고 마지막으로 토도 교수 자신의 인사말로 파티는 막을 내린다. 이벤트는 전부 회장 안의 메인테이블 주위에서 일어나기 때문에 출구 부근에서 일어날 화재와는 연관이 없다.

단 하나, 사소하지만 중요한 점을 깨달았다. 일정표에는 지각한 손님이 들어오기 쉽게 홀 문을 개방해 두라는 지시가 적혀 있었다. 복도에서 화재가 일어나면 불이 문에 막히지 않고 회장 안으로 번질 것이라는 케이시의 예지가 이 부분에서도 홀 안의 모습을 바로 맞히고 있다.

그런데 케이시가 기묘한 행동을 했다. 눈앞에 있는 학생으로 보이는 여자 옆에 서서 일부러 그런 것처럼 펜을 떨어뜨렸다. 주우려고 몸을 숙이며 시간을 끌어서 여학생의 손목시계를 훔쳐본다. 몸을 일으키고 바로 자신의 손목시계를 보던 케이시는 미오가 있는 쪽으로 돌아와서 목소리를 낮추고 물었다.

"밖에서 얘기할 수 있어?"

미오는 연회장의 모습을 살폈다. 다른 대학 명예교수란 사람의 인사말이 시작한 참이어서 초대 손님 전원이 진지한 얼굴로 귀를 기울이고 있다. 지금 움직이면 싫어도 눈에 띈다. 특히 출구 근처의 동료들의 시선이 신경 쓰였다.

"케이시는 아픈 척해. 속이 안 좋은 것처럼. 내가 밖으로 데려 갈게."

"응."

케이시가 자신의 가슴에 손을 대었다.

그 모습이 정말 아파 보였기 때문에 미오는 놀랐다. 자신의 죽음을 예지했을 때보다 안색이 더 파랗다. 무언가 새로운 단서라도 찾은 것일까. 부축하듯 그의 어깨에 팔을 둘러 출구로 향한다.

피로연을 지켜보는 모리모토와 눈이 마주쳤다. 서비스 책임자는 미오가 확실히 업무를 수행하고 있다고 봤는지 말 없이 끄덕였다. 미오도 목례하고 복도로 나갔다. 그대로 계단 앞의 응접실까지 케이시를 이끌어 늘어선 소파 중 하나에 앉혔다.

"뭔가 알았어?"

"예지로 또 시각을 알았어. 아까 그 여자도 3시 3분 10초에 불에 휩쓸려. 그런데."

케이시가 허공을 바라보며 한 호흡 쉬었다.

"그전에 놀란 얼굴로 무언가를 보는 장면이 3시 3분 9초까지 이어졌어."

미오는 눈썹을 모았다.

"무슨 말이야?"

"예지는 끊어지지 않았어. 연속되었어. 아무도 발화 순간을 못 봤던 것은 눈으로 보이지 않을 정도의 스피드로 불이 덮쳐오기 때문이야. 즉 3시 3분 10초에 복도에 난 불은 한순간에 회장 전체를 태워 버려."

"그런 일이……."

그렇게 말하려던 미오의 뇌리에 무서운 광경이 떠올랐다. 150명이나 되는 사람들을 닥치는 대로 쓰러뜨리며 순식간에 집어삼키는 거대한 불.

"여기서 일어나는 것은 화재가 아니야."

케이시가 말했다.

"폭발이야."

5

혼란을 이겨내고 미오가 안정을 되찾을 때까지는 잠깐 시간이 걸렸다. 평정을 되찾음과 동시에 여태 케이시에게 들은 예지의 단편이 모순 없이 현실과 부합하는 것을 느꼈다.

복도에서 폭발이 일어날 때 회장 안에 있는 미오는 사이에 벽이 있는 덕에 폭발의 충격으로부터 살아남는다. 한편, 케이시는 미오의 바로 곁에 있음에도 막아 주는 것이 없어서 불의 직격을 받아 타 죽는다.

실제로 시설의 방화 대책은 폭발까지 대비해 놓고 있지는 않다. 복도에 놓인 방화 카펫도 공중에서 작열하는 화염에는 무력할 수밖에 없다. 대연회장에는 바닥재가 목제인 데다 특히 불안한 것이 입구 옆에 설치된 바 코너였다. 그곳에 놓여 있던 대량의 알코올음료가 인화되어 타오르는 액체가 손님의 머리에 떨어져 내린다면 주위가 불의 지옥으로 변하는 것이 아닌가.

"이 건물 안에 폭발을 일으킬 만한 것이 있어?"

케이시가 물었다.

제일 먼저 떠오르는 것이 주방에 있는 프로판 가스였다. 하지만 그런 게 2층 복도에 놓여있을 것이라고는 생각하기 어렵다. 손님 눈앞에서 요리를 만드는 경우도 있지만 이 파티에서는 예정되어 있지 않다.

"없는 것 같아."

"그럼 천장에는? 가스 배관 같은 건 어떤데?"

미오는 일어서서 계단으로 1층에 내려갔다. 손님 왕래가 끊기고 한산한 안내석에 도우미 두 명이 남아 있을 뿐이다. 둘 다 미오의 후배다.

"수고."

말을 거니 평소 사이가 좋았던 고바야시 모모코가 말했다.

"2층 스탠딩 파티 말인데요. 두 분에게서 불참 연락이 있었어요. 아직 도착하지 않은 손님은 한 분뿐입니다."

미오는 끄덕이고 물었다.

"지배인이랑 연결 돼?"

"네."

모모코는 무전기를 손에 들었다.

"건축에 관심이 많은 손님 질문이야. 2층 복도 천장 위에 가스 같은 배관이 지나가는지 물으셔."

이곳 직원들은 누구나 손님에게서 이상한 질문을 받는 것에 익숙하다. 모모코는 의심스러운 기색 없이 지배인과 연락을 취했다.

"가스는 지나지 않는답니다. 있는 것은 전기 배선과 스프링클러 배관일 거라는데요."

"고마워."

폭발의 원인이 수수께끼로 남은 채, 다시 케이시의 예지를 뒷받침해 주는 불길한 추측이 더해졌다. 천장 위의 스프링클러는 폭발의 충격으로 파괴되어 버리는 것이 아닐까. 그렇게 되면 회장 안의 불은 계속 사납게 타오르게 된다.

미오는 2층 응접실에 돌아와 결과를 케이시에게 전했다. 예지 능력자는 심사숙고 후에 입을 열었다.

"대답은 한 가지밖에 없는 것 같군. 누군가 폭발물을 여기로 가져오는 거야."

"폭탄 테러? 여기 게스트하우스에서?"

말은 해놨지만 이야기를 맞춰보면 미오에게도 그런 결론밖에 떠오르지 않았다. 폭발을 일으키는 물건이 아무것도 없는 이상 사고 따위는 일어날 수 없다.

케이시는 소파에서 일어나 복도 끝까지 갔다. 대연회장 입구 근처를 바라보며 미오에게 물었다.

"저 근처에 폭탄을 설치할 수 있을 거라고 생각해?"

"무리잖아. 바닥이나 벽 안에 숨긴다면 카펫이나 벽 커버를 전부 벗겨야 될 텐데. 그런 사람은 있지도 않았어."

"그럼 역시 곧 폭발물이 들어온다는 말이군."

"정말로?"

"파티에 온 것은 이과대학 사람들이랬지. 전공 알아?"

미오는 초대 손님 명부를 보고 안 좋은 예감이 들었다.

"거의 '응용화학'으로 되어있는데."

"화학 같은 걸 전공한 과학자라면 폭약도 합성할 수 있지 않을까."

미오는 소름이 돋았다.

"폭탄을 가진 사람이 회장 안에?"

케이시가 끄덕였다.

"지금부터 3시3분 10초까지의 사이에 초대 손님 중에 누군가 저기에 폭탄을 놓을 것 같아."

손목시계를 본 미오는 생각 외로 시간이 많이 흐른 것에 놀랐다. 폭발이 일어나기까지 이제 1시간 40분 남았다.

"케이시, 시계를 보여줘."

미오는 디지털 표시를 보며 자신의 시계의 초침을 맞추었다. 두 시계가 1분 1초까지 같은 시각을 가리키기 시작했다.

"근데, 이제 어떻게 해? 3시 3분 10초까지 복도를 지켜보다가 범인이 나타나면 붙잡는다?"

"그건 위험할지도 몰라. 잡힐 것 같으면 무슨 짓을 할지 모르잖아. 범인이."

불길한 말이 미오의 입에서 나왔다.

"자폭 테러?"

케이시가 생각에 잠겼다. 가는 손가락 끝으로 앞머리를 쓸어 올리고 있다.

"폭발을 막을 방법은 두 가지야. 하나는 지금 바로 파티를 중지하는 것."

"그건 불가능해. 예언이라고 하면 누가 믿겠어."

"맞아."

예지 능력자도 동의했다.

"남은 한 가지는, 폭발이 일어나기 전에 우리들이 범인을 발견한다."

벽 하나를 사이에 두고 파티 회장 쪽에 눈을 주고서 미오는 생각했다. 용의자는 150명. 둘이서 범인을 찾는 것이 가능할까.

"범인의 목적은 뭘까?"

"짐작 할 수도 없지."

"파티 주빈인 토도 시게히사라는 사람에 대해서 뭔가 알아?"

미오는 고개를 저었다.

"아마 이쪽이 모르는 사정이 있을 거야. 그것을 알면 범인이 노리는 것도 알 수 있을지도 몰라."

"근데, 어떻게 조사해?"

"일단은 예지해 봐야지."

케이시가 말했다.

오프닝 이벤트가 끝나고 사람들은 담소를 나누는 중이다. 토도 부부는 자리에 앉은 채 이벤트 테이블을 방문하는 초대 손님들과 이야기하고 있다.

멀리 떨어진 곳에 서서 미래를 들여다보려는 건 역시 힘든지 케이시는 피로한 기색을 감추지 못한다.

미오는 상황이 안 좋다고 생각하며 주위의 손님들을 눈으로 훑었다. 이중에 폭탄을 가지고 있는 사람이 숨어 있는 것인가. 이전에 영화에서 몸에 다이너마이트를 두른 테러리스트를 보았던 게 생각났다. 그런 경우라면 폭발물이 크기 때문에 양복 상의 속에 숨기는 건 불가능하다. 그렇다면 범인은 가방이나 어떤 짐을 휴대하고 있는 인물일 것이다.

그때 이쪽을 바라보는 시선이 느껴졌다. 한쪽 구석에서 미오를 응시하고 있는 남자의 모습이 시야에 들어온다. 얼굴을 그쪽으로 돌리자 창가에 선 그 남자는 눈만 돌려 시선을 피했다.

이 장소에서 어울리지 않는, 한눈에 봐도 수상한 사람이다. 연령은 50세 정도. 짧게 깎아 다듬은 머리에 육체노동을 하는 사람의 몸. 미오가 깜짝 놀란 것은 남자의 발 아래에 백화점 로고가 들어간 큰 봉투가 놓여있기 때문이었다.

왜 이 사람은 도우미에게 짐을 맡겨놓지 않았을까. 미오는 남자의 가슴에 있는 이름표를 읽었다. '마쓰다 다이고'. 초대 손님 명부를 확인하니 이름은 있었지만 직함은 표시되어 있지 않았다.

"대략 알았어."

케이시의 목소리에 미오가 뒤돌아보았다.

"저쪽에 있는 세 명의 미래를 보았어."

세 명이라는 것은 토도 교수 부부와 그 옆에 붙어선 사회자 데즈카 씨이다.

"다른 사람들과 상당히 다른 미래야. 토도 교수의 부인과 데즈카 씨 둘은 살아남아."

미오는 이외의 생존자에 대해 듣는 것은 처음이다.

"일단 교수 부인은 파티 도중에 쓰러져. 상태가 안 좋아서 구급차로 실려 갈 거야. 폭발이 일어날 때에는 여기 없어."

연회의 도중에 응급 사고가 발생하는 것은 드문 일은 아니다. 그걸 대비해 이 게스트하우스에는 심장에 전기 충격을 주는 장치인 AED(자동제세동기)가 상비되어 있고, 담당 책임자가 소방서에 출석하여 응급 처치 등의 교육도 받고 있다. 그건 그렇지만 의외다. 나이가 있다고는 하지만 쓰타코 부인은 지금 이 순간에도 쾌활하게 다른 손님들과 이야기를 즐기고 있는데.

"다음으로 데즈카 씨 말인데, 그는 폭발이 일어날 때 바로 네 옆에 있어."

"나?"

"널 구하는 사람이 저 사람이야."

미오는 놀라서 생명의 은인이 될 대학 강사를 보았다. 미오와 대충 비슷한 나이로 상당히 학구적인 사람 같다. 성실하고 어른스럽게 보여도 어려울 때에는 도움이 될 만한 사람일지도 모른다.

"데즈카 씨만큼은 다른 기묘한 미래가 보였어. 교수 옆에서 와인 마개를 뽑고 잔에 따라. 그러고 나서 부인에게도 따르고 그 장소에서 굴러."

"구르다니, 넘어지는 거야?"

"응. 그리고 아깝게도 와인이 바닥에 다 쏟아져 버려."

막간의 코미디에 순간적으로 미오의 긴장이 누그러졌다. 목숨의 은인은 약간 얼빠진 사람 같다.

"깜짝쇼 연출이야. 교수에게는 비밀이지만, 진짜 와인 선물이 준비되어 있어. 구르는 것까진 의도하지 않았지만."

"근데 어째서 그게 비일상적인 사건이야?"

"150명 앞에서 구르는 것은 충분히 비일상적이야."

하지만 케이시는 납득이 가지 않는 듯 고개를 갸웃하고 있었다.

미오는 메인테이블에 눈을 돌려 생각했다. 지금 들은 두 가지의 사건은 예지를 검증할 수 있는 증거가 되지 않을까. 데즈카가 와인 증정 때 넘어진다거나 쓰타코 부인이 급병으로 쓰러지게 된다면 파티 회장은 케이시의 예언대로 진행되게 된다. 케이시는 주빈으로 이야기를 옮겼다.

"토도 교수한테서도 이상한 미래가 보였어. 장소는 출구 근처. 많은 사람 앞에 무언가를 설명하는 것 같아. 손에는 작은 캡슐을 들고서."

"캡슐? 혹시 폭약 아냐?"

"다른 것 같아. 알약 정도의 크기였으니까 화약이라 해도 불꽃놀이 정도밖에 안 될 거야."

교수 자신이 초대 손님 전원 앞에서 이야기한다는 건 마지막에 예정된 주빈 인사일 것이다.

"응용화학과 교수니까 인생 최후의 연구 발표일까."

케이시가 말했다.

"교수가 불에 휩쓸리는 것은 그 직후야."

토도 교수는 죽고 부인은 살게 된다. 미오는 슬픈 마음으로 죽음으로 이별할 노부부를 바라보았다.

"타이밍을 생각하면 역시 범인은 교수를 노린 것 같아. 캡슐과 관계가 있을지도."

"있지, 케이시. 한 사람 더 미래를 봐."

미오는 옆 눈으로 마쓰다 다이고라는 사람을 훔쳐보며 말했다.

"창문 곁에 있는 건장한 체구의 사람. 발밑에 큰 종이봉투가 있지?"

케이시의 눈이 마쓰다에게 향했다. 예지에 걸린 시간은 다른 누구보다 짧았다. 예지를 전하는 케이시의 목소리는 긴장되었다.

"큰일이군. 저 사람 권총을 갖고 있어."

"권총? 폭탄이 아니고?"

"응. 누군가를 향해 저 사람이 총을 쏴."

"누가 맞는진 모르겠어?"

"몰라. 다만 역시 출구 쪽을 향해서 쏜다는 것밖엔."

미오는 마쓰다의 상의 옷자락이 한쪽만 부자연스럽게 부푼 것을 알아차렸다. 휴대전화치고는 너무 크다.

이 나라에서 총을 갖고 다니는 사람이라면 경찰 아니면 야쿠자인데. 마쓰다의 인상은 어느 쪽이라고도 하기 어렵다.

"뭐 하는 사람이지?"

케이시가 말했다.

"이 회장에 경비원은 없어?"

"없어. 이렇게 되면 스스로 확인할 수밖에."

"어?"

케이시 밀이 막혔다.

미오는 케이시의 희고 가는 팔을 보며 작전을 세웠다.

"내가 말을 걸 테니까 케이시는 옆에 있어. 무슨 일이 생기면 큰소리로 다른 사람을 불러. 케이시는 싸우면 안 돼."

"알았어."

미오는 마음을 다잡고 마쓰다에게 다가갔다. 케이시를 에스코트하는 모습으로 태연한 척 나란히 선다. 얼굴은 평정을 가장하고 있어도 고동은 격하게 뛰고 있다.

"손님."

말을 걸고 보니 상대가 험악한 눈으로 노려본다. 압도되면서도 미오는 재빨리 발밑의 봉투를 들어올렸다. 내용물은 보지 않았으나 묵직한 무게가 느껴졌다.

"이 짐을 아래층에 맡기지 않으시겠어요?"

"쓸데없는 참견은 그만 두지."

마쓰다는 두꺼운 목소리로 말하고 종이봉투를 낚아챘다.

"음료수 드릴까요?"

"필요 없어. 나에게 신경 쓰지 말아 주쇼."

할 말을 잃은 미오가 다음 수를 생각할 동안, 케이시가 말했다.

"저는 야마라고 합니다."

마쓰다는 케이시를 흘끗 보기만 하고 아무 말도 하지 않았다.

"마쓰다 씨께서는 토도 교수님과 어떻게 알게 되셨습니까?"

"왜 그런 걸 묻나?"

말문이 막힌 케이시를 미오가 빈틈없이 거들었다.

"이러한 스탠딩 파티는 사교의 장이라는 의미도 있습니다. 여러분께 이름표를 드린 것도 그런 목적으로……"

미오의 말을 막고 마쓰다가 낮은 목소리로 말했다.

"당신, 여기 종업원이지?"

"네."

마쓰다는 회장에서 등을 돌려 창문을 향해 서서 살짝 경찰수첩을 보였다. 상대의 정체를 알고 미오는 휴우 하고 한숨 놓았다.

"저 녀석을 쫓아 주지 않겠는가?"

마쓰다가 케이시를 가리키고 말했다.

미오가 끄덕이니 케이시는 이해한 얼굴로 회장의 구석으로 떨어졌다.

"나는 근무 중이기 때문에 술은 권하지 말아 주게."

마쓰다 형사가 말했다.

"토도 교수님 경호다. 이런 것까지 가지고 왔어."

형사가 종이봉투를 열어 보였다. 중량감이 있는 새까만 패드 같은 것이 넣어져 있다.

"뭔지 알아?"

"방탄조끼죠."

미오의 대답에 오히려 마쓰다가 의표를 찔린 표정이다.

"이전에 본 적이 있어서요."

미오가 수습했다.

"경호라는 것은 토도 교수님을 누가 노리고 있다는 말씀이세요?"

"그런 가능성이 높네."

폭발로 직결되는 단서이다. 폭탄은 경계하지 않는지 생각하며 미오는 말했다.

"회장 안에 총을 가지고 있는 사람이 있습니까?"

"이 조끼는 방인 기능도 있어."

미오는 감탄했다. 총과 칼 양쪽을 막을 수 있다는 것은, 5년간 방탄조끼도 상당히 진보했다는 뜻이다.

"하지만 교수는 책임을 느끼고 있는 것인지. 이런 것을 입으려고 하지 않아. 이쪽 부담만 늘어날 뿐이야."

"책임이라니, 무슨 책임 말씀이세요?"

마쓰다는 연단 수 미터 앞에 있는 토도 교수에게 눈을 향하고 둘러싼 사람들에게 주의 깊게 시선을 훑으며 말했다.

"3년 전, 토도 교수의 연구실에서 일어난 사고다. 실험 중에 유독 가스가 발생해서 학생 세 명이 죽었다. 징계를 받은 것은 실험 지도를 맡던 조교수뿐이었고, 토도 교수는 책임을 지지 않았어."

"그럼, 누군가 교수를 노리고 있다면 복수겠네요?"

"그렇다고 단언할 수는 없지. 현장인 실험실은 안전성에 문제가 있었어. 환기 설비가 불충분했던 거야. 그런데 당시엔 국립대학과 사립대학 간에 적용되는 법률이 달라서, 실험 설비가 불안정해도 국립대학은 개선 의무가 없었어."

마쓰다는 그 부분에서 꺼리듯 목소리를 떨어뜨렸다.

"최근이 되어서 겨우 재판 결과가 나왔는데 역시 토도 교수는 무죄. 그런데 그 다음 날 교수의 자택에 불이 났지."

미오의 눈이 동그래졌다.

"방화?"

"당신에게 이런 것을 이야기하는 것도 다 사정이 있어서야. 이 퇴직 기념 파티에도 사실 협박장이 날아 왔어. 파티 중지를 요구하는 익명의 편지가 사회자 앞으로 배달됐지."

"사회자라면 데즈카 씨에게 말이죠?"

"그래. 하지만 교수가 파티를 연다고 버텨서 경호를 위해 내가 온 거지. 그런 이유야."

마쓰다가 미오에게 시선을 돌리고 말을 이었다.

"그러니 연회장 안에 수상한 녀석이 있다면 알려 주게."

"물론입니다."

미오는 어조를 강하게 말했다.

"방화 말씀인데, 범인은 짐작 가십니까?"

"사망한 학생의 관계자를 조사했는데, 전원 알리바이가 있었어. 그런데 누군가 사주했을 가능성까지 없다고는 하기 힘들지."

"혹시 그 관계자가 여기 와 있는 건……."

"없었어. 아까 장내를 확인했지."

경찰의 감시가 미치지 않는 사람이 폭탄테러범이라는 게 말이 될까? 꼬치꼬치 묻는 것을 수상히 여겨지지 않도록 조심하며 말했다.

"방화의 수법 말인데요, 어떤 식으로 불이 붙었습니까? 화약 같은 것이 사용되었나요?"

"등유야. 밤 이른 시각에 교수가 자택에 혼자 있는 상황을 노렸어. 지나가던 사람이 연기를 발견하지 않았다면 교수는 저 세상 행이었지."

방화로 목적을 달성하지 못한 누군가가 범행의 스케일을 넓힌 것일까. 정체를 알 수 없는 폭탄테러범을 찾아 대연회장을 둘러보았다. 아스라한 한기를 느끼며 시선이 마지막에 도달한 것은 바로 옆의 마쓰다였다.

다시 케이시의 예지가 어둠에 싸인 미래에 한 줄기 빛을 비추었다. 마쓰다가 총을 향한 것은 폭탄 범인이 아닐까. 아마도 마쓰다는 3시 3분에 폭탄 테러범을 발견할 것이다. 그리고 폭발을 저지하려고 총을 뽑았으나 범인이 폭탄 스위치에 손을 올리고…….

미오는 손목시계를 보았다. 그때까지 이제 1시간 20분 남았다.

6

케이시는 벽 옆에 놓인 의자에 앉아 기다렸다.

미오가 마쓰다 형사의 이야기를 전해 주니 그는 깊은 숨을 쉬며 말했다.

"운명이 짜여 있는 상황이 상당히 정교하군. 마쓰다 씨가 아슬아슬하게 범인을 발견하지만 제때 대처하지는 못하는 것인가."

같은 상황을 미오도 생각했다. 넓은 파티 회장 전체가 시시각각 정해진 결말을 향해 달려가고 있는 것 같다.

"그런데, 그건 좋은 소식일지도 몰라."

케이시가 말했다.

낙관적인 이야기를 듣고 싶었던 미오가 무의식중에 귀를 기울였다.

"어떻게?"

"정밀하다는 것은 그만큼 밸런스를 무너뜨리기 쉽다는 거야. 나비효과라고 알아?"

미오가 고개를 저었다.

"여러 원인으로 맺어진 복잡한 사건은 세부가 약간이라도 바뀌면 결과가 크게 변하는 거야. 즉, 지금 우리들이 미묘하게 각본을 바꾼다면 3시 3분에 전혀 다른 결과가 나올지도 몰라."

그것을 듣고 미오의 머리에 좋은 생각이 번뜩였다.

"그렇다면 파티가 제 시간에 맞춰서 끝나도록 데즈카 씨와 토도 교수에게 부탁해보는 건? 3시 정각에 파티가 끝나면 폭탄 범인은 3분 지각이잖아."

그런데 케이시는 미오를 멈춰 세우고 깊이 생각한다.

"잠깐 기다려."

"한 가지 마음에 걸리는 건데 우리들의 행동도 운명에 지배되고 있다는 거야. 혹시 지금 단계에서 파티는 더 늦어지게 되는 건지도 몰라. 데즈카 씨와 교수에게 말을 하면 그것이 작용해서 3시 3분에 종료를 하게 될 지도."

"우리들이 무엇을 할지 운명 속에 이미 다 정해진 거라는 뜻이야?"

"응."

다시 5년 전의 일이 생각났다. 케이시가 미오의 죽음을 예지한 것도, 방인 조끼를 입고 살아난 것도 모두 정해진 운명이었다는 것도.

미오는 그렇게 생각할 수 없었다. 운명이라는 것이 정해져 있다면 인간의 의사는 무엇을 위해 있는 것인가. 누구라도 노력하기만 하면 자신의 미래를 바꿀 수 있는 것이 아닌가.

나쁜 운명을 이겨내는 방법은 단 한 가지라고 생각했다. 여태 백발백중이었던 케이시의 예지를 뒤엎는 수밖에 없다.

"가능한 일이 있다면 해 두는 편이 좋지 않아? 아무것도 안 하고 후회하는 것보다 훨씬 낫잖아."

"알았어."

케이시는 반성하는 것 같았다.

"정시에 파티가 끝나도록 하자."

둘이서 메인테이블로 향하는 도중에 미오는 아까 본 어린 남매가 생각났다. 초등학생과 유치원생인가. 디저트가 잔뜩 늘어선 테이블을 발돋움하며 바라보고 있다.

"저 둘의 미래는?"

미오의 질문에 케이시는 고통스런 표정을 지었다.

"이대로 가면 살 수 없어. 저 아이들도 출구 바로 근처에서 폭발에 휩쓸려."

"자세한 장소는?"

"여기 건너편 오른쪽. 회장에 들어와서 바로 근처."

"안전한 쪽은 어느 쪽이야?"

"또 다른 출구 근처."

복도에 인접한 두 출구 중에 안쪽에 있는 출구가 비상구에 가깝다. 폭발의 영향도 화염도 긴 벽에 막혀지는 위치다. 케이시의 말이 틀림없을 것이다.

"미래를 바꾸자."

미오는 말하고 남매에게 가까이 갔다. 이름표를 보니 오빠는 가와이 다쿠야라는 이름이고, 여동생이 마이라고 한다.

"어떤 게 좋아?"

물으니 다쿠야가 초콜릿 케이크를, 마이가 푸딩을 가리켰다. 그것들을 디저트 접시에 꺼내 주면서 미오가 말했다.

"언니가 좋은 것을 가르쳐 줄게. 파티가 끝날 것 같으면 아버지와 어머니를 데리고 저쪽 출구로 가. 저쪽에 있으면 좋은 선물을 주거든."

멍하니 있는 오빠를 못마땅한 눈으로 보고 여동생이 물었다.

"무슨 선물?"

생명이라는 선물이라고 미오는 생각했다.

"그건 비밀. 아무튼 3시가 되기 전에 다 같이 저기 가서 기다려."

"응!"

남매가 끄덕였다.

미오는 두 아이의 머리를 쓰다듬고 젤리도 주었다.

다시 걸어가니 마쓰다 형사와 스쳐 지나갔다. 방탄조끼가 들은 무거운 종이봉투를 들고 수상한 사람을 찾으며 장내를 서성이고 있다. 사정을 모르는 사람이 보면 마쓰다가 제일 수상하다. 눈이 마주쳐서 '이상 없음'의 사인을 보내 두었다.

주빈 테이블에는 아직 사람들이 남아 있다. 미오는 옆에서 대기하고 있는 데즈카에게 말을 걸었다.

"사회자이신 데즈카 씨이시죠? 진행 상황은 어떠세요?"

"모두 순조롭습니다."

데즈카는 손목시계를 보고 말했다. 과학자다운 시원시원한 어조였으나 목소리는 케이시와 비슷하게 부드럽다. 호감이 간다.

"이제 5분 뒤에 다음 이벤트로 들어갑니다."

다음 이벤트는 와인 증정 깜짝쇼다. 미오는 여기서도 미래를 바꾸려고 생각했다.

"긴장하지 않도록 조심하세요. 발밑에는 특히 주의하시고."

"발밑이요?"

데즈카가 진지하게 물었다.

문득 나쁜 예감이 들었다. 자신의 한마디가 거꾸로 데즈카를 긴장시킬 지도 모른다. 발밑을 과도하게 의식하고 넘어져 버리는 일이 생길 수도 있다.

"그냥 조심하시라고요."

미오가 본래 화제로 들어갔다.

"형사이신 마쓰다 씨에게서 말씀을 들었는데……. 그 협박장 말씀입니다."

"예……."

데즈카가 곤란한 얼굴로 끄덕였다.

"제가 받았습니다. 교수님의 퇴직 기념 파티를 좋게 보지 않는 사람이 있는 것 같아요."

"지금 회장 안은 괜찮습니다만, 파티 종료 시간을 노리고 수상한 사람이 난입할 위험도 있습니다."

안경 너머로 데즈카의 눈이 크게 뜨였다.

"정말입니까?"

"그렇게 마쓰다 씨가 말씀하셨는데요."

미오는 대충 얼버무렸다.

"진행이 늦어지지 않도록 마지막에 예정된 주빈 인사를 5분 정도 앞당겨 주실 수 있으시면 안심이 될 것 같습니다."

"5분이라고요……."

데즈카가 주머니에서 진행표를 꺼내 보았다.

그곳에 등 뒤에서 썩은 나무를 연상시키는 마른 목소리가 울렸다.

"무슨 이야기지?"

미오가 돌아보니 지팡이를 손에 든 토도 교수가 서 있다. 정년 퇴직이니 60세 정도의 연령대일 텐데 가까이에서 보는 교수는 더 늙어 보였다. 어둡고 생기 없는 두 눈 때문일지도 모른다.

"식의 진행을 확인하고 있었습니다."

데즈카가 설명했다.

"모두 예정대로입니다."

"다행이군."

짧은 대화로 미오는 교수와 강사의 관계를 깨달았다. 파티 예정 변경조차 알릴 수 없을 정도로 교수의 권력은 절대적이다.

"토도 교수님."

미오가 경의를 담아 말을 걸었다.

"말씀드리고 싶은 게 있습니다."

토도는 직원 제복을 입은 미오를 노려보았다.

"자네가?"

"파티를 무사히 진행하기 위해 교수님의 인사를 5분 정도 빠르게 진행하여 주시면 안 될까요?"

"형사도 와 있는 것 같던데."

토도는 언짢게 말했다.

"뭔가 안 좋은 일이라도 일어나고 있는 건가?"

"아니요. 그런 일은 아닙니다만."

"무슨 일이 일어난다고 해도, 그게 운명이다."

"운명?"

되물었을 때 미오의 뺨에 소름이 돋았다. 어째서 교수까지 이런 말을 입에 담을까.

"그래. 운명이다. 포기할 수밖에 없어."

미오는 온화하게 대꾸했다.

"그래도 바꿀 수 있는 운명도 있지 않을까요."

"운명이 바뀔 수 있다니, 그런 잔혹한 말은 하지 말게."

"잔혹……이라고요?"

당황하는 미오 옆에서 데즈카가 어색하게 고개를 숙였다. 무언가 해선 안 될 말을 해버린 것 같아 미오도 동요했다.

"인간은 무력한 존재다."

토도 교수가 중얼거렸다. 위엄이 감돌던 풍모 안에 체념이라고도, 패배감이라고도 할 법한 이질적인 분위기가 가라앉아 있었다.

"어떻게 대처할 수조차 없는 재난이 찾아오는 경우도 있다."

교수가 말하는 내용은 세 학생의 사망 사고라는 것을 깨달았다.

토도 교수는 드문드문 말을 이어나갔다.

"인명을 잃어버릴 정도의 되돌릴 수 없는 사태에 직면했을 때, 남겨진 사람이 뭘 할 수 있겠나? 그것이 운명이었다고 생각하고 포기할 수밖에 없지. 혹시라도 운명이 바뀔 수 있었다면 그들은 죽음을 면할 수 있었을까? 필연적으로 죽어야 하는 우리들에 대해서는 어떻게 설명할 텐가?"

미오는 대답할 수 없었다. 다른 사람의 마음을 이해하려 하는 것이 얼마나 어려운 일인지 체험하고 있었다. 가혹한 체험을 겪은 교수의 말엔 반박할 수 없는 압도적인 무게가 실려 있었다.

"난 운명을 믿네. 아니, 믿지 않으면 안 되게 되었지."

늙은 몸을 구부리고 선 교수의 모습은 운명과의 싸움 후 상처 입고 피폐해진 채 끝내 전선에서 이탈해 버린 것 같은 패잔병처럼 보였다. 미오는 어떤 위로의 말도 실례가 될 것 같은 두려움에 침묵한 채 서 있었다.

"교수님."

가라앉은 분위기를 회복시키려는 듯 데즈카가 입을 열었다.

"이제 테이블로 가시죠."

토도 교수는 한 번 끄덕이고 말 없이 메인테이블로 돌아갔다. 남편의 얼굴을 본 쓰타코 부인이 살짝 표정을 흐렸다.

"노년의 울분이로군."

대화를 지켜보던 케이시가 말했다.

"병원이라도 다녀야 할 것 같은데."

모처럼의 기념 파티에 찬물을 끼얹은 건 아닌지 미오는 스스로를 책망했다.

"말씀들 즐거우셨습니까?"

마이크 앞으로 돌아온 데즈카가 사회를 시작했다.

"이제 다음 순서로 넘어가겠습니다."

소란이 진정되는 것을 기다려 데즈카가 깜짝쇼를 진행하려 했다.

"토도 교수님과 친하신 여러분은 아실지도 모르지만, 토도 교수님은 둘째가라면 서러울 와인 애호가이십니다. 그래서 교수님께는 비밀로 작은 선물을 준비했습니다."

연회장 구석에서 대기하고 있던 웨이터가 정중한 몸짓으로 가죽 와인 케이스를 운반하여 왔다. 받아들인 데즈카가 케이스를 열어 호박색 라벨이 붙은 와인 병을 들어 보였다.

"프랑스, 보르도 와인 샤토 마고 62년산입니다."

토도 교수에게 놀란 표정이 떠오르고 따뜻한 박수가 일제히 울렸다. 데즈카가 웨이터에게서 건네받은 소믈리에 나이프로 와인 병을 개봉하기 시작했다. 그 모습을 바라보던 케이시가 작은 소리로 말했다.

"예지 그대로야."

미오는 긴장하여 지켜보았다. 지금, 케이시가 예지한 사건은 네 가지가 있다. 데즈카가 넘어지는 것과 쓰타코 부인의 급병, 그리고 권총을 뽑는 마쓰다 형사와 파티 종료 직전의 폭발. 앞의 세 개 중에 하나라도 빗나가게 되길 빌지 않을 수 없었다. 그렇게 되면 폭발도 피할 수 있지 않을까 하는 희망을 가질 수 있다.

데즈카가 메인테이블 옆에 서서 토도 교수의 잔에 와인을 따랐다. 교수는 마치 시험관을 다루는 듯한 손놀림으로 잔을 들고 색을 가만히 바라보았다. 데즈카는 쓰타코 부인의 잔에도 따르기 위해 걸어갔다.

바로 연회장에서 앗! 하는 소리가 새나왔다. 이미 알고 있었지만 미오도 몸을 움찔했다. 데즈카가 앞으로 구른 것이다. 병이 손에서 떨어져 굴러, 쏟아진 와인이 마룻바닥을 적시고 붉게 퍼져 나갔다.

"죄송합니다!"

일어선 데즈카가 실수를 사과하려 하니 연회장은 큰 웃음으로 떠들썩해졌다.

"제가 이런 고가 와인에는 알레르기가 있어서요."

웃음이 일었다. 토도 교수가,

"그럼 이건 아내에게."

하고 글라스를 옆으로 옮기니 장내에 박수가 울렸다.

상황이 수습이 되긴 했지만 미오만은 전율을 느끼고 서 있었다. 예지는 분명히 적중했다. 그것뿐이 아니다. '우리들의 행동도 이미 운명에 지배되고 있어.'라는 케이시의 말이 머릿속에 울렸다. 혹시라도 미오가 발밑을 주의하라고 말하지 않았다면 데즈카는 넘어지지 않았을까.

"운명은 전혀 변하지 않았어."

케이시가 미오의 팔을 잡고 연회장 끝으로 데려갔다.

"다른 수를 쓰지 않으면 안 돼."

단단히 몸이 묶인 느낌이었다. 무엇을 하든지 이 대연회장에서 일어나는 모든 일이 3시 3분 10초에 일어날 폭발로 이어지는 것이 아닌가 하는 생각이 든다. 손목시계를 보고 더욱 쫓기는 기분이 들었다. 남은 1시간도 이미 지나가고 있다. 폭발까지 이제 58분. 그때가 오면 케이시도 타 죽게 된다.

"이렇게 되면 직접 범인을 찾을 수밖에 없어."

케이시가 한 말에 미오는 정신이 들었다.

"직접? 어떻게?"

"예지로 찾아낼 수 있을 거 같아. 폭탄을 폭발시키는 것은 범인으로서도 비일상적인 일 아닐까?"

분명 그렇다. 미오도 깨달았다.

"지금까지 몇 명 정도의 미래를 봤어?"

"대연회장 전체의 70퍼센트 정도랄까. 분명 범인은 남은 30퍼센트 중에 있겠지."

케이시가 연회장 안으로 눈을 향하고 물었다.

"지금 움직이면 눈에 띄려나?"

파티는 다음 이벤트, 내빈 세 명의 인사로 옮겨갔다. 연회장을 가득 채운 인파가 움직임을 멈추고 귀를 기울이고 있다. 케이시가 예지를 하려 해도 인파에 가려진 너머까지는 볼 수 없다. 이곳저곳 돌아다니면 아무래도 눈에 띌 텐데.

"이쪽으로 와."

미오는 케이시의 손을 끌고 살짝 복도로 나갔다. 대연회장과 응접실 사이에 있는 벽에 손님들은 모르는 숨겨진 문이 있었다. 큰 벽면 안에는 작은 공간이 있어서 사다리를 사용해 위쪽 공간으로 올라갈 수 있게 되어 있다. 중간 2층 정도의 높이에 위치한 이 발코니는 조명 연출이 필요한 피로연일 경우에 스포트라이트를 조작하기 위해 쓰이고 있다. 그곳에서는 회장 전체를 한눈에 볼 수 있다.

숨겨진 문을 열려고 할 때 케이시가 물었다.

"이런 설비가 복도에도 있어?"

"여기에만 있어."

"안에 폭탄이 숨겨질 수는 없나?"

"설마. 여긴 직원들밖에 몰라."

말하고 벽으로 손을 뻗은 순간, 파직 하는 소리가 나고 불꽃이 튀었다. 깜짝 놀라 손을 끌어당기고 나서 정전기라는 것을 깨달았다.

침착하자고 자신을 달래며 미오가 문을 열었다. 만약을 대비해 안을 확인했으나 수상한 물건은 보이지 않았다.

"위로 올라가면 연회장 전체가 보일 거야."

케이시가 사다리를 올라가자 미오가 말했다.

"나중에 데리러 올게."

"넌 어떻게 할 거야?"

"연회장으로 돌아가서 큰 물건을 가지고 있는 사람을 찾으려고."

케이시는 끄덕이고 발코니에 올라갔다.

미오는 일단 복도로 나와 사무실에 있는 무전기를 허리에 찼다. 연결된 이어폰을 귀에 꽂고 마이크를 입술 부근에 대고 안내석으로 향한다.

안내석 카운터 건너편에 모모코가 의자에 앉아 대기하고 있다.

"위는 어때요?"

모모코가 물어서 대답했다.

"순조롭지. 한 가지 부탁할 게 있는데. 스태프 외에 누가 현관으로 들어오면 무전으로 알려 줄래?"

"그럴게요."

"그리고 위에 있는 손님들이 물건을 되찾으러 오면 그것도 가르쳐 줘."

모모코가 이상한 듯 물었다.

"무슨 일 있어요?"

"나중에 알려 줄게. 나쁜 얘기 아니니까 걱정하지 마."

"알겠습니다."

모모코가 웃는 얼굴로 대답했다. 말 잘 듣는 후배를 둔 게 행운이다.

"채널 8번으로 맞춰."

통신용 주파수를 지시하고 2층으로 올라갔다.

대연회장에서는 그 다음 내빈의 인사말이 시작되려는 참이다.

미오는 눈에 띄지 않게 벽 선반을 열어 사각을 유지하며 손님들의 짐을 체크했다. 혹시라도 수상한 물건을 발견하면 케이시의 예지와 조합해 보고 마쓰다 형사에게 신고할 계획이다.

5분 정도 걸려서 연회장 짐의 절반을 확인했다. 보이는 물건은 여성들의 핸드백 정도밖에 없었다. 다들 작은 사이즈여서 폭탄이 들어 있을 걱정은 안 해도 될 듯하다. 단지 하나 예외인 것은 마쓰다 형사가 들고 다니는 종이가방이었다. 가방 속 맨 위에 방탄조끼가 있는 것은 보았지만 봉투 바닥까지는 확인하지 않았다. 하지만 경찰관이 폭탄을 설치한다는 것은 불가능한 일일 것이다.

세 번째 손님이 마이크 앞에 섰다. 사각형 대연회장을 가로질러 반 정도 가니 눈에 보이는 손님들의 수가 줄었다. 뷔페 라인이 설치되어 있는 반대 측에 사람들이 쏠려있는 것이다. 그곳은 폭발이 일어나는 출구와 가깝다. 희생자가 많이 발생하는 원인 중 하나라고 생각된다.

연회장을 감싼 세 축을 천천히 이동하여 미오는 드디어 마지막 사람들에게 눈을 향했다. 열 명 정도 되는 중년 남성이 몰려있다. 이 중에 범인이? 하는 생각이 들었으나 아무도 큰 짐 같은 것은 가지고 있지 않았다.

의심이 미오의 머릿속을 헤집었다. 3시 3분에 폭발이 일어나는데, 왜 폭발물이 발견되지 않는 걸까.

다시 한 번 연회장 안을 둘러보려던 미오에게 갑자기 한 장소가 떠올랐다. 전혀 맹점이었던 장소다. 스탠딩 파티라고 하지만 연회장 이곳저곳에는 접시나 글라스를 놓아두는 작은 테이블이 마련되어 있다. 그리고 테이블마다 다리를 감추기 위해 바닥까지 내려오는 긴 테이블보가 덮여 있는 것이다. 그 안쪽에 무언가 놓여 있다면 파티가 끝날 때까지 사람 눈에 띄는 일이 없을 것이다.

"그럼 이것을 끝으로 교수님께 인사 말씀 올리겠습니다."

초대 손님의 인사가 거의 끝나려 한다.

"토도 교수님, 그 동안 연구를 계속하시느라 정말 고생 많으셨습니다."

연이은 세 사람의 스피치에 손님들이 적당히 질려가던 참이었다. 건성으로 손뼉을 치고 다시 환담에 들어갔다.

미오는 움직이기 시작한 손님들 사이를 지나다니며 소형 탁자들의 테이블보를 들춰보고 있었다. 12개의 원탁을 돌고 있는 동안 손님들의 이야기가 귀에 들어왔다.

논문을 막 완성했다는 화학자가 있었다. 대학원 진학이 정해져서 새로운 생활을 기대하고 있는 학생도 있었다. 신규 사업을 시작하려 하는 기업 경영자나 아이의 생일을 기다리고 있는 주부도 있었다. 그들 아무도 모르고 있다. 자신들의 인생이 이제 한 시간 안에 끝나 버린 다는 것을.

그때까지 모두의 운명을 바꾸지 않으면 안 돼. 미오는 초조한 가운데 폭발물을 찾기 위해 모든 소형 탁자를 체크했다. 이어 뷔페 라인이나 바 코너의 테이블도 확인해 봤지만 숨겨진 수상한 물건은 찾을 수 없었다. 이 연회장 안에 폭발물은 존재하지 않는 것이다.

순간 미오는 여우에게 홀린 것 같은 기분이 됐지만, 바로 마음을 고쳐먹었다. 남겨진 가능성은 하나밖에 없다. 폭탄은 맡겨진 짐들 속에 숨겨져 있지 않을까?

"뭘 하고 있지?"

모리모토가 물었다.

"야마하 씨가 볼펜을 떨어뜨렸다고 하셔서요."

오늘 거짓말이 이걸로 몇 번째인지 마음이 무겁다.

모리모토가 무전 마이크로 말했다.

"떨어진 볼펜 수색."

이제 웨이터 전원이 발밑을 주의하면서 다니겠지.

미오는 연회장을 나와 응접실로 돌아왔다. 이미 케이시가 벽문을 원래대로 해 놓고 소파에 앉아 있다.

"큰 짐을 되찾아 간 사람은 없었어. 폭탄이 있다면 아마 아직 짐 보관하는 곳에 있을 거야. 근데 그쪽은 어떻게 되었어? 뭔가 알아냈어?"

"예지를 확인하니 전원이 피해자야. 아무도 폭탄 같은 걸 꺼내 들지 않아."

"아무도? 결국 용의자가 없다는 말이네?"

"응."

고개를 숙이던 케이시가 물었다.

"복도 반대쪽에 있는 빈 방은? 그쪽에 누군가 숨어 있다면?"

"전부 열쇠로 잠겨 있어. 오늘 문이 열린 건 케이시가 들어간 데밖에 없어."

"그럼 화장실이다."

둘은 계단 옆에 있는 남, 여 화장실을 분담해서 살펴보았다. 하지면 이곳도 깨끗했다.

서로를 쳐다보다가 미오는 내키지 않는 질문을 했다.

"직원들의 미래는 봤어? 혹시라도 웨이터 중에 누군가가……."
"전부 봤어. 수상한 사람은 없었어."

그렇다면 대체 어떻게 폭발이 일어나는 것일까? 폭발물은 짐 보관소에 있을까? 누가 그것을 찾아가지 않으면 참사는 일어나지 않을 텐데.

둘은 서로 얼굴을 바라본 채 납득할 만한 대답을 찾으려 했다. 미오의 머릿속에 한 가닥 희망이 지나가는 게 있었다. 아까 깜짝 연출에서 데즈카가 넘어진 일은 케이시의 예지를 뒷받침했다. 하지만 그 시점에서부터 현재 사이에 운명의 톱니가 미묘하게 어긋나서 폭발이라는 결말을 피할 수 있게 된 것은 아닐까.

하지만 어떻게 생각해도 확증은 없다. 미래를 단정할 수 있는 단서 따윈 누구에게도 없다. 그럴 때 사람은 난폭하게 굴러가는 운명 앞에서 두려움에 떨고, 희망을 잃고, 미래를 바꾸려는 노력을 포기해 버리는 것일까.

이리저리 머리를 굴리느라 미오는 청각에 느껴진 변화를 눈치채지 못했다. 그녀는 정신을 차리고 얼굴을 들었다. 소란으로 떠들썩해야 할 대연회장이 어느새 고요로 되돌아왔다. 백오십 명이나 되는 사람들이 순식간에 사라져 버린 것 같은 부자연스러운 정적이다. 케이시도 무슨 일인가 하고 홀 방향으로 눈을 향했다.

이윽고 목을 졸리는 듯한 신음 소리가 응접실에 있는 두 사람의 귀에 들려왔다. 미오는 어안이 벙벙해서 허리 뒤 무전기 스위치를 담당자 채널로 바꾸었다.

"사람이 쓰러졌습니다."

모리모토가 지배인에게 보내는 보고가 이어폰으로부터 들려왔다.

"토도 부인이 쓰러졌습니다. 빈 룸으로 옮기겠습니다."

무선 연락을 듣지 않고서도 케이시는 알아차린 것 같다. 그는 표정을 흐리며 말했다.

"토도 교수 부인이군."

미오는 암담함 속에서 끄덕일 수밖에 없었다.

이번에도 예지가 적중했다. 운명은 바뀌지 않았다.

백오십 명의 초대 손님이 수용된 대연회장은 여전히 정해진 결말을 향해 치닫고 있다.

7

토도 부인이 옮겨진 빈 방에 지배인이 달려 들어왔다. 상태를 확인하고 나서 즉시 구급차를 부를 것이다.

"생명이 위험할 증상 같진 않아. 괜찮을 거야."

케이시가 말했다.

"그것보다 이쪽이 문제일 것 같군."

미오는 응접실 소파로 돌아왔다. 뭔가 놓친 것이 없는지 앉아서 점검해 보려 했지만 놀란 마음이 사라지지 않는다. 남은 시간은 이제 40분밖에 없다.

"다른 층도 생각해 볼까? 1층은 어때? 수상한 사람이 들어오진 않았어?"

"거긴 직원밖에 없어. 영업용 레스토랑이 있긴 한데. 그쪽 손님은 게스트 하우스에는 들어올 수 없게 되어 있어. 게다가."

미오는 허리의 무전기를 보여주었다.

"짐 보관소에서 물건을 되찾거나 누군가 이 건물에 들어오면 연락해 달라고 했거든."

"2층은 지금까지 우리가 봤던 대로고."

"3층은?"

미오는 얼굴을 들었다. 위층 피로연을 까맣게 잊고 있었다.

"케이시가 초대받은 피로연 말이야. 모이는 사람은 어떤 사람들이야?"

"여행사 사람들이랑 온천업계 사람들. 폭탄테러범이 될 만한 사람은 없지."

"일단 다 체크하는 게 어때?"

이렇게 된 이상 모든 가능성을 고려하지 않으면 안 된다. 케이시와 나란히 3층으로 향한 계단을 오르며 미오가 물었다.

"케이시는 그 사람들이랑 무슨 관계인데?"

"매년 내가 가는 온천장이 있는데. 거기 딸이 결혼하는 거야."

조금 의외다.

"온천 좋아해?"

"응. 어렸을 때 큰 병을 앓았었어. 그 이후 요양 차 자주 다니곤 했지."

케이시가 개인적인 이야기를 하다니 신기했다.

"병 덕분에 온천을 좋아하게 되었고. 그리고 예지 능력도 생겼어."

"아프고 나서 예지력이 생긴 거야?"

"지금도 잘 모르겠지만. 원인 불명의 고열로 죽을 뻔한 적이 있어. 어떻게 낫고 나니까 어찌 된 일인지 다른 사람의 미래가 훤히 보이게 되었지."

그리운 듯 말하던 케이시가 문득 진지한 얼굴이 되었다.

"어릴 때에는 아무거나 다 보였어. 비일상적인 사건만 보인 것이 아니었지. 그게 어느새 보이는 범위가 좁아졌어. 내 힘은 언젠가 사라질 거라고 생각해."

미오는 케이시에게 있어서는 그 편이 행복하지 않을까 하고 생각했다.

"오늘 하루를 무사히 넘긴다면 말이지만."

그 한마디에 미오는 현재 직면한 현실로 끌려나왔다. 지금 운명을 바꾸지 않으면 케이시는 물론, 손님 모두는 죽어 버린다. 무섭지만 해 볼 수밖에 없다. 혹시라도 노력이 열매를 맺어 150명의 생명을 구할 수 있다면 천국에서 제일 좋은 자리를 예약할 수 있을 것이다.

그런데 3층의 소연회장에 도착하고 보니 미오의 비장한 결심을 단번에 날려버릴 예상 밖의 광경이 기다리고 있었다. 프랑스 귀족 저택을 본 딴 호화로운 풍경 속에 후리소데(여성 기모노 정장—옮긴이) 차림의 젊은 여자가 둘이 나란히 서서 난킨타마스다레(연기자가 길이 20~30cm 정도 길이의 작은 대나무 발을 들고 흥겨운 노래에 맞춰 춤을 추는 일본 전통 예능—옮긴이)를 하고 있었던 것이다. 피로연의 여흥이었다. 자리에 있는 사람 전원이 정신 나간 졸부들처럼 술에 취해 불콰한 얼굴로 웃고 떠들며 열렬히 손장단을 맞추고 있다. 어딘가 초현실적이기까지 한 연회 모습을 보며 케이시가 물었다.

"이중에 폭탄테러범이 있을 거라고 생각해?"

미오가 고개를 흔들었다. 그런데 그냥, 무언가가 마음에 걸렸다. 뭐지? 촬영용 플래시의 섬광이 눈에 비쳤다. 관련 회사에서 파견된 카메라맨이 고전 예능이 진행되는 모습을 시종일관 카메라에 담고 있는 모습이 보였다.

"외부 스태프."

미오는 그렇게 중얼거리며 일정표를 꺼냈다. 토도 교수의 파티에 다른 회사도 외주로 참여하던가? 하지만 대답은 '노'였다. 주류 서비스, 내빈 안내 서비스 등 모든 게 '라 퐁테느 당쥬'의 자사 인력에 의해 이루어진다. 그래도 뭔가 마음에 걸렸다. 열심히 머리를 굴려 마음 한구석에 거슬리던 단서를 잡아챘다. 겨우 생각이 미친 게 파티 전에 참가한 아침 브리핑이다.

해답을 찾아낸 순간, 해냈다는 기분보다 화가 먼저 났다. 여태 왜 눈치 채지 못했을까. 손목시계를 보니 폭발까지 31분 남아 있는 상황이다. 아직은 괜찮아.

"이리 와."

케이시를 데리고 3층 복도를 빠르게 걷기 시작했다.

"브리핑에서 들었는데도 완전히 잊고 있었지 뭐야. 지금 건물 안엔 공사 때문에 관련자 네 명이 들어와 있어."

"어디에 있는데?"

"바깥 비상계단하고 옥상에."

보수공사 인원 넷은 손님 동선에서 벗어나 있기 때문에 지금까지 완전히 사각에 있었던 것이다.

"이제 다른 용의자가 없잖아."

미오는 복도 끝에 있는 비상구를 열기 전 말했다.

"이제부터 만날 네 명 중에 범인이 있을 것 같아."

케이시도 납득한 얼굴로 끄덕였다.

"내가 말을 걸을 테니까 케이시는 미래를 봐. 범행 순간을 예지하는 거야."

"알았어."

"그렇지만, 뭘 봐도 놀라진 마. 내색하지 않고 나와서 뒷일은 마쓰다 형사에게 맡기자."

"오케이."

철문을 밀어 연 순간, 시계 가득히 녹지가 펼쳐졌다. 나무들이 잎을 잔뜩 떨군 3월 초순이라 그런지 주위는 초록이라기보다 세피아색에 가깝게 물들어 있었다. 바싹 마른 공기 속에 서늘함이 섞여 몸이 깨끗해지는 기분이 들었다. 바깥에 있는 계단 아래에서 철책이 떨리는 낮은 진동음이 들려왔다.

소리를 따라 계단 아래로 내려가니 2층 문 앞에 외벽 도장 작업을 하고 있는 두 사람과 맞닥뜨렸다.

미오가 말을 거는 것보다 먼저 젊은 인부가 손을 들어 제지하며 말했다.

"아래로 가십니까? 아직 페인트가 안 말랐어요."

"아녜요. 작업 상황을 보러 온 겁니다."

미오가 대답하고 두 사람의 모습을 관찰했다. 양쪽 다 20대로 보인다. 광기에 미쳐 폭주하는 테러범으로는 보이지 않는다.

"언제쯤 끝날까요?"

"좀 빠듯하긴 한데, 괜찮습니다."

빠듯하다는 말로 보아 작업이 늦어지는 것 같다. 주위도 살펴보았지만 솔이나 페인트 통 같은 것만 있어서 폭탄 비슷한 물건은 그림자도 보이지 않았다.

"시간 안에 끝낼 수 있습니다. 저희도 다음에 예정된 작업이 있으니까요."

"알겠습니다."

옆에 선 케이시를 흘긋 바라보니 차가운 얼굴로 서 있다. 예지는 끝난 것 같다.

"다른 작업 팀은 어디 계세요?"

인부가 손가락으로 위를 가리켰다.

"옥상이요."

"그럼, 잘 부탁해요."

그렇게 말하고 내려온 계단을 다시 올라가기 시작했다.

"지금 둘은 범인이 아냐."

케이시가 바로 말했다.

"폭발이 일어날 때에 옥상에 있어. 이 비상계단을 서둘러서 내려오는 모습이 보였어."

그럼 남은 사람은 옥상에 있는 두 명. 미오와 케이시는 3층을 지나쳐서 옥상으로 향했다. 옥상은 예식이나 피로연을 진행하는 설비도 갖춰져 있으며, 봄에서 가을까지의 시즌에 가장 푸르게 빛나는 경관을 자랑하는 곳이다. 다만 여름엔 무덥고 겨울엔 춥기 때문에 이용하는 사람은 극히 적다. 그래서 유리로 된 돔을 설치하여 야외 홀 개념으로 쓰자는 의견도 나오고 있다. 식에 사용되는 각종 비품은 창고에 따로 있기 때문에 지금 미오와 케이시가 보고 있는 옥상은 바닥에 인공잔디가 깔려있을 뿐인 살풍경한 공간이었다.

파견 근무 중인 두 인부는 바로 찾았다. 녹지에 인접한 철책 보수를 하고 있었다.

"실례합니다."

다가가는 미오를 뒤돌아보는 상대의 얼굴을 보고 무심코 발을 멈췄다. 이상한 검은 안경을 쓰고 있다. 하지만 자세히 보니 용접할 때 눈을 보호하는 작업용 고글이었다.

"무슨 일입니까?"

중년의 용접공이 물었다. 건설 관계자 중에는 무슨 이야기를 해도 뚱한 어조로 대꾸하는 사람이 있는데, 이 사람이 그런 사람이었다.

조수로 보이는 다른 한 명의 젊은이를 보고 폭탄범이 두 명일 수도 있겠다고 생각했다.

"진행 상황을 보러 왔습니다."

"잘 돼요."

일일이 묻는 것이 마음에 안 든다는 투이다.

그때 조수가 친숙하게 웃으며 말했다.

"이제 다 끝나가니까요. 저희도 서두르고 있으니까 3시까지는 끝날 겁니다."

미오는 손목시계를 보았다. 2시 40분을 지나고 있다.

그때 옆에 있는 케이시가 헛기침을 했다. 무슨 신호일 것이다. 드디어 폭탄테러범이 밝혀진 걸까?

긴장을 내색하지 않으려 애쓰며 침착한 발걸음으로 옥상을 가로질렀다. 건물 안으로 통하는 펜트하우스에 들어가 문이 닫히는 걸 기다려 바로 물었다.

"어땠어?"

"그게, 잘 모르겠어."

케이시의 어조가 불분명했다.

"이런 식의 예지는 처음이야."

"뭐가 보였는데?"

"암흑."

미오는 그 말이 이해가 잘 되지 않았다.

"아무것도 안보인 거야?"

"아니야. 미래는 보였어. 빛이 전혀 없는 새까만 어둠이 보였어."

"그건 결국…… 그 사람이 암흑 속에 있다는 건가?"

하지만 케이시는 고개를 기울이고 생각에 잠겼다.

"누구였어?"

"둘 다. 나도 뭐라 설명을 할 수가 없군. 어쩌면……"

케이시가 불안스럽게 말했다.

"힘을 너무 써서 고장난 건가."

설마 예지 능력을 잃어버린 건 아닐까. 미오는 걱정이 되었다.

"어떡하지? 증거는 없지만 마쓰다 형사를 부를까?"

"기다려 봐. 이렇게 되면 감을 믿어 봐야지. 그런데 지금의 두 사람이 폭탄테러범 같지는 않았어."

"그렇게 치면, 이 건물에 용의자가 없다는 건데. 대체 누가······."

미오의 말을 끊듯이 사이렌 소리가 끼어들었다. 미오와 케이시는 서로를 마주 보았다. 귀에 거슬리는 긴급차량의 경보음이 정면 현관에서 멈췄다.

"리셉션 홀입니다. 구급차 대원 두 명이 들어갑니다."

이어폰에서 모모코의 목소리가 들렸다.

토도 부인을 병원에 실어가기 위해 구급대원이 달려 들어왔다.

"라져."

마이크 송신 버튼을 누르며 대답하고서 미오는 케이시를 데리고 계단을 내려가기 시작했다. 그녀의 마음속에 작은 기대가 생겨났다. 운명이 그려진 줄거리를 바꿀 수 있는 마지막 찬스다. 병원으로 실려 가는 부인에게 토도 교수가 딱 붙어 있다면 연회의 주빈이 자리를 비우게 된다. 예지된 미래에 허점이 발생하는 것이다.

3층에 도착한 미오와 케이시는 응접실에 들어가서 빈 룸에서 나올 사람들을 기다렸다. 잠시 후 쓰타코 부인이 두 명의 구급대원에게 양 어깨를 부축 받으며 복도를 걸어 나왔다. 그 주위를 다섯 명의 남녀가 둘러싸고 있다. 데즈카, 친척인 것 같은 노부부, 그리고 담당 책임자 모리모토와 지배인이었다. 토도 교수의 모습은 없었다. 엘리베이터 앞에서 데즈카가 멈춰 서서 "뒷일은 맡겨주십시오."하고 인사하니 쓰타코 부인이 창백한 얼굴에 미약한 웃음을 떠올리며 떠났다.

홀에 돌아가려는 데즈카가 미오와 케이시를 보고 걸음을 멈추었다. 사람이 뒤에 있을 거라는 것은 예상하지 못한 것 같다.

"쓰타코 부인의 용태는 어떠십니까."

미오가 물었다.

"걱정 끼쳐드렸습니다. 괜찮으십니다."

데즈카가 온화한 표정으로 돌아가 말했다.

"적어도 생명에 지장은 없으십니다."

"토도 교수는 어떠신가요."

"마지막에 주빈 인사말이 있어서 회장에 남아 계십니다. 책임감이 강한 분이시라서요."

데즈카가 시선을 내려 손목시계를 살폈다.

"이 파티도 이제 15분 정도면 끝나는군요."

겨우 그 정도의 시간에 회장에 있는 150명이나 되는 사람들의 인생이 끝나버린다. 대참사를 목전에 두고 있다고 생각하면 이제 물불을 가릴 때가 아니다. 미오는 걸어가려는 데즈카를 멈춰 세웠다.

"잠시만요. 파티를 바로 중지시켜 주세요."

"왜 그러시죠?"

예지에 대한 이야기를 꺼내도 믿어줄 리 없다. 속셈이 빤히 보일지도 몰라도 거짓말을 지어낼 수밖에 없었다.

"협박 전화가 있었어요. 폭발을 조심하라는."

데즈카가 눈썹을 모았다.

"폭발 말씀입니까?"

"네."

미오가 기대를 가졌다. 데즈카는 폭발 현장에서 미오를 구해줄 용감한 사람인 것이다. 그런 사명감에 불을 붙이면 참사를 미연에 방지할 수 있지 않을까.

"파티가 끝날 때에 폭발시킨다고······."

"폭발 같은 건 일어나지 않습니다."

"어떻게 그렇게 말씀하실 수 있으세요? 데즈카 씨에게도 협박장이 왔잖아요?"

"단순히 질 나쁜 장난 아니겠습니까."

데즈카는 대연회장을 보며 걱정스러운 얼굴로 우두커니 서 있다가,

"교수님께 가보겠습니다."

그렇게 한마디를 남기고 지나갔다.

미오는 잠자코 보낼 수밖에 없었다. 이제 기운이 한 조각도 없다. 무력감에 흠뻑 젖어 서있으니, 옆에 있는 케이시가 입을 열었다.

"우리가 한 일들은 헛수고가 아니라고 생각해. 지금 건물 안에는 폭탄도, 범인도 없는 걸 거야."

"무슨 말이야?"

"그러니까, 아직 파티에 도착 하지 않은 손님이 범인이라는 말이야."

미오가 아연해서 케이시를 쳐다보았다.

"초대된 손님 중에 아직 안 온 사람 있어?"

미오의 머릿속에 무언가가 번뜩였다. 열심히 기억을 떠올려서 안내석에서 모모코가 한 말을 생각해냈다.

"불참이 두 명, 아직 안 온 손님이 한 명."

"이리 와 봐."

케이시가 미오를 불러서 대연회장으로 향했다.

마쓰다 형사는 바로 찾을 수 있었다. 메인테이블 뒤쪽 창가 의자에 앉아 심심한 얼굴로 회장을 둘러보고 있다. 파티도 끝나가니 긴장감이 누그러진 듯하다. 만약을 위해 가지고 있던 방탄조끼도 어딘가에 놓고 왔는지 근처에는 보이지 않았다.

"마쓰다 씨."

말을 거니 형사가 내키지 않는 듯 이쪽을 올려다보았다. 미오가 주위를 살피고 작은 목소리로 질문했다.

"3년 전에 대학에서 일어난 사고 말씀인데요, 죽은 학생의 이름을 아세요?"

"그런 걸 왜 묻지?"

"손님 중에 묻는 분이 있어서요."

경찰관이 날카롭게 노려봐서 미오가 움츠러들었지만 대답이 바로 나왔다.

"우노, 가와시마, 다키타."

"그 학생 가족 분들은 여기에……"

"아까 말했잖나. 안 온 것을 확인 했다고."

역시 마쓰다도 피해자의 유족을 경계했던 모양이다.

"감사합니다."

미오가 그곳을 떠나 걸으며 입 근처의 마이크에 대고 말했다.

"리셉션. 들리세요?"

잠시 후, 모모코의 목소리가 들렸다.

"네."

"파티에 오지 않은 손님 세 명의 이름 좀 알려줘."

"잠시만요."

통신이 한번 끊기고 모모코가 다시 연결했다.

"불참하신 분이 우노, 가와시마 씨 입니다. 아직 오시지 않은 분이 다키타 씨네요."

"고마워."

모습을 보이지 않은 세 명은 사고로 죽은 학생의 유가족이었다. 이제 겨우 폭발로 향하는 연결점이 보였다. 교수에게 원한을 가진 사람이 앞으로 이 연회장에 올 가능성이 있는 것이다. 폭탄을 터뜨릴 사람은 이제 그들 말고는 생각할 수 없다. 그렇게 결론 내리고 나자 문득 의문이 고개를 들었다. 어째서 그 세 사람이 토도 교수의 은퇴 기념 파티에 초대된 걸까.

그 내용을 케이시에게 전했더니 그가 바로 대답했다.

"온다면 다키타 씨겠네?"

미오가 끄덕였다.

"그 사람이 2층에 가까이 오게 하면 안 돼. 어떻게든 1층에 발을 묶어 두거나 소지품을 검사하면 되는 거야."

"알았어."

1층의 모모코에게 말하려고 마이크 송신 버튼에 손을 옮겼다. 그런데 그때, 이어폰에서 모모코의 목소리가 들렸다.

"리셉션 입니다. 다키타 씨가 도착하셨습니다."

"멈춰야 돼!"

미오는 뭔가 지시하기 위해 입을 마이크에 가져다 대었으나 모모코는 송신 버튼을 누른 채 얘기를 계속했다.

"지금 접수를 끝내고 계단을 올라가고 있습니다."

미오의 몸이 굳었다. 폭탄을 숨긴 남자가 여기 대연회장을 목표로 계단을 올라온다.

"이쪽으로 온대."

그렇게 말하며 미오가 뛰어갔다.

"침착해."

그렇게 뒤를 쫓아오는 케이시의 목소리가 들렸다.

"상대가 경계하지 않도록 조심조심 짐을 확인하는 거야."

하지만 폭탄을 발견하면 어떻게 해야 할까. 마쓰다 형사를 부르기 전에 상대가 터뜨릴 가능성은 없을까.

두 사람이 복도를 달려가다 바로 앞 계단 쪽에 마지막 손님이 모습을 드러냈다. 그 사람은 파티에는 어울리지 않는 모습을 하고 있다. 주홍색 롱 코트였다. 폭탄을 숨기기 위해서라고 생각했지만 어깨에는 옅은 색 염색을 한 긴 머리카락이……

'여자다.'하고 깨닫는 순간 미오는 멈춰 섰다. 예상과 달리 다키타라는 이름의 손님은 스무 살 남짓한 여성이었다. 죽은 학생의 유족이라니 아마 여동생이 아닐까 생각된다.

이 여자아이가 폭탄을 숨겨 들어온 건가. 믿을 수 없어 뒤돌아보니 케이시의 얼굴에서 표정이 사라졌다. 저 여자의 미래를 예지하고 있는 것이다.

미오는 결론이 나오는 것을 기다렸다. 5초. 10초. 이윽고 케이시의 눈에 초점이 돌아왔으나 이미 기력이 다한 건지 전신의 생기를 잃은 채였다.

"이제 다른 방법이 없어. 모든 게 끝이야."
망연히 그의 입에서 절망적인 말이 새어 나왔다.
"저 사람은 범인이 아니야."

8

계단 앞에 있는 여성은 회장으로 발을 옮기려다 갑자기 주저하는 듯했다.
미오는 작은 소리로 물었다.
"뭐가 보였는데?"
"폭발이 일어날 때. 저 사람은 현장에 없어. 어째선지 응접실에 혼자 있어. 그리고 폭발에 놀라서 1층으로 도망가."
"복도에 폭탄을 놓고 떠나려는 생각 아냐?"
"그런 미래는 보이지 않았어."
제복 모습의 미오를 확인하고 상대가 천천히 다가왔다. 이름표를 가슴에 붙이지 않고 손에 들고 있다. '다키타 료코'라는 글씨가 보였다.
"저기."
료코가 말을 걸어왔다.
"토도 교수님의 파티는 곧 끝납니까?"
"네."
료코는 아무도 없는 응접실을 돌아보고 물었다.
"저쪽에서 기다려도 괜찮을까요?"

"네, 괜찮습니다만."

미오가 물어보았다.

"회장에는 들어가지 않으십니까?"

"됐어요."

완고한 모습으로 료코가 말했다. 찌푸린 얼굴에는 내면에 감춘 강한 분노가 엿보였다. 그리고 수상하게 생각되는 것을 피하려고 한 건지 변명하는 말투로 말했다.

"왜 저를 이 파티에 초대하신 건지 교수님께 여쭤보고 싶은 것 뿐이에요."

이 사람도 어째서 자신이 토도 교수의 파티에 초대된 건지 궁금한 모양이다.

미오는 형식적인 손놀림으로 초대 손님 명부를 꺼냈다.

"다키타 료코 님이시군요. 성함은 확실히 명부에 있습니다."

"그런 것을 말하는 게 아닙니다."

"그럼 어떤?"

"당신과는 상관없어요."

료코는 아무렇게나 말하고 응접실로 돌아섰다.

"저기……."

뒤를 쫓으려는 미오를 케이시가 제지했다.

"저 사람은 아무것도 몰라. 그리고 응접실에 있으라고 하는 게 안전해."

확실히 그렇다. 살아남을 사람을 폭발 현장으로 보내서는 안 된다.

손목시계를 보니 시각은 2시 53분이었다. 폭발까지 10분밖에 남아 있지 않다.

대연회장으로 돌아온 미오와 케이시는 입구 근처에 남아서 어쩔 줄 몰랐다. 단서를 찾으려 해도 이제 무엇을 해야 좋을지 모른다. 2시간이나 되는 입식 파티에 참가하는 사람들도 피곤한지 활기를 잃고 있는 홀에 정적이 떠돌기 시작했다.

"다음엔 뭐 할까?"

그렇게 잠긴 목소리로 물으며 꼭 데이트 중에 자주 나오는 대사 같다고 미오는 생각했다.

"여기까지군."

포기한 모습으로 케이시가 말했다.

"할 수 있는 일은 다 했다고 생각해."

미오는 귀를 의심했다.

"포기하는 거야? 아직 시간은 10분이나 있어."

"그래서 뭐가 가능한데? 상황은 절망적인 것 같은데."

"마음 약한 소리 하지 마. 절망 따위가 도움이 된 적 있어? 그딴 건 패배자의 모습이야. 아직 시간 있어. 가능한 일이 없나 생각해 봐."

미오는 동요를 가라앉히고 머릿속을 정리했다. 범인과 폭탄 둘 다 이 건물 안에서는 발견되지 않았다. 그런데도 폭발이 일어난다면 아주 늦게 오는 사람이 있는 것이 아닐까. 불참을 미리 알렸다는 우노나 가와시마 중 한 사람이 이 회장을 찾을 가능성도 부정할 수 없다.

그런 생각을 하는 동안 귀중한 1분이 지났다. 미오의 손목에 감긴 작은 시계의 초침이 1초씩 회장 전체를 미래로 밀어 넣고 있다.

"중요한 약속을 잊고 있었어."

미오가 말했다.

"이제 4분 있다가 케이시는 밖으로 나가."

"왜?"

"폭발 5분 전에 이곳을 나가기로 했잖아."

"너는 어떻게 할 건데?"

"난 남을 거야."

그렇게 말한 순간, 미오는 엄습하는 공포에 눌려 버릴 것 같았다. 운명의 굴레를 거부하고 케이시를 떠나보내면 죽는 건 미오가 될 지도 모른다. 하지만 케이시를 타 죽게 할 수는 없다. 다른 150명의 사람들도 물론.

"아슬아슬할 때까지 해볼 거야. 복도를 쭉 보고 있으면 어떻게든 될지도 몰라."

"그럼 나도 남을 거야."

"안 돼. 그렇게 되면 케이시가 죽잖아."

케이시는 어깨를 떨어뜨리고 고개를 숙인 채 있었다. 그렇게 선 모습이 너무나 외로워 보여서 미오는 가슴이 아팠다. 케이시는 자신은 죽음을 피할 수 없다고 생각하는 것 같다. 어떻게든 그의 마음을 돌리지 않으면 안 되겠다고 생각하는 찰나, 케이시가 무겁게 입을 열었다.

"지금 말해 두고 싶은 것이 있어."

"뭔데?"

"너와 처음 만났던 5년 전의 이야기야. 내가 또 하나의 미래를 보았다고 이야기했었지?"

"몇 십 년이나 후의 내 미래 말이지?"

"응. 그때 내가 본 건 너뿐만이 아냐. 그 안에 너의 가족의 모습도 있었어."

미오는 눈썹을 모았다.

"내…… 가족?"

"맞아. 네 미래의 가족. 남편과 두 아이, 그리고 손자들."

남편이라는 말이 마음 저 밑에서 잠자고 있던 또 하나의 수수께끼를 떠올리게 했다. 5년 전 케이시가 혼자 모습을 감춘 이유. 역시 케이시는 보았던 것이다. 수십 년 뒤의 미래에 미오와 배우자의 모습을. 그것은 케이시가 아닌 다른 사람이었다.

"그런데,"

케이시가 이어서 말했다.

"얼굴이 비슷해서 바로 알았는데 네가 선택하는 사람이 저 데즈카 씨야."

"어?"

그렇게 말하며 순간 미오는 말을 잃었다. 오늘 만난 데즈카 씨. 미오에게 생명의 은인이 될, 성실한 인상의 대학 강사.

"이제부터 일어날 일이 인연이 되어서 둘이 맺어지는 거겠지. 두 사람은 남은 일생을 쭉 함께 보내. 그는 몇 십 년 뒤까지 계속 네 곁에 있어 주거든."

미오는 회장 안으로 눈을 향했다. 데즈카는 지금도 메인테이블 뒤에서 토도 교수와 함께 있다.

"네가 지금부터 저 사람과 따뜻한 가정을 만드는 거야. 두 아이도, 손자들도 모두 건강하고 훌륭하게 키워. 오래오래 살아서 가족 모두의 미래를 지켜보는 거야."

미오는 중얼거렸다.

"그게, 내 일생?"

"응."

케이시는 미소 짓고 5년 전에 미오가 했던 말을 했다.

"작은 집에 많은 가족. 네가 어릴 때부터 그리던 꿈이야. 이대로 운명을 바꾸지 않으면 그 꿈이 이루어지는 거야."

미오는 케이시를 바라보았다. 여기 있는 사람들을 구할 때까지 울지 않으려 다짐했지만 눈물이 솟아나왔다.

"그래도 내가 함께하고 싶은 사람은……."

다음 말을 삼킨 미오에게 케이시가 선언했다.

"너는 행복한 인생을 보낼 수 있어. 이 다음 무슨 일이 일어나도 미래를 믿고 있으면 반드시 이겨낼 수 있어. 이제 불안한 일은 아무것도 없어. 너의 꿈은 꼭 이루어질 거니까."

미오는 깨달았다. 이것은 케이시의 유언이다. 그는 이미 수 분 후의 죽음을 각오했다. 모든 것을 운명에 맡기려고 하는 이유는 미오의 미래의 행복을 지키기 위해서이다.

마지막으로 케이시가 한 마디 했다.

"나도 너의 멋진 미래를 볼 수 있어서 행복했어. 기뻤고."

미오는 흘러내리기 전에 눈물을 닦아냈다.

"잠깐 기다려. 혹시 그렇게 되면 나는 케이시나 여기 있는 사람들을 희생해서 꿈을 이루는 거나 마찬가지잖아."

"그건 아냐."

케이시는 강하게 부정했다.

"너는 저 사람들 모두를 구하려고 정말 열심히 노력했어. 이 다음 무슨 일이 일어나도 죄책감은 갖지 마. 모든 것은 운명이야."

토도 교수의 혼잣말이 다시 들려오는 것 같았다. 하지만 미오에게 있어 최대의 비극은 앞으로 찾아올 미래 그 자체였다. 지금 여기서 운명에 몸을 맡긴다면 자신은 평생 후회한다. 아이들의 자는 얼굴을 볼 때마다, 그리고 가족의 행복을 느낄 때마다 미오를 위해 목숨을 내던진 케이시를 생각하며 비탄의 눈물을 흘릴 것임에 틀림없다.

"눈앞에 행복이 다가와도 지나보낼 수 있는 게 여자야."

미오가 말했다.

"나는 자신의 운명을 바꿀 거야."

"미오!"

처음으로 케이시가 미오의 이름을 불렀다.

그때 마이크를 통해 목소리가 장내에 울렸다.

"여러분 어떠십니까, 오늘 이 파티가 즐거우셨습니까?"

미오가 흠칫 뒤를 돌아보았다. 스탠드 마이크 앞에 데즈카가 서 있다. 마지막에 다다른 파티가 최종 이벤트를 맞이하려 하고 있다. 시각은 2시 58분. 폭발까지 5분.

"오늘의 주빈이신 토도 교수님의 말씀으로 행사를 마치려고 합니다. 그럼 교수님, 이쪽으로."

박수에 묻히지 않도록 미오는 목소리에 힘을 넣었다.

"케이시, 여기서 나가."

하지만 케이시는 미오의 손을 잡아끌고 뒤로 물러섰다.

"내 예지는 반드시 실현돼. 너는 꿈을 이룰 거야."

"케이시!"

그의 곁으로 달려가려는 미오를 의외의 목소리가 제지했다.

"움직이지 마."

미오는 순간 그 말을 그냥 흘려들었다. 그러자, 이번엔 분노에 찬 외침이 미오의 등 뒤에서 들려왔다.

"움직이지 마!"

돌아보니 목소리의 주인이 가까이 오고 있었다. 회장 안은 소란스러워졌다.

"모두 그 자리에서 움직이지 말아 주게."

토도 교수였다. 왜인지 마이크에서 멀리 떨어진 홀 중앙으로 오고 있다. 천천히 걷는 노인의 눈이 케이시에게 향했다.

"자네도 거기서 나오지 말아 주게. 중요한 이야기가 있어. 누구 하나라도 여기서 나가지 말아 주었으면 하네."

또 한 번 운명의 수레바퀴가 맞아 돌아가는 것을 눈앞에 두고 미오는 전신에서 피가 빠져나가는 기분이었다. 케이시는 출구 바로 앞 복도와 이어진 장소에 서 있다. 그리고 미오가 있는 곳은 출구에 끼인 반대쪽 벽 바로 옆이었다.

"교수님, 마이크 앞으로 오시지요."

쫓아오며 말하는 데즈카에게 교수가 말했다.

"자네는 그쪽으로 물러나 주게."

"하지만……."

"나에겐 이게 있어."

토도 교수가 저고리 주머니에서 알약처럼 보이는 작은 캡슐을 꺼냈다. 그것을 본 데즈카는 명백히 경악하는 모습이었다.

"데즈카 자네뿐만이 아냐. 모두 내 주변에서 떨어져 주게."

데즈카가 뒷걸음질치다 미오 옆에 멈춰 섰다. 공포에 떠는 그의 시선은 단 한 지점, 교수가 손에 든 캡슐로 향하고 있었다. 저것이 폭탄인가. 미오는 의심했다. 주위에 충분한 공간이 생긴 것을 확인한 교수가 엄숙한 어조로 말을 시작했다.

"오늘, 여기서 모두와 함께 오랜 교제를 되짚어 본 것을 정말 기쁘게 생각하네. 지금까지 오랫동안 나 말고도 가족과 아이들까지 신세를 많이 졌지. 이 장소를 빌려 감사하네."

교수가 고개를 숙였으나 손뼉을 치는 사람은 없었다. 이곳에 있는 사람 전원이 뭔가 이상한 사태가 일어나고 있다는 걸 깨달았기 때문이었다.

"그리고 또 한 가지 꼭 들어주었으면 하는 게 있네. 모두가 아는 대로 나는 말년을 더럽혔네. 오랜 연구 생활을 매듭지어야 할 때 면목 없게도 실패를 저질렀어. 전도유망한 청년 셋이 목숨을 잃었지. 이제부터 그 빚을 갚으려 하네."

사람들 사이에 동요가 퍼졌다. 교수 정면의 사람들 중 선두에 있던 마쓰다 형사가 미심쩍은 목소리로 물었다.

"교수님, 무슨 일을 하실 셈입니까?"

토도 교수는 손에 든 캡슐을 들어 올리며 일동에게 보였다.

"이것은 시안화칼륨. 속칭 청산가리다."

즉각 마쓰다가 반사적으로 발을 내디뎠다. 하지만 토도 교수가

"오지 마!"

바로 그렇게 일갈하고서 캡슐을 입으로 가져갔다. 주위에서 비

명이 솟아오르고, 마쓰다의 발이 멈추는 것과 동시에 교수 손의 움직임도 멈췄다. 대학 교수는 즉시 맹독을 삼키려는 자세로 의연히 경찰관을 견제하고 있다. 거리가 5미터 정도 떨어져 있으니 마쓰다가 교수를 제압하는 것은 무리일 듯했다.

"나는 죽음으로 사죄한다. 목숨과 바꿔서 불명예를 씻으려 한다. 여러분들은 그 증인이다. 부디 방해하지 말고 지켜 봐 주게."

긴장을 견딜 수 없었던 것인지 몇 명 정도의 여성 손님이 오열을 터뜨리기 시작했다.

미오는 숨을 막고 추세를 지켜보고 있다. 양발이 두려움으로 떨고 있다. 손목시계를 보니 3시 정각을 가리킨다.

이제 3분.

"이것만큼은 말해 두려고 한다."

자신에게 가까이 오는 사람이 없는지 여전히 주위를 날카롭게 경계한 채 교수가 말을 이었다.

"데즈카 군에게 죄를 묻는 것을 나는 바라지 않는다."

미오의 옆에 있는 대학 강사가 몸을 기울였다.

교수는 데즈카에게 얼굴을 향하고 물었다.

"자네는 언제 이 계획을 눈치 챘는가?"

잠시 망설이던 데즈카는 진중한 어조로 대답했다.

"교수님 댁에 방화에 의한 화재가 발생한 뒤입니다. 그때까지 마음고생이 많으셨던 것은 알고 있었습니다만 설마 그 정도일 줄은 몰랐습니다."

"그런가. 그때는 죽는 데 실패했지."

후회가 묻어나는 대답이다.

"그리고?"

"그러고 나서 바로 교수님께서 이 파티를 계획하셨고, 동시에 실험실에서 시안화칼륨이 사라진 것을 알았습니다. 게다가 초대 손님 중에 학생의 유족이 포함된 것을 알고 확신했습니다. 교수님께서는 진짜로 무거운 사죄를 결심하신 게 아닐까 하고요. 하지만……."

피로움에 찬 표정으로 데즈카가 말했다.

"제겐 교수님 자신이 인질이나 마찬가지였습니다. 서툴게 움직이면 바로 독을 드실지도 모른다는 생각에 파티를 중지하자고 말씀드릴 수 없었습니다."

"그래서 협박장을 날조한 거로군?"

"네. 경찰이 개입할 것을 기대했습니다."

마쓰다는 학자 둘의 대화를 눈을 크게 뜨고 듣고 있다.

"와인에 약을 넣은 것도 그래서인가."

"그렇습니다. 마지막 주빈 인사 전에 교수님을 이 회장에서 나오시게 하려면 그렇게 할 수밖에 없었습니다. 병원에 가시는 중에 상의를 벗으시면 시안화칼륨을 회수할 수 있다고 생각해서요."

"와인에 넣은 것은 알칼로이드 계의 약물인가."

데즈카는 고통스럽게 끄덕였다.

"하지만 치사량은 피했습니다. 사모님께서는 곧 회복하실 겁니다. 걱정하지 마십시오."

토도 교수가 엷게 미소 지었다.

"나도, 아내가 쓰러질 때까지는 몰랐지."

"교수님."

데즈카가 교수를 응시하며 말했다.

"교수님의 심정은 여기 있는 모든 사람에게 충분히 전달되었습니다. 부디 그 캡슐을 주십시오."

"아니, 이미 정한 일일세. 이제 이렇게 되었으니 자책감을 억누를 수가 없어. 나는 이렇게 속죄한다. 모든 것은 이렇게 될 운명이었어."

멀리 떨어져 있던 사람들에게서 비통한 목소리가 터져 나왔다.

"교수님!"

일동을 돌아본 토도 교수는 눈에 미미한 눈물을 떠올리며 캡슐을 삼키려고 입을 열었다. 교수를 부르는 주위의 목소리가 비명으로 바뀌었다. 그런데 맹독이 혀에 떨어지기 직전, 굵직한 목소리가 장내를 가득 울렸다.

"움직이지 마!"

마쓰다 형사가 권총을 교수에게 겨누고 있다. 교수는 아연실색한 표정으로 자신에게 향해진 총구를 바라보았다.

드디어 마쓰다가 총을 뽑았다. 케이시의 예언을 이정표 삼아 복잡하게 얽힌 사태가 조금씩 연회장 전체를 파멸로 몰아가고 있다. 하지만 어째서 마쓰다는 토도 교수에게 총을 겨누고 있는 것일까. 교수는 폭탄테러범이 아니다.

미오의 눈이 손목시계의 초침을 쫓았다. 얇은 바늘이 오른쪽으로 돌며 남은 시각이 초단위로 변했다. 폭발까지 이제 59초. 하지만 아직 폭발물은 발견하지 못했다.

총을 겨누며 마쓰다가 말했다.

"교수님, 그 캡슐을 버려주십시오."

"버리지 않으면 어떻게 되는가?"

"다리를 쏘겠습니다."

마쓰다의 총구가 살짝 아래로 내려갔다.

"교수님을 살리기 위해 이럴 수밖에 없습니다."

이제는 소리를 내는 사람도 없었다. 작은 소리의 진동조차 한계까지 팽팽해진 긴장의 실을 끊어버릴 것 같았다.

"빨리 캡슐을 버리세요!"

하지만 교수의 얼굴에는 결연한 의지가 돌아왔다. 형사와 서로 노려보는 눈 안으로 그의 빠른 사고가 회전하고 있었다. 맹독을 삼키는 동작과 권총의 방아쇠를 당기는 것 어느 쪽이 빠를지를 계산하고 있는 것이다.

40초 남은 시점에서 미오의 귀가 이상을 알아차렸다. 미세한 금속음이 벽 건너에서 가까워오고 있다. 어떻게 된 일인지 그 소리는 계단 쪽이 아니라 복도의 막다른 곳에 있는 비상구 방면에서 들려왔다.

출구에서 살짝 바깥으로 얼굴을 내민 미오는 자신의 눈을 의심했다. 옥상에 있던 두 용접공이 긴 복도를 이쪽으로 향해 걸어오고 있다. 공사 관계자가 손님의 동선에 들어오다니 있을 수 없는 이야기다. 남은 30초. 미오가 시간과 거리를 계산했다. 두 사람이 이대로 오게 되면 폭발이 일어나는 순간에 출구 앞에 도달하게 된다. 폭탄 범인의 정체는 저들이었나? 하고 생각했지만, 즐겁게 잡담을 나누는 용접공들의 두 얼굴에 긴장은 보이지 않았다.

그때 미오는 계단의 도장 공사 때문이라는 것을 깨달았다. 비상계단의 페인트가 마르지 않았기 때문에 두 용접공은 다음 현장으로 가기 위해 건물 내부를 지나가고 있는 것이다. 남은 것은 25초. 출구 앞에 서 있던 케이시가 용접공의 기척을 느끼고 복도를 돌아보았다. 그 순간 그의 얼굴이 창백해져서 미오를 향해 입을 열었다. 겨우 알아들은 작은 목소리가,

"가스통."

이라는 말을 전달했다.

그곳에 형사에게서 떨어지려는 토도 교수의 분노에 찬 목소리가 울렸다.

"오지 마!"

"부탁입니다! 빨리 캡슐을 버리세요!"

둘은 교착 상태에 빠져있다. 미오는 복도에 눈을 되돌렸다. 케이시는 '가스통'이라고 말했다. 용접공이 밀고 있는 금속제 손수레엔 확실히 용접용 가스통이 두 개, 들어 있다. 겉면에는 각각 '산소'와 '아세틸렌가스'라고 되어 있다. 15초를 남기고 미오는 앞으로 무슨 일이 일어나는 것인지를 비로소 깨달았다. 운명이 짜 놓은 정교한 줄거리에 두 다리가 떨리기 시작했다. 다음 순간 토도 교수는 바로 독을 입에 털어 넣을 것이다. 그것을 본 마쓰다 형사가 발포하면 발사된 탄환이 교수의 다리를 관통하든, 아니면 빗나가든 결국은 뒤쪽까지 날아가 가스통을 직격하는 것이다. 아까 케이시가 본 '암흑'의 의미도 알았다. 두 용접공은 코앞에서 일어난 폭발을 뒤집어쓰고 즉사할 테니까.

그들을 가까이 오게 해서는 안 된다.

"오지 마!"

복도를 향해 소리쳤으나 이상하다는 표정을 짓는 둘이 오히려 빠른 걸음으로 이쪽으로 다가오기 시작한다. 미오가 얼어붙었다. 무엇을 하든 운명에 쓰인 대로 된다. 겨우 10초 후의 미래를 바꿀 방법은 이제 없다.

미오의 목소리를 들은 토도 교수가 뒤를 돌아본다. 그 일순간을 놓치지 않고 마쓰다가 살며시 다가가려 한다. 토도 교수가 그것을 깨닫고 손에 든 캡슐을 입으로 가까이 한다. 하지만 마쓰다가 총을 겨눈 채 천천히 거리를 좁힌다.

7초 전. 미오는 운명에 몸을 맡겼다. 그렇게 노력했는데, 참사를 막을 수 없었다. 최소한 다행인 것은 두 아이였다. 미오가 당부한 대로, 다쿠야와 마이는 폭발에 휩쓸리지 않을 출구 부근에서 아빠 엄마와 함께 있다.

5초 전. 예정된 미래의 결과가 바로 눈앞이다. 그런데 케이시의 바로 뒤, 아이들이 있을 자리였던 출구 바로 앞에 백화점 종이봉투가 놓여 있는 게 보였다. 4초 전. 미오는 봉투 안에 무엇이 들어 있었는지 떠올렸다. 3초 전. 가까이 오는 마쓰다를 교수가 손으로 제지했다. 교수는 독을 입에 넣으려 했으나 체온 때문인지 캡슐이 손가락 끝에 붙은 기색이었다. 2초 전, 미오가 종이봉투를 가리켜 뒤를 바라보며 소리친다.

"케이시! 방탄조끼!"

1초 전. 퍼뜩 돌아선 케이시가 종이봉투를 주워들었다. 두 용접공이 출구 바로 밖을 지나가고 있다.

종이봉투를 안은 케이시의 몸이 뛰어오르는 것과 동시에 총성이 울렸다. 마쓰다의 총구에서 가스통까지 발사된 총탄의 궤적이 일직선으로 그어졌다. 허벅지를 스친 총탄의 힘으로 토도 교수의 전신이 용수철처럼 회전하였고, 그 뒤쪽에 있는 케이시와 두 용접공은 총에 맞은 충격으로 가스통과 함께 굴러 넘어졌다.

무거운 금속들이 충돌하는 소리가 총성의 잔향을 지웠다. 그것이 잦아들자, 대연회장 전체가 정적에 감싸였다.

복도로 날아간 종이봉투 중앙에 검게 탄 구멍이 동그랗게 뚫려있다. 방탄조끼가 가스통을 관통하려는 총탄을 막아 준 것이다.

이걸로 폭발을 막은 것인가? 눈앞의 현실이 믿어지지 않아 미오는 불안스럽게 주변을 돌아보았다. 토도 교수가 홀 중앙에 쓰러져 있다. 총알에 스친 상처가 오른다리 바깥쪽에 나 있다. 교수는 헐떡이며 오른손으로 바닥을 짚고 떨어뜨린 하얀 캡슐을 주우려 한다.

정신을 차린 마쓰다와 데즈카가 청산가리를 빼앗기 위해서 발을 내딛으려 할 때였다. 미약하게 절망적인 목소리가 복도에서 울렸다.

"움직이지 마세요! 여러분, 그대로 있어 주세요."

용접공 중 젊은 쪽이 땅에 구른 자세 그대로 쇳소리를 질렀다.

"가스가 새고 있습니다!"

슈……. 기체가 새는 소리와 함께 코를 자극하는 소독약 같은 냄새는 미오가 있는 곳에서도 느껴졌다.

"아세틸렌가스입니다. 절대로 움직이지 마세요. 정전기 불꽃에도 폭발합니다."

미오는 눈에 보이지 않는 사악한 힘을 느꼈다. 어지럽게 달려가는 운명은 여전히 사태의 주도권을 쥔 채로 사람들을 화염지옥에 떨어뜨리려 하고 있다. 데즈카, 마쓰다, 그리고 교수까지, 모두는 가연성 가스에 둘러싸여 몸을 움직일 수 없었다.

옆으로 굴러있는 가스통에 용접공이 손을 뻗었다. 느슨해진 밸브에 손이 닿기 직전, 케이시가 소리쳤다.

"그만 둬! 폭발해!"

용접공이 놀라 손을 끌어 들였다. 이상한 눈으로 케이시를 보고 있다. 미오는 놀라움을 느꼈다. 운명이 결말을 잃어버리고 있다. 우리들 앞에는 여러 미래가 있다. 케이시는 어떻게든 운명의 속박을 풀고 생존으로의 길을 찾아내려 하는 것이다.

용접공을 응시한 채 이번엔 케이시가 가스통을 향해 손을 뻗었다. 자기 자신의 미래를 모르는 케이시는 용접공의 미래를 예지해서 폭발이 일어나지 않는 방법을 찾고 있다.

이걸로 가스가 멎을 것으로 보였으나 케이시는 작게 고개를 젓고 단념했다. 어떻게든 정전기 불꽃으로 인해 폭발할 것임을 예지한 것이 틀림없다. 그때,

"담배가……!"

하는 목소리가 장내에서 들렸다. 탁자 위에 재떨이에 놓인 담배꽁초에서 연기가 피어오르고 있다. 새어 나오는 가스가 닿는다면 즉시 폭발한다. 하지만 가까이 있는 사람은 전혀 꼼짝 못하고 있다.

미오는 결심하고 말했다.

"케이시. 나를 봐."

그의 눈이 이쪽을 향했다.

미오는 마음속으로 말을 걸었다. 내 미래를 봐줘.

입으로 말하지 않아도 그 마음은 전해졌다. 케이시가 끄덕였다.

미오는 천천히 한쪽 발을 올렸다. 바로 등줄기가 서늘해졌다. 스커트 안감이 정전기를 띠고 허벅지에 달라붙는다. 하지만 예지 능력자의 두 눈은 동요하지 않고 미오의 미래를 바라보고 있다.

미오가 케이시를 믿고 발을 앞으로 뻗었다.

아무 일도 일어나지 않았다.

이어서 두 번째 걸음.

이상 없다.

세 번째는 드디어 복도다. 구두 바닥이 융단 섬유와 스친다. 마찰을 최소한으로 줄이기 위해 진중하게 바닥을 밟아나간다. 4보, 5보를 케이시가 지켜보는 가운데 나아가 미오는 갈색 가스통 앞에 섰다.

괜찮아. 케이시의 눈이 말하고 있다. 너의 미래에 불안한 일은 아무 것도 없어.

미오는 뻗은 손끝으로 밸브 핸들을 만졌다. 불꽃이 일어나지 않았다. 핸들 전체가 미오의 손에 들어왔다.

"나사 방향이 보통하고 반대입니다."

용접공이 말했다.

"반시계 방향으로 잠그세요."

지시대로 하니 핸들을 반 회전 시킨 것만으로 밸브가 잠겨 기분 나쁜 유출음이 사라졌다.

"가스가 멈췄다!"

연장자인 용접공이 회장을 향해 소리쳤다.

"창문을 열어 주세요! 환풍기와 그밖에 전기 제품은 사용하지 마십시오!"

그 말을 받아 모리모토는 무전기를 쓰지 않고 육성으로 지시를 내렸다.

"식기실 쪽에 있는 사람은 테라스로 나가 창문을 열어!"

머지않아 열어젖혀진 창문에서 바깥바람이 흘러 들어왔다. 주변을 덮고 있던 자극적인 냄새가 순식간에 엷어져 간다.

그때까지 꼼짝 못하고 멈춰 섰던 데즈카가 바닥에 붙어 있던 발을 살짝 앞으로 내밀어 하얀 캡슐을 손수건으로 덮어 주워들었다. 그 옆에서 마쓰다 형사는 쓰러진 토도 교수에게 달려가 다리의 부상에 넥타이를 감싸 묶었다.

두 움직임을 신호로 초대 손님으로부터 안도의 소리가 울려 퍼졌다. 종이 한 장 차이로 목숨의 위기를 넘긴 사람들의 환성이었다.

미오는 잠시 넋을 놓고 그 모습을 바라보고 있다. 웃는 사람. 미소 짓는 사람, 울기 시작하는 사람. 모든 사람이 서로의 무사를 확인하고 함께 기뻐한다. 사라질 예정이었던 많은 생명이 정해진 운명을 거스르고 새로운 미래로 나아가려 한다.

상처 없이 살아남은 150명이나 되는 사람들을 보면서 미오는 이걸로 잘 된 거라고 생각했다. 자신의 미래와 바꾸었다고 하더라도 그에 버금가는 행복이 회장 전체를 채우고 있다.

"정말 고마워."

따뜻한 목소리가 들리기에 뒤돌아보니 케이시도 이제 겨우 일어난 참 같았다.

"덕분에 나도 죽지 않았어."
미오는 한숨을 몰아쉬었다.
"손님의 안전을 지키는 게 내 사명이야."
케이시가 미소 짓는다.
"너는 세계 최고의 도우미야."
"노래는 못하지만."
가슴을 펴고 웃겨 보이려 했으나 어쩔 수 없이 눈동자가 젖어온다. 이제 강한 척 할 필요가 없다고 생각한 순간 다리에 힘이 풀렸다.
"정말 무서웠어."
이렇게 말하며 미오는 울음을 터뜨렸다.

9

'라 퐁테느 당쥬'에 두 번째 구급차가 도착하고, 다리에 부상을 입은 토도 교수를 병원으로 호송했다. 동시에 경찰 차량들도 몰려왔으나 미오가 생각한 만큼 여러 대가 오진 않았다. 대형 사고는 피했기 때문이다.

사정청취는 초대 손님부터 먼저 하기로 했다. 손님들은 몇 명씩 그룹을 이뤄 빈 방으로 들어가 파티 말미의 5분간에 대해 질문을 받았다.

청취를 기다리는 사람들 중에 다쿠야와 마이의 모습을 발견한 미오가 복도의 사무실로 가서 레스토랑 만찬 초대권을 가지고 왔다. 메뉴는 물론 풀코스. 아이들이 기뻐할 만한 물건이 아니어서 미안했으나 다른 적당한 선물이 없었다.

"자. 약속한 선물."

초대권을 건네자 긴장해 있던 가족 네 명의 얼굴이 겨우 풀어졌다.

어린 남매에게 미소를 건네다가 미오는 문득 생각했다. 미래를 바꾸는 것은 어른보다 아이들 쪽이 쉬울지도 모른다. 다쿠야와 마이가 운명의 수레바퀴를 바꾸지 않았다면 케이시의 예지가 현실이 되었을 수도 있다. 말을 잘 따라 준 두 어린이에게 감사하며 그들의 행복을 빌었다.

드디어 직원들의 순서가 돌아왔다. 조사 받는 장소는 대체로 결혼식 신부를 위해 쓰이는 방이었다. 손님을 보조하는 직원이었던 만큼 미오의 행동들에 대해서는 별 질문이 없었다. 가스통으로 향하던 총알을 방탄조끼로 막은 것에 관해서는, '토도 교수 뒤에 있던 야마하 씨가 위험할 거라고 생각해 알려 주었다'고 대답하여 경찰관들을 납득시켰다.

조사가 끝나고 신부실에서 나온 미오는 1층 탈의실에서 사복으로 갈아입고 다른 방에 있는 케이시를 만나러 갔다. 신랑용 방이었다.

"식은땀 나더군."

복도를 걸으며 케이시가 말했다.

"내가 교수 파티에 초대 받지 못한 걸 들켰어."

"그래서 어떻게 말했어?"

"정직하게 말했지. 옛날 친구가 행사장 직원으로 일하고 있어서 갔다고."

"옛날 친구라니, 나?"

"응."

"친구……로구나."

우연히 화제가 기묘한 방향으로 흘렀다. 일종의 결의를 가슴속에 감추고, 미오는 어떻게 말을 시작할지 궁리했다.

"태어나서 처음으로 예지가 빗나갔어."

케이시는 기뻐 보였다.

"사람의 운명도 바꿀 수 있는 거야."

"내 운명도 이제 바뀌었을 거야."

"그렇겠다."

그 말을 끝으로 전에 없이 말이 많던 케이시가 침묵했다.

계단을 내려가 정면 현관을 나오니 조명을 환하게 받은 백아(白亞)의 대저택과 그 뒤로 하늘 가득히 빛나는 별이 보였다.

익숙한 풍경이 전에 없이 신선하게 다가온다. 스스로도 모르는 사이 사람의 운명이 바뀌는 건 이런 순간일지도 모른다고 생각했다. 마침 상황이 좋다고 생각한 미오는 본래의 화제를 꺼냈다.

"그럼, 케이시는 이제 어떻게 할 거야?"

"뭘 어떻게?"

이어지는 질문을 말하려 할 때, 뒤에서 목소리가 들렸다.

"오늘 정말 고마웠습니다."

현관을 뒤돌아보고 미오는 발을 멈췄다. 데즈카였다. 그는 예외적으로 장시간에 걸쳐 자세한 사정 청취를 받았다.

데즈카가 걱정되어 미오가 물었다.

"경찰 조사는 괜찮게 끝나셨어요?"

"네에."

데즈카는 피곤한 표정에 살짝 미소를 떠올리며 말했다.

"토도 교수님과 마쓰다 형사님이 거들어 주셔서 어떻게 체포는 면했습니다. 와인에 약을 탄 죄를 추궁 당했지만 집행 유예로 끝날 것 같네요. 운이 좋으면 연구 생활도 계속할 수 있겠지요."

미오도 일단 안심했다.

"토도 교수님께서는 어떻게 되세요?"

"이제부터 사모님과 의논해서 교수님이 병원에서 정신적 치료를 받으실 수 있도록 할 예정입니다. 평온한 은퇴 생활을 보내셨으면 하니까요."

미오는 어서 잘 해결되기를 빌었다. 없던 미래가 생겨난 것이니까.

"그런데,"

데즈카가 물었다.

"두 분이 말씀하신 폭발 협박 전화라는 게 뭐였습니까?"

그 문제가 남아 있었다. 경찰의 귀에 들어가면 귀찮게 된다.

"협박전화라는 것은 거짓말이었습니다."

"거짓말?"

"믿어주지 않을 거라 생각해서 그랬습니다."

미안하다고 속으로 사과하며 거짓말로 둘러댈 수밖에 없다.

"사실, 별자리 점을 보았는데 폭발의 점괘가 나와서요."

"별자리 점으로 폭발을 점쳤다고?"

합리적 정신을 신봉하는 과학자는 예상치 못한 답에 당황했다.

"제 점은 잘 맞거든요."

"그건 대단하군. 그래도 오늘은 빗나가서 다행이군요."

"네."

세 명은 목소리를 높여 웃었다.

"그럼 저는 이제 실례하겠습니다. 정말 긴 하루로군요."

데즈카는 한숨을 쉬며 성실하게 인사하고는 밤길을 혼자 걸어갔다.

그 뒷모습을 눈으로 배웅하며 미오는 인연이 참 신비롭다는 생각을 떨치지 못했다. 자신의 남편이 될 남자가 인생 속에서 단 수 시간만을 함께 보내고 떠나간다.

정말 감사합니다. 데즈카의 등을 향해 미오는 인사했다. 당신은 내 목숨을 구하고 평생을 해로할 예정이었던 멋진 사람이었습니다. 부디 그것을 대신할 만큼의 행복을 찾으세요.

"이걸로 다 잘 되었구나."

나란히 서 있던 케이시가 말했다.

"응. 그리고 케이시, 아까 얘기 말인데."

미오는 가능한 편안하게 5년을 넘어선 마음을 표현했다.

"나랑 사귈 생각 없어?"

케이시가 미오의 얼굴을 보았다. 미오는 그의 대답을 기다린다.

한순간, 케이시의 눈동자가 초점을 잃었다. 양 눈에 빛이 돌아온 후에도 그는 대답을 주저한다.

"나라면 괜찮아."

미오가 말했다.

"산다는 게 간단하지 않다는 건 알아. 하지만 그때는 또 노력해서 미래를 바꿀 거야."

케이시가 미소 지었다. 큰 짐을 내려놓은 듯한 표정이다.

"언젠가는 내 예지 능력도 사라질 거라고 생각해……. 그럼 평범한 사람이 될 텐데, 그래도 괜찮아?"

"내가 예지 능력 때문에 결혼하는 여자로 보여?"

"아니. 그렇겐 안 보여."

미오는 자기가 좀 앞서갔나 하고 당황했으나 케이시는 별로 신경 쓰지 않는 것 같다.

"응. 알았어."

그가 말했다.

"이제부터 잘 부탁해."

웃는 미오의 양 뺨에서는 기쁨이 넘쳐흘렀다.

"나야말로."

케이시가 미오의 팔을 잡았다. 둘이 어깨를 기대고 걸으면서 미오는 그의 왼쪽 팔목에 자신의 손목시계를 갖다 대었다. 지금도 두 시계는 1초조차 다르지 않게 똑같은 시각을 지나고 있다. 시간의 흐름 속에서 두 사람은 떨어지지 않도록 맺어진 것 같았다.

이 시계가 가리킬 시간 앞에는 어떤 미래가 기다리고 있을까? 미오는 생각했다. 좋은 일도, 나쁜 일도, 어느 쪽이든 반드시 일어날 것이다.

그래도 두려움 없이 앞으로 나아갈 수 있다고 미오는 생각했다. 꿈은 언제라도 불확실한 미래 안에 있는 것이니까.

눈을 감으면 눈꺼풀 안쪽에 미래가 떠오른다.

어릴 때부터 변치 않는 꿈……. 이제부터 케이시와 함께할 긴 시간의 흐름에 마음을 싣고 미오는 새로운 운명을 걷기 시작했다.

에필로그:
미래의 일기장

오늘은 회사에서 화나는 일이 있어서 퇴근길에 거리로 나갔다. 해질녘엔 항상 행인들로 붐비는 길을 벗어나 뒷골목으로 들어가 보았다.

자동차도 지나가지 않는 쓸쓸한 길. 상가 빌딩 틈에 뚝 떨어져 있는 것 같은 외딴 가게에서 불빛이 새나오는 것이 보였다.

가까이 가보니 골동품 가게였다. 거창하게 앤티크 숍이라 부를 만한 곳은 아니었지만 재활용품점 같지도 않았다. 누가 살까 싶은 고색창연한 가재도구들이 낡은 점포를 가득 채우고 있었다.

흥미가 생겨 안으로 들어갔다. 알전구 아래 좁은 통로를 지나니 바로 책장에 놓인 책 한 권이 눈에 들어왔다. 가죽 표지에 짧은 벨트가 걸쳐있고 열쇠를 잠글 수 있게 되어 있다. 표지에는 희미한 금박 글씨로 'DIARY'라고 적혀있다.

꽤 괜찮은 디자인이다. 가게 안쪽에 있는 연로한 주인에게 가격을 물으니 겨우 500엔이라고 한다.

"그런데……."

주인이 이어 말했다.

"일기장 속에 몇 페이지 정도 글이 적혀 있습니다."

그래도 괜찮다고 대답하며 값을 지불하고 아파트에 돌아왔다.

식탁 앞에 앉아 포장부터 뜯어보았다. 일기장과 함께 쇠로 된 작은 열쇠가 같이 들어있었다. 표지의 열쇠구멍에 넣고 오른쪽으로 돌리니 짤깍 하는 작은 소리와 함께 일기장이 열렸다.

연한 밑줄이 들어간 크림색 용지. 주인이 말한 대로 일기장의 이전 소유자가 무언가를 적어 놓았다. 읽어보니 이렇게 적혀 있었다.

오늘은 회사에서 화나는 일이 생겨서 퇴근길에 거리로 나갔다. 골동품 가게에서 일기장을 사서 아파트로 돌아왔다. 자물쇠가 붙은 표지를 열어 보니 일기장에 내가 오늘 겪었던 일이 적혀 있었다.

몇 번이나 다시 읽고 흠칫 놀랐다. 일기장에 내가 오늘 겪었던 일이 적혀 있다. 어떻게 된 일이지? 의문이 머릿속을 계속 맴돌았다.

갖은 생각들이 지나간 끝에야 비로소 지금 엄청나게 불가사의한 일이 눈앞에서 일어난 거라는 결론을 내렸다. 비결은 모르겠지만, 이 일기장의 전 소유자는 내게 일어날 일을 미리 알 수 있었던 것이 아닐까?

하지만 대체 누가 썼다는 말인가. 파란 잉크로 써진 글자. 연령도 성별도 좀처럼 판단할 수 없는 섬세하고 깔끔한 필체다.

다음 페이지를 보려다 흠칫 손을 멈췄다.

이것은 일기장이다.

페이지를 넘기면 내일 일어날 일이 적혀있을지도 모른다.

두려워진 나머지 탁 하고 표지를 덮고 열쇠를 걸었다.

다음 날, 직장에서 떠안고 있던 문제가 갑자기 해결되었다. 험악했던 동료 사이도 좋아졌다. 기분 좋게 아파트에 돌아오니 식탁에 놔둔 가죽 표지 일기장이 눈에 들어왔다.

쭈뼛쭈뼛 열쇠를 열고 책장 한 장을 넘겨 2페이지를 읽어 보았다. 이렇게 쓰여 있었다.

> 직장에서 떠안고 있던 문제가 갑자기 해결되었다. 험악했던 동료 사이도 좋아졌다. 기분 좋게 아파트에 돌아와서 일기장을 열었다.

틀림없다. 이 일기장에는 내 미래가 쓰여 있다.

책장 아래로 아직 열어보지 않은 3페이지의 글씨가 비쳐 보인다. 거기엔 나의 내일 일이 예언되어 있을 것이 틀림없었다.

또 다시 두려워져서 탁 하고 표지를 닫고 열쇠를 걸었다.

이윽고 다음 날, 개인적인 문제가 발생했다. 내가 가장 소중히 생각하는 인간관계에 금이 가기 시작했다. 이제부터 그 사람과는 어떻게 해야 하나.

　암울하게 혼자서 밤길을 걸어오며 그 일기장에게 물어보자고 결심했다. 이렇게 된 이상, 남은 페이지를 전부 읽어버리는 것이다.

　방으로 들어가 식탁 위에 가죽 표지의 책을 들어올린다. 열쇠를 열고, 1페이지, 2페이지를 넘기고 일기장의 3페이지를 폈다. 거기엔 이렇게 쓰여 있었다.

　　내일은 분명 좋은 일이 있을 거야.

　잠깐 동안 그 한 문장을 몇 번이고 다시 읽었다.
　내일은 분명 좋은 일이 있을 거야.
　그 다음을 알기 위해 또 페이지를 넘겼으나, 더 이상 아무것도 쓰여 있지 않았다. 일기장의 남은 페이지에는 백지로 된 미래가 이어져 있다.

　정말로 내일은 좋은 일이 있을 것인가. 자신의 미래를 그려 보는 동안, 이윽고 당연한 사실을 눈치 챘다. 아무것도 적혀 있지 않은 일기장에 미래를 써 넣을 수 있는 사람은 나 자신뿐이다. 내일은 좋은 일이 있을 거라고 믿으며 살아가는 수밖에 없다.

　다시 한 번 마지막 한 줄을 응시하는 동안 미소가 떠올랐다.
　내일은 이 일기장에 어울리는 만년필을 사 올 계획이다.
　즐거운 일을 잔뜩 쓸 수 있도록 기도하며, 미래의 일기장을 탁 하고 닫았다.

〈끝〉

옮긴이 | 김수영

서일대학 일본어과, 한국디지털대학교 실용외국어학과를 졸업했으며, 사카구치 안고의 『백치』를 공동번역했다. 판타지 소설과 같은 장르문학을 사랑하며 앞으로도 많은 일본문학을 번역하고 싶어 한다.

6시간 후 너는 죽는다

1판 1쇄 펴냄 2009년 3월 20일
1판 14쇄 펴냄 2024년 10월 22일

지은이 | 다카노 가즈아키
옮긴이 | 김수영
발행인 | 박근섭
편집인 | 김준혁
펴낸곳 | 황금가지

출판등록 | 2009. 10. 8 (제2009-000273호)
주소 | 06027 서울 강남구 도산대로 1길 62 강남출판문화센터 5층
전화 | 영업부 515-2000 편집부 3446-8774 팩시밀리 515-2007
홈페이지 | www.goldenbough.co.kr

도서 파본 등의 이유로 반송이 필요할 경우에는 구매처에서 교환하시고
출판사 교환이 필요할 경우에는 아래 주소로 반송 사유를 적어 도서와 함께 보내주세요.
06027 서울 강남구 도산대로 1길 62 강남출판문화센터 6층 민음인 마케팅부

한국어판 ⓒ 황금가지, 2009. Printed in Seoul, Korea
ISBN 978-89-6017-193-0 03830

㈜민음인은 민음사 출판 그룹의 자회사입니다.
황금가지는 ㈜민음인의 픽션 전문 출간 브랜드입니다.